FERRET GUIONIE 1986.

COLLECTION DE ROMANS

VOYAGES, MŒURS, HISTOIRE, AVENTURES

# LE SUPPLICIÉ VIVANT

PAR

PIERRE DURANDAL

H. OUDIN, LIBRAIRE-ÉDITEUR

PARIS | POITIERS

51, RUE BONAPARTE, 51 | 4, RUE DE L'ÉPERON, 4

1882

# LE

# SUPPLICIÉ VIVANT

1413

POITIERS. — TYPOGRAPHIE OUDIN.

PIERRE DURANDAL

LE

# SUPPLICIÉ VIVANT

LIBRAIRIE H. OUDIN, ÉDITEUR

PARIS | POITIERS
51, RUE BONAPARTE, 51 | 4, RUE DE L'ÉPERON, 4

1882

# PROLOGUE

## LA TERRE DES TITANS

# PREMIÈRE PARTIE

———

# LA PEINE DU TALION

# PROLOGUE

## LA TERRE DES TITANS

Il n'y a dans toute la nature aucun spectacle qui puisse être comparé au panorama des grands lacs de l'Amérique du Nord. Qu'on se figure, en effet, un cadre gigantesque dépassant, au delà de toute conception, les proportions étroites des horizons mesquins du vieux monde. Dans cette étendue incommensurable aux perspectives féeriques se dresse, plus majestueux que l'imagination la plus hardie ne saurait se le représenter, un amphithéâtre colossal dont les gradins étagés en arc-en-ciel forment autant de cascades tombant chacune d'un bassin supérieur et descendant de plateau en plateau en nappes grandioses, pour se dégorger finalement dans une mer d'eau douce, le golfe Saint-Laurent. Celui-ci se relie aux grands lacs par le fleuve du même nom qui règne sur une vallée où pourrait tenir à l'aise tout le continent européen.

C'est ici, tout l'indique, la terre mystérieuse entrevue par Platon dans ses rêves. Les anciens, commentant les passages célèbres du *Critias* et du *Timée,* en célébrèrent les merveilles. Ils la nommaient Atlantide et y plaçaient le séjour des Titans. Quels autres, en effet, que les géants mythiques pouvaient, à leurs yeux, habiter, aux âges les plus reculés, ces solitudes sans bornes, dont l'approche était, disait-on, défendue par des brumes épaisses et éternelles, et où n'avaient, suivant la tradition, abordé, dans la nuit des temps, que quelques malheureux naufragés jetés par la tempête sur ces côtes inconnues?

Région superbe entre toutes, dont aucun pinceau ne pourrait reproduire la splendeur, et où la pompe de la création éclate dans toute sa gloire. Au-dessus du fleuve Saint-Laurent, qui verse dans le golfe cinquante-sept millions et demi de mètres cubes d'eau par heure, le charmant petit lac des Mille-Iles, écrin de perles miroitant au soleil, reçoit les eaux tranquilles de l'Ontario, la première assise de l'amphithéâtre. Dans cette vasque prodigieuse dont l'orifice est de quatorze mille kilomètres carrés et la profondeur de cent quatre-vingt-dix mètres, se déversent par deux chutes les cascades du Niagara. Plus haut est le lac Érié, non moins imposant : il a cent soixante mètres de profondeur et seize mille cinq cents kilomètres de surface. Il sert, par le Détroit et le Saint-Clair, de déchargement au Michigan, qui a quarante-trois mille kilomètres carrés d'étendue. Au Michigan se rattache par une pente à peine sensible le lac Huron. Ce dernier a cinq cents lieues de long sur quatre-vingt-dix de large. Il communique par les sauts Sainte-Marie, c'est-à-dire par une succession de cascades superposées, avec le lac Supérieur, qui est le faîte de cet

édifice fantastique. Ici les dimensions attei-
gnent dans tous les sens à l'idéal, et l'esprit
humain, quel que soit son orgueil, demeure
confondu devant ce triomphe de la puissance divine. Le lac Supérieur est un véritable océan, suspendu à cent quatre-vingt-
treize mètres d'altitude, et dont le reflux et
les orages le disputent en violence aux
mouvements les plus impétueux de la mer.
Quarante rivières y portent leur tribut. Sa
circonférence a cinq cents lieues, sa profondeur mesure trois cents mètres. Ses trois
îles, Maurepas, Royale, Saint-Ignace, fertiles
et plantureuses, séduisent le regard par
leurs formes étranges et les couleurs cha-
toyantes de leur végétation. Telles des oasis
dans l'immensité du désert. La chaîne des
monts Alleghanys ou Apalaches, dont plusieurs sommets s'élèvent au delà de six
cents mètres, projette dans ces bassins si
admirablement disposés les larges ombres
de son flanc énorme couvert de forêts.

Au xviie siècle et pendant toute la première moitié du xviiie, cette contrée si
digne d'être appelée un présent de Dieu et

qu'avaient découverte nos intrépides Argo-
nautes malouins, nous appartenait tout entière. Jacques Cartier en 1534, Roberval
en 1541 y avaient planté notre drapeau et
fait reconnaître, dans ce monde où nul
Européen n'avait pénétré avant eux, l'autorité de la France. Quelques colons, la plupart originaires de Saint-Malo, s'y étaient
plus tard établis sous la protection de nos
armes. Le Canada devint ainsi en peu de
temps un centre de ralliement. La pêche de
la morue et le commerce des fourrures
furent jusqu'au règne de Henri IV les prin-
cipaux attraits de cette émigration vers la
Nouvelle-France. Malheureusement les
guerres civiles qui désolèrent notre pays
sous les derniers Valois détournèrent l'attention de ce mouvement. Les Anglais et
les Hollandais en profitèrent pour fonder les
établissements de la Nouvelle-Bretagne et
de la Nouvelle-Belgique sur le rivage de
l'Atlantique.

Lorsque, en 1602, Samuel de Champlain,
reprenant la route ouverte par Cartier, remonta le Saint-Laurent jusqu'au saut

Saint-Louis, les colonies britanniques et néerlandaises étaient déjà plus prospères et plus peuplées que les positions françaises. Cependant, tel était l'ascendant exercé par ce vaillant explorateur sur ses compagnons, qu'en peu d'années de vastes défrichements furent opérés par les Malouins dans toutes les directions. Québec, hameau conquis sur les naturels et situé favorablement sous le double rapport du commerce et de la défense, reçut, en 1608, le nom de capitale de la Nouvelle-France. Dès ce moment l'impulsion était donnée. Des agglomérations d'habitations, devenues plus tard des villes, se succédèrent d'année en année; on s'adonna à la culture du sol déboisé; des routes protégées par des forts réunirent les différents postes et centres de commerce, et, grâce à cette féconde initiative, la domination du pays et la liberté des communications se trouvèrent rapidement assurées dans la région des cinq lacs, sur le cours des fleuves et au travers des bois.

A cette époque, trois grandes nations indiennes occupaient la contrée où les Français poursuivaient leurs conquêtes. Au nord du Saint-Laurent vivaient les Algonquins, tribus généralement nomades, qui parcouraient les forêts pour y suivre la piste des cerfs, des élans, des daims et des chevreuils, tout en étant forcées parfois de se défendre contre les ours et les loups. Souvent aussi ils pénétraient dans les plaines voisines des grands lacs qui étaient le domaine des bisons. Ou bien encore ils longeaient les rivières et s'engageaient dans les marais pour y surprendre le castor et la loutre, dont ils vendaient la fourrure aux Européens, et principalement aux colons du Canada. Deux de ces peuplades algonquines, plus sédentaires que les autres, se livraient plus exclusivement à l'agriculture. C'étaient les Miamis et les Illinois. Moins farouches que les autres naturels et conséquemment plus accessibles à la civilisation, ils furent, dès le commencement du mouvement colonial, les alliés des Français, et formèrent avec nous des relations étroites d'intérêt et d'amitié. Nos missionnaires, récollets et jésuites, trouvaient parmi eux un accueil

bienveillant. Aussi les conversions y furent-
elles rapides et nombreuses. D'autant plus
qu'en vertu d'une charte octroyée par le
cardinal de Richelieu aux cent associés fondateurs de la Nouvelle-France, tout Indien
converti était de droit citoyen français.

Toutefois, autant les Miamis, les Illinois
et la plupart des Algonquins témoignaient
d'empressement à se rapprocher des établissements français, autant les deux autres
nations indigènes étaient animées contre
nous de sentiments d'hostilité ou de haine.
Les Wyandots, que les premiers colons
avaient, à cause de leurs coiffures bizarres,
baptisés du nom caractéristique de Hurons,
habitaient au nord des lacs Erié et Ontario.
Intelligents et industrieux, ils avaient, sous
l'énergie de leurs chefs, acquis une grande
supériorité sur les autres tribus. C'étaient
des hommes de haute taille, aux membres
fortement musclés, au regard franc et ferme,
et ne craignant ni le danger ni la mort. Ils
étaient en lutte depuis des temps fort éloignés avec les Iroquois, non moins puissants
qu'eux, et qui, établis au sud de l'Ontario et

du Saint-Laurent, leur disputaient dans la
région des lacs de vastes territoires de
chasse. De là une guerre à outrance, où chaque rencontre était signalée par d'horribles
carnages.

La bravoure des Hurons, leur fidélité
inébranlable à la foi jurée, leurs mœurs relativement policées, la noblesse d'âme dont
ils donnèrent en plusieurs circonstances la
preuve, enfin l'établissement de leurs campements sur la rive du Saint-Laurent, où
les Français eux-mêmes s'étaient fixés,
avaient décidé Champlain à faire la paix
avec eux et à les soutenir dans leurs sanglantes querelles avec les Cinq-Nations iroquoises. Celles-ci, de leur côté, trouvèrent
un appui chez les Hollandais de la Nouvelle-Belgique et chez les Anglais de la
Nouvelle-Bretagne, qui étaient, les uns et
les autres, jaloux de voir le Canada reculer
ses limites dans tous les sens, et ne laissaient
échapper aucune occasion de traverser nos
projets ou d'opposer des barrières à nos
progrès.

Telle était la situation de la colonie lors-

1*

qu'en 1649 éclata un événement qui devait être pour les Hurons, en même temps que pour nous, le point de départ d'une nouvelle guerre de cent ans, non moins acharnée que la première, et dont l'issue nous fut, sous tous les rapports, plus funeste.

On était aux premiers jours de l'année. L'hiver, toujours rude au Canada, où le sol disparaît sous la neige pendant six mois consécutifs, avait redoublé de rigueur. Bien qu'ils fussent accoutumés aux intempéries, les Hurons, campés au saut Saint-Louis, se tenaient le plus souvent enfermés dans leurs huttes. A peine un petit nombre vaquaient au dehors aux travaux les plus urgents. Les autres, cantonnés dans le village, demeuraient assis jusqu'à la tombée de la nuit devant de grands feux sans cesse ravivés. Ils écoutaient avec la plus vive curiosité les enseignements de deux missionnaires récemment arrivés dans la contrée.

Le plus âgé de ces pionniers de l'Évangile semblait être le Mentor de son compagnon. C'était une de ces natures héroïques, prépa-

rées par de longues épreuves aux plus
cruelles vicissitudes de la vie. Jeune encore,
quoiqu'il fût entré dans l'Ordre de Jésus
vingt ans auparavant, il était de ces élus de
la grâce auxquels est ouverte la route des
souffrances. Il y marchait avec assurance,
soutenu par l'inébranlable fermeté de sa foi,
et persuadé d'avance de trouver au bout la
palme du martyre. Sur ces âmes de fer les
tortures n'exercent point d'empire.

Le P. de Brébeuf avait été des premiers
à répondre à l'appel de Champlain et des
cent associés. Il s'était dit que sur cette
terre vierge la moisson de Dieu ne pouvait
manquer d'être abondante, et il avait béni
les desseins de la Providence qui lui confiait
la mission de répandre la bonne nouvelle
parmi ces peuples ignorants et de les arracher
à la barbarie et à la misère. Il allait devant
lui, n'ayant d'autre moyen de défense que
le bâton du pasteur dont il faisait à peine
usage pour écarter les ronces du chemin et
pour repousser les agressions des animaux
sauvages. Aux sons de la clochette qu'il
tenait à la main, les naturels accouraient

sur son passage, saisis d'une admiration muette, et se groupaient à sa suite, attendant que cet homme extraordinaire, dont la stature athlétique commandait le respect, leur parlât en leur langue, qu'il avait apprise avec une étonnante facilité.

Plus jeune que le P. de Brébeuf, mais non moins courageux que lui, le P. Lallemant, fils du lieutenant-criminel de Paris, s'était attaché aux pas de son généreux guide, et tous deux frayaient de commun effort le sentier du Seigneur.

Les Hurons du saut Saint-Louis avaient une affection toute filiale pour ces deux hommes de bien qu'ils appelaient, dans leur langage imagé, les « Pères de la prière ». Ils les trouvaient l'un et l'autre toujours prêts à secourir ceux qui étaient en danger, à conseiller les chefs dans leurs entreprises, à soutenir les combattants dans leurs légitimes expéditions, à donner les dernières consolations aux mourants et à rendre l'espérance à ceux qui perdaient un parent ou un ami. Aussi, tant était grande la reconnaissance de ces naturels pour leurs bienfaiteurs, que tous eussent volontiers fait le sacrifice de leur vie pour conserver celle des bons et infatigables missionnaires.

La nuit était venue, et le village était plongé dans le silence et le sommeil. Seuls quelques grands chiens de garde laissés en liberté veillaient à l'entrée du campement, l'oreille dressée au moindre bruit, et perçant de leurs regards la profonde obscurité qui les enveloppait. Tout à coup des rumeurs sourdes produites par un bruissement de feuilles mortes et un craquement étouffé de branches sèches éveillèrent l'attention des fidèles sentinelles. Un instant après, leurs aboiements répétés jetaient l'alarme parmi les Hurons. En moins de temps qu'il n'en faut pour décrire cette scène, tout le village fut debout. Il n'y avait point à s'y tromper. Le campement était attaqué et une lutte terrible allait s'engager.

Elle fut de courte durée. Les Hurons, inférieurs en nombre, succombèrent après une résistance héroïque. Presque tous restèrent sur le champ de bataille. Les autres furent pris. Pas un ne voulut chercher son

salut dans la fuite. Accourus aux premiers
cris, les PP. de Brébeuf et Lallemant s'é-
taient jetés au milieu de la mêlée, non pour y
prendre part, mais pour donner le baptême ou
administrer les derniers sacrements à ceux
qu'ils considéraient comme leurs enfants.
Agenouillés auprès des moribonds et leur
faisant baiser le crucifix, ils furent faits prisonniers dans cette attitude, et les Iroquois les
entraînèrent avec les Hurons survivants pour
les livrer en même temps qu'eux au supplice.

Cependant, à peine la troupe des vainqueurs, accablant de sarcasmes et d'imprécations les victimes destinées au sanglant
sacrifice, eut-elle atteint le but de sa course,
qu'elle sépara le P. de Brébeuf de ses compagnons de souffrance, tant était ferme
le maintien de cet homme impassible, dont
le calme même les exaspérait et leur semblait
en quelque sorte contagieux.

Ils le firent monter sur un échafaud et
épuisèrent sur lui tous les raffinements de
la cruauté. Le serviteur de Dieu demeurait insensible à leurs menaces et à leurs
tortures. Il ne voyait plus les Hurons, mais

sa voix forte, dominant toutes les clameurs,
ne cessait de les exhorter à la patience et à
la résignation, en même temps qu'il parlait
à ses bourreaux de la colère divine et des
châtiments réservés aux persécuteurs des
chrétiens.

Les Iroquois, ne voyant dans ces paroles
que des bravades accoutumées à leurs
prisonniers, voulurent lui imposer silence ;
n'en pouvant venir à bout, ils lui coupèrent la lèvre inférieure et l'extrémité du
nez, lui appliquèrent par tout le corps des
mèches allumées, lui brûlèrent les gen-
cives, et enfin lui enfoncèrent dans le gosier
un fer rouge.

L'invincible missionnaire ne poussa point
un gémissement. Sa physionomie avait au
contraire une expression d'angélique sérénité, et la miséricorde seule se lisait dans
son regard fixé sur ses ennemis.

Toutefois les sauvages lui réservaient des
tourments encore plus cruels. Ne pouvant
briser son courage, ils résolurent de le
frapper au cœur, en faisant souffrir le
P. Lallemant sous ses yeux. Le jeune reli-

gieux fut amené en sa présence, les mains liées derrière le dos, dépouillé de tout vêtement, et le corps couvert des pieds à la tête d'écorces de sapin auxquelles on mit le feu.

Aux plaintes de cet infortuné dont les chairs crépitaient sous l'action de la flamme, les Iroquois, en proie au délire que cause le paroxysme de la rage, répondaient par des contorsions affreuses, en répétant la sinistre mélopée du scalp. Enveloppé d'une fumée épaisse, le P. Lallemant, presque étouffé, levait les mains au ciel pour implorer le secours de Dieu. On le frappa à grands coups de corde, et son corps, déjà mis en lambeaux par le feu, ne fut bientôt plus qu'une plaie.

Pendant ce temps, d'autres sauvages avaient fait rougir des haches de fer; ils en fabriquèrent un collier qu'ils mirent au cou du P. de Brébeuf; puis, obéissant aux instigations d'un Huron apostat, ils répandirent lentement de l'eau bouillante sur la tête des deux confesseurs de la foi, en dérision des cérémonies du baptême.

Ce ne fut pas tout. Quelques-uns, ajoutant la raillerie à la cruauté, dirent que la chair de ces visages pâles devait être bonne; ils en coupèrent sur le corps des deux martyrs de grands lambeaux qu'ils mangèrent. Reprenant ensuite le chant du scalp, ils se ruèrent sur le P. de Brébeuf, lui tirèrent les cheveux, lui enlevèrent la peau de la tête, et comme il respirait encore, un des chefs lui ouvrit le côté d'où le sang jaillit en abondance, puis il lui fendit la poitrine, en arracha le cœur et le dévora.

Le supplice du P. de Brébeuf s'était prolongé pendant trois heures. Celui du P. Lallemant en dura dix-sept. Après la mort de son compagnon, on le ramena dans la cabane où ses souffrances avaient commencé. On lui porta au-dessus de l'oreille gauche un coup de hache qui lui ouvrit le crâne et en fit sortir la cervelle. On lui arracha ensuite un œil, à la place duquel on mit un charbon ardent. Enfin le ciel ne permit point que la ferveur de cette grande âme, triomphant de toutes les tortures infligées au corps, fût soumise à d'autres épreuves. Le P. Lallemant expira, comme le P. de Brébeuf, sans

avoir un seul regard de haine pour ses bourreaux.

Cette victoire décisive des Iroquois sur
les Hurons fut le signal d'une guerre d'ex-
termination dans le Canada. Les vainqueurs
ne se contentèrent point de détruire les
villages indiens. Ils ravagèrent la colonie
française elle-même, et sans le canon de
Québec, qui les tint en respect, la ruine de
notre établissement eût été infailliblement
consommée dès cette époque. Quoi qu'il en
soit, les tentatives de paix avec les Cinq-
Nations échouèrent ; nos postes les plus
importants, même ceux de Québec et de
Montréal, se trouvèrent constamment exposés à des coups de main, et l'incurie de la
métropole, alors tout entière aux guerres de
la Fronde et d'Espagne, ne fit qu'aggraver
d'année en année cette situation déjà si
périlleuse.

Aussi comprend-on l'empressement des
Hollandais et des Anglais à tirer parti de cet
état de choses. Le gouvernement britannique surtout montra en cette occasion une

fois de plus les procédés auxquels il a recours pour agrandir son territoire colonial.
Il s'attacha les sauvages en leur vendant de
l'eau-de-vie. C'était en même temps le plus
sûr moyen de faire disparaître la race.
Colbert avait eu un moment la pensée d'agir
de même. Mais Louis XIV s'était refusé à
signer l'ordonnance sur la traite de l'eau-
de-vie, et celle-ci fut interdite « sous les
peines les plus grièves ». Le sentiment de
l'humanité fit place en cette circonstance à
la raison d'État, et qui oserait en blâmer le
grand roi?

Cependant, les gouverneurs français qui
se succédèrent au Canada, MM. de la Barre,
de Dénonville, de Frontenac, le chevalier
de Callières, soutenaient tantôt avec mollesse, tantôt avec habileté, tantôt avec
une grande énergie, l'intégrité de nos
droits contre les prétentions et les empiè-
tements de la Nouvelle-Angleterre. M. de
Callières parvint en 1700 à réunir à Montréal tous les chefs des tribus indigènes
de la Nouvelle-France, sans en excepter
ceux des Cinq-Nations iroquoises. Il fut

particulièrement aidé dans cette importante et laborieuse négociation par un chef de Hurons, dont le nom est resté légendaire parmi les populations des Grands-Lacs.

Kondiaronk ou le Rat était un sachem vénéré de tous les Indiens des Pays d'en haut. Sa bravoure était proverbiale. Sa supériorité d'intelligence dominait tous ceux qui l'entouraient ou l'abordaient. Non moins entraînant que sagace, il venait à bout des uns par l'éloquence et des autres par l'esprit. Il avait le jugement prompt et droit, la repartie vive et pleine de justesse, et son regard, où passaient parfois de redoutables éclairs, était si généralement empreint de douceur et de malice, qu'il séduisait et fascinait autant qu'il en imposait. Grâce à lui, les Indiens comprirent les avantages que leur offrait la paix avec les Français ; ils la signèrent en 1701, et la veille même du jour où cet acte solennel fut conclu, le Rat, accablé par les fatigues et le grand âge, mourut dans les bras du gouverneur, après avoir donné l'exemple d'une vie aussi utilement que chrétiennement employée.

La paix, faite de part et d'autre de bonne foi, eût duré à jamais sans la duplicité des Anglais, qui poussèrent les Iroquois à sortir de leur neutralité. Ajoutons que le traité d'Utrecht et celui d'Aix-la-Chapelle nous placèrent dans des conditions peu favorables pour pouvoir espérer d'arrêter l'ambition de la Grande-Bretagne.

La reprise des hostilités, déterminée par l'assassinat de M. de Jumonville, assassinat dont la responsabilité a longtemps pesé sur Washington, le remplacement au poste de gouverneur du marquis Duquesne par le marquis de Vaudreuil, la faiblesse de ce dernier, l'échec de Washington à la Nécessité en 1754, la victoire de la Belle-Rivière, enfin l'arrivée à Québec du marquis de Montcalm et du chevalier de Levis furent successivement les épisodes marquants de cette campagne menée jusqu'en 1756 avec des alternatives de succès et de revers. Après bientôt cent ans de rivalité armée, les deux nations alors les plus puissantes de l'Europe étaient encore aux prises dans ce nouveau monde, où chacune d'elles, celle-ci par droit de premier occupant, celle-là par droit de conquête, était avide de rester la maîtresse exclusive.

Nous n'avons point à retracer ici l'héroïque carrière de Montcalm. Sa mémoire et ses exploits figurent à la plus belle page de nos annales. Mais ce que l'on connaît moins, et ce qui fait l'objet même de ce récit, ce sont les causes qui, malgré l'intrépidité et l'irrésistible élan déployés à Chouegen, à Carillon, à Montmorency, firent en définitive, au moment suprême, échouer l'audace presque fabuleuse du *Grand-Vaincu*.

Quelle lutte plus épique, en effet, que celle où les deux généraux opposés l'un à l'autre tombèrent presque au même instant mortellement blessés !

Montcalm commandait à Québec, dont les formidables positions semblaient pouvoir défier tous les assauts. Malheureusement ses troupes n'étaient pas assez nombreuses pour les défendre. C'est dans ces conditions qu'il tint tête aux Anglais pendant quatre mois. L'ennemi épuisé voyait chaque jour ses rangs décimés par la faim et par le feu de nos forts. Mais la ville assiégée fut enfin à bout de ressources. Il fallait frapper un grand coup.

Persuadés que la pointe Levy et les hauteurs d'Abraham, protégées par leur escarpement naturel, étaient moins surveillées que les autres points de Québec, le général Wolf en tente hardiment l'escalade. Montcalm, presque aussitôt averti de cette manœuvre, court au-devant de lui par le versant opposé. Au premier choc, Wolf tombe frappé en pleine poitrine. Sa mort redouble le courage des assaillants. Les Français se sentent devancés sur le plateau et plient. Montcalm, qui n'a jamais reculé de sa vie, s'indigne à ce mouvement à peine apparent de défection, et d'un geste rétablit les chances du combat. Mais au même moment il s'affaisse, frappé à son tour. Il demande à son médecin s'il lui reste encore un jour à vivre. — Une heure, lui dit-on. — Tant mieux ! s'écrie-t-il, le visage inondé de joie ; je ne verrai pas Québec aux mains des Anglais !

Brave Montcalm ! Il comptait sans le traité de Paris.

———————

I

UN HORRIBLE SUPPLICE.

On était aux premiers jours de juin 1759.
La flotte anglaise venait de paraître devant
Québec. Montcalm et Wolf allaient jouer
leur va-tout. La guerre, qui durait sans
interruption depuis l'année précédente,
avait pris un caractère d'acharnement inouï.
Quelques mois auparavant, le siège du
fort de Carillon avait coûté à nos ennemis
plus de quatre mille hommes. Des deux
côtés on mettait en œuvre toutes les ressources pour s'assurer la victoire. L'in-
tervention des sauvages était en cette circonstance d'un grand poids. Aussi toute
l'attention des généraux se portait-elle sur
les alliances à conclure soit avec les Al-

1**

gonquins ou les Hurons, soit avec les Iroquois.

A quelques milles de distance du saut du Niagara, situé sur le territoire des Cinq-Nations, un homme s'avançait à pas lents. Il portait le costume et les armes ordinaires du chasseur de fourrures : les vêtements de peau, le rifle, le couteau et la hache. Tout à coup il s'arrêta brusquement et pencha la tête en avant, pour sonder du regard la profondeur de la forêt qui se déroulait à sa gauche, dans la direction du fort Duquesne et des monts Apalaches. Un moment après, il se laissa couler doucement sur le sol, et la face collée contre terre, il prêta l'oreille.

Tout autre moins expérimenté n'aurait entendu que la plainte étouffée de la brise dans l'épais feuillage, le bourdonnement monotone des insectes se jouant dans un rayon de soleil, les coups secs du pic s'obstinant à percer un tronc de chêne ou les cris rauques et discordants du geai bleu.

Mais l'homme étendu sur le sol n'ignorait, lui, aucun des artifices de la vie des frontières. Aussi percevait-il distinctement en ce moment les sons de plusieurs voix, rudes et gutturales, qui étaient évidemment des voix d'Indiens. L'une d'elles pourtant trahissait, à des accents plus purs, la présence d'un homme blanc.

Les paroles qui venaient jusqu'au chasseur ne paraissaient point de nature à le rassurer. Une vive rougeur colorait son visage basané, les grosses veines de ses tempes se tendaient comme des cordes d'arc, ses dents claquaient, ses poings se crispaient, ses yeux pleins de flamme avaient un éclat sinistre. Chacun de ses gestes révélait les sentiments de rage qui dominaient dans son cœur.

Tout à coup il se redressa.

C'était un homme d'une haute stature, aux épaules puissantes, à la poitrine large et profonde, aux hanches saillantes, aux jarrets musculeux, aux attaches solides. Ses traits sans beauté avaient une expression de loyauté qui corrigeait leur dureté naturelle. Son teint sombre, sa barbe inculte, ses longs cheveux grisonnants et bouclés, ses sourcils épais et hérissés, ses yeux d'une mobilité extraordinaire donnaient à l'ensemble de sa physionomie un aspect sauvage, qui dénotait une âme vaillante, aguerrie au danger.

Une fois debout, il examina son rifle, dont il fit jouer la batterie, ensuite il dégagea le long couteau et la hache qui étaient passés dans sa ceinture.

Sûr ainsi de pouvoir résister à une attaque, il avança prudemment à pas de loup, posant à peine le pied par terre, de manière à ne laisser aucune empreinte sur le sol humide.

Il ne tarda point à atteindre un fourré d'où il pouvait tout surveiller sans être vu ; ménageant ensuite une étroite ouverture dans les buissons, il s'accroupit pour épier ceux qui se tenaient à quelques pas de lui.

Ils étaient cinq : un homme blanc et quatre Indiens.

A leur costume, aux figures bizarres peintes sur leur corps, le chasseur reconnut aussitôt que ces Peaux-Rouges appartenaient à la tribu des Onontagues, la plus farouche des Cinq-Nations iroquoises et la seule qui n'eût point encore fait cause commune avec les Anglais.

— L'Ours-Maigre a dû me comprendre, disait l'homme blanc en s'adressant à l'un des sauvages, qui était apparemment un chef, à en juger par les marques de respect que lui témoignaient ses compagnons. Il sait maintenant ce que je veux et ce que je m'engage à lui donner, s'il réussit dans son entreprise. Je ferai plus : à la récompense que j'ai promise j'ajouterai des rifles et de la poudre. Le service que je demande et le danger qu'il y aura à courir seront ainsi doublement payés.

— L'Ours-Maigre a parfaitement entendu, répondit l'Indien dans le jargon accoutumé aux Iroquois et aux Européens. Mais pourquoi Œil-de-Serpent ne frappe-t-il point son ennemi de sa propre main?

L'homme blanc rougit et baissa les yeux.

— Parce que, dit-il après un moment d'hésitation, les Français sauraient parfaitement que c'est une vengeance et qu'ils en

1***

découvriraient aussitôt l'auteur. Mon crédit auprès d'eux n'est déjà pas si grand, et ils seraient trop heureux de trouver un motif pour se débarrasser de moi. Or, tant que mon œuvre n'est pas accomplie, la prudence me commande de vivre avec eux en bons termes. Que mes frères rouges attendent avec patience l'heure décisive. Cette heure sonnera bientôt. Une fois que j'aurai donné le signal convenu, les Onontagues commenceront le massacre. Ils tueront jusqu'à ce que leurs bras soient fatigués. Les scalps qui rempliront leurs wigwams seront si nombreux que les pappouses auront des cheveux blancs avant de pouvoir achever de les compter. Le sang des visages pâles coulera à flots, et ces flots seront si abondants, qu'un homme rouge pourra y promener son canot d'un soleil à l'autre sans toucher terre.

Ce discours emphatique fut accueilli par un grognement de satisfaction.

Le chasseur caché dans le buisson ne put réprimer un mouvement d'indignation. Le doigt sur la détente de son rifle, il se demandait s'il fallait faire feu sur le scélérat. Pourtant il maîtrisa sa colère et continua d'écouter sans bouger.

L'homme blanc avait repris la parole :

— Qu'aucun de vous, disait-il en attachant ses regards sur les sauvages, ne perde le souvenir de ce que je promets ici. Vous êtes quatre, chacun de vous aura droit à un rifle neuf avec autant de poudre et de balles qu'il en faut pour six lunes. L'Ours-Maigre, votre chef, recevra en outre un baril d'eau de feu et une couverture. En échange de ces riches présents, qu'aurez-vous à me donner? Peu de chose. Je vous ai demandé, je vous demande encore de tuer un de mes ennemis. Or, cet ennemi est aussi le vôtre. L'homme dont je réclame la mort est celui qui a semé la désolation et la ruine dans votre tribu, celui qui se vante d'avoir orné sa cabane des scalps des Iroquois, Agniers, Annegouts, Tsonnontouans, Goyagouins et Ononta-gues. Cet homme, que vous haïssez autant qu'il vous hait, je veux qu'il périsse sous vos coups. Quand vous m'aurez apporté sa chevelure, je vous paierai. Plus tard je vous enseignerai le secret de la supériorité des visages pâles sur les hommes rouges dans les combats. Est-ce convenu ? Vous savez de qui je veux parler ?

— Ogh ! dit l'Ours-Maigre avec un ricanement diabolique, Œil-de-Serpent demande la chevelure du Buffle-Gris.

— En effet. Je veux que vous tuiez le Buffle-Gris ou le comte de Rochetonnerre, comme l'appellent les Français.

L'Indien allait répondre, quand un bruit sourd suivi d'un craquement et de la chute d'un corps lourd partit du fourré.

Le chasseur, en entendant prononcer son nom, s'était incliné pour mieux saisir les projets de ceux qui complotaient sa mort. Cette imprudence devait lui être funeste. La branche qu'il repoussait de la main s'était cassée et l'avait entraîné.

L'Ours-Maigre poussa un cri féroce. Il brandit son tomahawk et se jeta dans le fourré, que les trois autres sauvages se mirent en devoir de cerner. Quant à l'homme blanc que les Indiens surnommaient Œil-

de-Serpent, il se prépara à faire usage de
son rifle.

Tandis que le chef des Indiens tombait
sur lui comme un forcené, Rochetonnerre se
baissait pour ramasser son fusil échappé de
ses mains. Surpris dans une position extrêmement désavantageuse, il eut néanmoins
le temps de se dérober. Avec la promptitude
de l'éclair il saisit l'Ours-Maigre par le milieu du corps, le souleva de terre et le jeta
si violemment contre un tronc d'arbre, que
le sauvage s'abattit sans proférer une parole.

Prenant ensuite d'une main sa hache et
de l'autre son énorme couteau, le comte
s'élança au-devant de ses ennemis, sans
prendre le temps de les compter. L'un d'eux
était à sa portée et voulut parer le coup qui
le menaçait en levant le bras pour protéger
sa tête. L'arme terrible du Buffle-Gris lui
pénétra dans le crâne avec un son strident,
et fit jaillir sa cervelle à plusieurs pas. L'Indien tomba foudroyé.

Malheureusement le chasseur ne put se
retourner assez vite pour faire face aux

deux autres qui le prenaient par derrière. Atteint aux deux jambes, il s'affaissa.

Ce mouvement lui sauva la vie. Comme il tombait, la balle partie du rifle de l'homme blanc lui effleura le sommet de la tête. Sa blessure lui fit perdre connaissance. Lorsqu'il reprit ses sens, il reconnut qu'il était solidement attaché et au pouvoir de ceux-là mêmes qui, un moment auparavant, avaient juré sa mort.

Pendant ce temps, l'Ours-Maigre s'était relevé.

Honteux d'avoir été vaincu et encore tout meurtri, le sauvage promena autour de lui son regard farouche.

Quand il vit le chasseur étendu sur le sol, fortement garrotté et hors d'état de faire un mouvement, il eut une exclamation de joie.

En même temps il se précipita sur son ennemi sans défense.

L'homme blanc l'arrêta d'un geste impérieux, et se plaçant entre lui et le comte :

— Pas encore, dit-il, le prisonnier m'appartient.

— Il a frappé l'Ours-Maigre, hurla l'Indien, l'Ours-Maigre le tuera !

Un éclair de férocité passa dans les yeux de l'Onontague. Il fit un pas en avant, tandis que sa main serrait son couteau.

L'homme blanc étendit le bras pour le repousser.

— Je ne veux point, dit-il avec calme et fermeté, empêcher mon frère rouge de tuer ce visage pâle. N'ai-je point, il y a quelques instants à peine, offert de payer richement la chevelure du Buffle-Gris ? Pourquoi donc aurais-je changé d'avis, maintenant qu'il est venu de lui-même se livrer à nous ? Que l'Ours-Maigre lui donne la mort, il en a le droit, et mon cœur en sera réjoui. Mais qu'avant d'accomplir sa juste vengeance, il m'accorde un moment d'entretien avec le prisonnier. Quand j'aurai cessé de parler, l'Ours-Maigre agira comme il lui plaira : je lui laisserai toute liberté, pourvu qu'il me délivre du Buffle-Gris.

— L'Ours-Maigre attendra, répliqua sèchement le sauvage. Il espère qu'Œil-de-Serpent ne le trompera point, sinon...

Une menace significative acheva sa pensée.

— Trêve de bravades, répondit l'homme blanc avec dédain. Tes craintes n'ont aucun fondement. Cet homme me gêne autant qu'il te gêne toi-même. Nous avons juré sa mort l'un et l'autre. Il n'échappera point à nos coups.

En disant ces paroles, il poussa brutalement du pied le prisonnier qui gisait immobile et muet, attendant le sort qui le menaçait.

L'homme blanc était à peu près du même âge que le comte de Rochetonnerre. D'une taille élancée et bien proportionné, il avait les traits réguliers, la physionomie fine et expressive. Ses cheveux châtains et soyeux encadraient un visage du plus pur ovale. Ses yeux grands et bleus avaient une étrange fixité. Son regard prenait, sous l'empire de la passion, un éclat métallique qui reflétait la basse cruauté d'une nature perfide.

Un frisson avait parcouru tout le corps du chasseur.

Il essaya de briser ses liens. Ses yeux étaient injectés de sang, sa bouche écumait. Vains efforts! Il était parvenu à se dresser sur son séant, mais ses muscles étaient désormais impuissants. Il retomba lourdement sur le dos en exhalant sa rage.

A ce moment, ses yeux tombèrent sur le cadavre de l'Onontague qui baignait dans son sang, le crâne ouvert, la face horriblement convulsée.

Rochetonnerre n'eut plus aucun doute sur le supplice qui lui était réservé, mais il ne craignait pas la mort, et un sourire de mépris erra sur ses lèvres.

Ce sourire fit place à une expression de stupeur, quand son regard rencontra celui de l'homme blanc.

— François Brissot! s'écria-t-il avec un accent dont rien ne saurait peindre la frénésie.

— Lui-même, comme vous voyez, mon cher comte, railla l'homme blanc. N'êtes-vous pas heureux de me trouver ici?

— Lâche! hurla le chasseur en faisant

2

un appel désespéré à toutes ses forces pour faire éclater ses liens. Que l'on coupe ces cordes qui m'empêchent de me mouvoir ! Qu'on me donne mon rifle, mon couteau ou ma hache, et je vous tiendrai tête à tous tant que vous êtes ! Ou plutôt qu'on ne me laisse rien que mes deux mains avec un bâton pour châtier, comme on châtie un chien, ce misérable que j'ai eu la faiblesse d'épargner !

— A quoi bon vous emporter ainsi, mon cher comte ? continua Brissot flegmatique-ment. Vous êtes fou, ma parole. Vous avez tort de me provoquer. Si je ne devais compte de ma vie qu'à moi-même, je me mesurerais volontiers avec vous. Mais j'ai d'abord une tâche plus sérieuse à remplir, et chaque chose à son tour. Vous paraissez surpris de me rencontrer ici. Mon Dieu ! je ne veux pas vous cacher ce que je viens y faire. J'ai d'ailleurs la conviction que vous n'abuserez pas de ma confiance. Je cherche à gagner aux Anglais l'alliance des Onontagues. Vous avez cru que je servais sincèrement les intérêts de la France. Vous n'avez point

l'œil fin, mon cher comte, et vous auriez dû
comprendre que si j'ai hanté votre camp, si
je me suis insinué dans les bonnes grâces
de vos officiers, ce ne pouvait être que pour
mieux surprendre leurs secrets et les vôtres.
Un jour, vous vous êtes douté de la vérité.
Vous m'avez fait espionner comme je vous
espionnais moi-même. Trahi par ma propre
imprudence, j'ai été l'objet de toute votre
sévérité. Vous m'avez condamné à être
passé par les armes. Je me suis alors jeté à
vos genoux et j'ai imploré votre pitié. Vous
demeuriez inflexible. Il fallait, disiez-vous, un
exemple. Cependant mes larmes et mon
repentir admirablement joué ont triomphé
de votre obstination. Vous avez commué
ma peine en trente coups de verge. Je n'ai
point oublié votre clémence, mais je n'ai pas
non plus perdu la mémoire de l'affront que
j'ai subi devant votre armée. Ce jour-là, j'ai
juré de me venger, et j'ai patiemment attendu mon heure. Elle vient de sonner.

Le comte de Rochetonnerre jeta sans dire
une parole un regard de profond mépris sur
le misérable.

— Vous m'écoutiez il y a un instant, poursuivit François Brissot avec un sourire victorieux. Mais, caché dans ce buisson, vous n'avez peut-être pas entendu toute ma conversation avec l'Ours-Maigre. Je vais vous la répéter. J'ai mis votre tête à prix, non seulement parce que vous êtes mon ennemi, mais parce que les Anglais me rendront au centuple ce que vous allez me coûter. Vous êtes pour eux, mon cher comte, un adversaire trop dangereux, et le plus sûr moyen de n'avoir plus à redouter des hommes comme vous, c'est de les supprimer, dès qu'on en trouve l'occasion.

Le comte eut un nouveau geste de dégoût. Brissot ne parut pas s'en apercevoir.

— J'ai donc offert, dit-il sans s'arrêter, de payer votre chevelure au chef onontague que voici et que vous connaissez, si je ne me trompe, de vieille date. Il vous traitera comme vous le méritez, et n'eût-il point de raisons personnelles pour le faire, la récompense que je lui ai promise suffirait pour l'y décider. Ce n'est pas tout. Le chef est chargé aussi de me rapporter la chevelure de votre femme et celles de vos enfants. Chacun sa manie en ce monde. La mienne est de collectionner. Il n'y a pas, vous le voyez, mon cher comte, de quoi faire tant de bile. On s'occupe de votre femme, de vos enfants, de vous-même. Avez-vous quelque chose à faire dire à votre famille, quelques arrangements à faire prendre ? Je me chargerai de ce soin, si vous le voulez bien. Mais dépêchez-vous, je vois que le chef s'impatiente.

En achevant ces paroles prononcées avec lenteur, de manière à rendre le sarcasme plus amer, Brissot bourra complaisamment sa pipe et l'alluma.

— Ogh ! gronda l'Ours-Maigre en frappant la terre du pied. Mon frère blanc a une langue de squaw. Il ne cesse de parler. Son nom est mal choisi, il devrait s'appeler le Geai-Moqueur.

— Encore un mot, repartit Brissot qui conservait son attitude railleuse. Le prisonnier ne peut t'échapper. Il ne tardera point à mourir de ta main. Mais la torture que je lui fais subir est cent fois plus cruelle,

En parlant ainsi, il s'était tourné vers le comte :

— Donc, fit-il en redoublant d'ironie, vous n'avez rien à me répondre, rien à faire dire à vos enfants, à votre femme, à vos amis, à ces bons et crédules Français qui tomberont demain dans le piège que je leur ai préparé ?

— Jamais ! exclama Rochetonnerre, tandis qu'un tressaillement s'emparait de tout son être.

— Mon Dieu, ricana Brissot avec un accent satanique, vous perdez vraiment votre temps en colères inutiles. Jetez un regard autour de vous. Contemplez pour la dernière fois ces merveilles de la nature qui se déroulent à vos yeux. Voyez le soleil qui vous inonde de ses feux, écoutez les chants de ces oiseaux qui célèbrent les joies de la vie. Toutes ces beautés, toutes ces jouissances seront perdues pour vous dans quelques instants. Comte de Rochetonnerre, vous allez mourir et mourir d'une mort terrible et ignominieuse, mourir en emportant la conviction que votre femme sera massacrée, que vos enfants seront écrasés sous les pieds de vos ennemis, et que les chevelures de ces pauvres petits êtres tant chéris par vous seront pendues avec celle de leur mère et la vôtre à la ceinture de l'Ours-Maigre.

Le comte de Rochetonnerre eut un frémissement. Sa puissante poitrine haletait. Il voulut répondre. Les paroles s'étouffèrent dans sa gorge.

— Dieu ne permettra point tant de scélératesse, dit-il après un long silence.

— Si vous n'avez pas d'autre espoir, répliqua Brissot en haussant les épaules, je vous plains.

Il se tut et regarda l'Ours-Maigre qui attendait.

— Le prisonnier t'appartient maintenant, dit-il enfin avec gravité. Fais de lui ce que tu voudras. Je te recommande une chose. Aie la certitude absolue de sa mort. Une fois que nous nous serons débarrassés de lui, achève ta mission. Quand tu m'apporteras avec la chevelure du Buffle-Gris celle de sa squaw et de ses pappouses, je te paierai comme je te l'ai promis.

Après avoir ainsi parlé, il jeta son rifle sur l'épaule, fit un signe d'adieu à l'Indien, lança un dernier regard de haine au comte et disparut dans la forêt.

Cependant le prisonnier avait fait une tentative suprême pour recouvrer la liberté. Hélas ! cette dernière tentative était restée sans succès comme toutes les précédentes. Plus il essayait de briser ses liens, plus ils se tendaient et s'enfonçaient dans ses chairs.

Convaincu de son impuissance, l'infortuné promena un regard désespéré sur ses bourreaux dont il eût été inutile pour lui d'implorer la merci. Que pouvait-il attendre en effet de ceux qu'il avait tant de fois poursuivis à outrance comme on traque des bêtes fauves dans leur repaire ? C'en était fait de lui, il le comprenait, et toutes les espérances qu'il avait eues pour sa famille lui apparaissaient maintenant comme perdues à jamais. Il sentit sa robuste charpente s'ébranler sous l'immense douleur à laquelle il était en proie. Une larme brilla sous sa paupière et roula sur ses joues.

Tout son passé se retraçait à ce moment devant ses yeux. Il se rappelait le dévouement de sa femme, cette compagne bien-aimée de sa vie d'aventures et de périls. Il voyait se jouer autour de leur mère les deux charmantes créatures roses et souriantes qui formaient les doux gages de son union. Tous ces trésors, il les perdait du même coup. Quelques minutes plus tard, il allait expirer misérablement loin de ceux qui l'attendaient.

Mais le comte de Rochetonnerre était une âme stoïque. Maintenant que sa perte était inévitable, il était décidé à ne point donner à ses vainqueurs le spectacle d'une défaillance qui n'aurait fait qu'exciter leurs railleries. La mort allait se dresser devant lui affreuse et sanglante : il voulut la regarder en face.

Pendant ce temps, l'Ours-Maigre délibérait avec ses compagnons.

Tout à coup l'Indien marcha vers le pri-

2*

sonnier, et lui parlant dans le dialecte iroquois familier à tous les chasseurs de fourrures :

— Buffle-Gris , dit-il solennellement ,
avant d'envoyer ton esprit dans les prairies
où chassent les guerriers morts, je veux
t'adresser quelques paroles. Rassure-toi :
l'Ours-Maigre n'est pas une squaw, sa langue est sobre de discours. Buffle-Gris, tu es
un homme, tu l'as prouvé aux Onontagues
en plus d'une rencontre. A quoi bon dès
lors cacher ma pensée sous un nuage ?
Écoute : tu es brave, tes pas ont foulé le
sentier de la guerre pendant plusieurs lunes,
ton rifle est sûr, ton bras est fort, tes pieds
ont la légèreté de la plume, ils ne laissent
derrière eux aucune piste. Tu as orné ton
wigwam des scalps de mes frères rouges.
Tu as fait périr sous tes coups plus d'Iroquois que je n'en puis compter sur mes
doigts. Ce qui est fait est fait. Le Grand-
Esprit l'a voulu. Maintenant tu es mon prisonnier, ta chevelure m'appartient ; tu vas
mourir, et j'ai juré par le grand Manitou de
t'empêcher de continuer à combattre les

Onontagues après ta mort. Si je me contentais de te tuer, il en serait dans les grandes prairies de l'autre vie comme dans celles-ci : tu serais là comme ici un grand chef et un guerrier redoutable. Écoute donc, et qu'aucune de mes paroles ne t'échappe ! Toutes les fois qu'un guerrier meurt, il revit dans le monde des esprits et y conserve sa première vaillance. Mais si, avant de mourir, il est privé de sa chevelure, le cœur d'un chien entre sous sa poitrine, et il devient l'esclave des guerriers qui ont péri sans avoir été scalpés. Mon frère blanc a-t-il entendu ? A-t-il compris ?

L'Indien avait pour ainsi dire scandé chacune de ses phrases. Son attitude était froide, mais ses yeux gris qui dansaient dans leurs orbites et la contraction de ses lèvres grimaçant un hideux sourire laissaient clairement entrevoir la férocité de son dessein.

Chacune de ses paroles était tombée dans le cœur du prisonnier et s'y était enfoncée comme eût fait le trait le plus acéré. Le sang du malheureux comte s'était glacé

dans ses veines. Pourtant il n'eut pas un
geste, pas un cri. Il leva lentement les yeux
sur le sauvage, et d'une voix claire et ferme :

— L'Ours-Maigre sait parfaitement, dit-il,
que j'ai toute ma raison. Il ne doute pas
un instant que j'aie compris sa pensée, quoiqu'il ait suivi pour la faire venir jusqu'à moi
une piste détournée. L'Ours-Maigre a le
droit de chercher à me torturer avant de
me donner la mort; mais la peine qu'il
prend est inutile. L'homme rouge est ignorant, et le plus inepte rirait de ses pauvres
idées. La mort est un sommeil dont nul ne
se réveillera que pour être jugé devant tous
à la fin du monde. L'homme rouge est insensé lorsqu'il parle de grandes prairies où
les esprits, altérés de sang, chassent leurs
ennemis, le rifle et le tomahawk à la main.

L'Indien eut un geste d'incrédulité.

— Libre à mon frère blanc, dit-il, de parler
comme il pense et de répéter ce que lui ont
appris les chefs de sa tribu, mais l'Ours-
Maigre a fait une promesse, il veut la tenir.
Le Buffle-Gris est-il prêt?

Tandis qu'il prononçait ces paroles,

l'Indien avait passé son couteau sur son pouce pour en essayer le fil.

Le chasseur répondit à son apostrophe par un regard plein de fierté.

— Tes frères rouges verront, dit-il, comment un homme blanc sait mourir !

En même temps il se prépara à subir l'horrible supplice.

Les muscles tendus, les dents serrées, il attendait.

L'Ours-Maigre se pencha sur lui.

Il saisit d'une main la longue chevelure du prisonnier, tandis que de l'autre il faisait passer sous les yeux de sa victime le couteau qu'il allait lui enfoncer dans la tête.

Le comte de Rochetonnerre ne fit pas un mouvement. Ses yeux ne se fermèrent point et demeurèrent immobiles. Seule, la pâleur de ses traits indiquait les sentiments qui l'agitaient.

Un murmure d'étonnement et d'admiration circula parmi les Peaux-Rouges. Tant de courage les frappait de stupeur. L'Ours-Maigre lui-même, quelle que fût sa haine pour le chasseur, semblait indécis :

— Le Buffle-Gris est brave, dit-il. Un chef ne saurait prendre plaisir à torturer un ennemi tel que lui. L'Ours-Maigre regrette d'avoir donné sa parole, mais il ne peut la retirer.

L'instant fatal était arrivé.

L'Indien fit entrer la pointe de son couteau dans le crâne du prisonnier et décrivit avec rapidité un cercle d'une irréprochable régularité.

L'instrument du supplice produisit, en touchant la boîte osseuse, un affreux grincement.

Le comte n'avait pas desserré les dents.

Ses yeux fixes demeuraient cloués sur son bourreau.

L'air qui oppressait sa poitrine s'échappait par intervalles de ses lèvres avec un sifflement lugubre.

Le sauvage était resté courbé sur lui.

Il avait saisi entre ses dents la peau détachée.

Il l'arracha brusquement.

Une dernière secousse acheva l'œuvre sanglante.

Le chasseur était scalpé vivant.

Sa bouche s'ouvrit, livrant passage à l'air emprisonné dans ses poumons.

Il eut un faible râle.

Ses membres se détendirent.

Son visage prit tout à coup une pâleur cadavérique.

Les Indiens entonnèrent le chant du scalp.

Un instant après ils entourèrent le corps inerte du supplicié.

L'Ours-Maigre se rappela soudain la recommandation de Brissot.

Pour être plus sûr de la mort du comte, il lui enfonça son couteau jusqu'à la garde dans la poitrine.

Ensuite les quatre sauvages dépouillèrent leur victime de ses vêtements et se les partagèrent.

Le cœur du chasseur avait cessé de battre.

Les Indiens jetèrent un dernier regard mêlé d'épouvante et de joie sur le corps rigide du plus terrible de leurs ennemis, et se glissèrent l'un après l'autre silencieusement dans l'épaisseur de la forêt.

Les heures s'écoulèrent. Le soleil descendit lentement sous l'horizon. La lune se leva, jetant sa pâle lueur sur le site sauvage où venait de se passer l'épouvantable tragédie.

Un linceul de brume enveloppa peu à peu le corps nu et froid du comte de Rochetonnerre. Vers le milieu de la nuit, une pluie fine commença de tomber. Elle pénétra les membres du pauvre chasseur en lavant le sang qui coulait de sa blessure.

Illusion ou réalité, sous l'action persistante de cette pluie, l'infortunée victime parut tout à coup faire un mouvement. Un soupir étouffé et presque imperceptible rompit le silence profond qui planait sur la forêt.

Était-ce la plainte de la brise dans le feuillage ?

Était-ce le râle suprême du malheureux supplicié ?

Cependant la lune continuait de monter dans le ciel. Quand elle eut atteint son point culminant, elle sembla s'arrêter. Sa face blême regarda mélancoliquement le douloureux tableau. Un large faisceau de lumière blanche tomba sur le corps du Buffle-Gris.

Horreur ! il s'était dressé sur son séant ! Ses yeux ouverts et hagards avaient une expression d'indicible souffrance. Ses mains déliées s'appuyaient faiblement sur son crâne sanglant et dénudé. Ses membres pantelaient. Sa poitrine avait par intervalles des soubresauts violents. Le couteau de l'Indien demeurait fixé dans la plaie. Un sourd gémissement s'échappait des lèvres hideusement contractées.

Soudain un tressaillement convulsif agita, comme sous l'effet d'une commotion électrique, les bras, les jambes et la tête. Le corps retomba lourdement en arrière. Une immobilité complète succéda à cette dernière et poignante manifestation de la vie.

La lune disparut sous les nuages. Les ténèbres descendirent sur la forêt, couvrant

de leur large manteau l'horrible spectacle. Les
heures se succédèrent, lentes et lugubres.

Quand les premiers rayons de l'aurore
éclairèrent cette scène déchirante, le comte
de Rochetonnerre était debout, la bouche
ouverte, adossé à un arbre qu'il enlaçait de
ses bras rejetés derrière lui. Le couteau sanglant gisait à ses pieds ; sa tête était couverte
de feuilles légèrement appliquées, d'autres
feuilles cachaient la plaie de la poitrine.

Le supplicié vivait !

Il resta longtemps dans cette attitude.

Peu à peu l'air pur qui pénétrait dans ses
poumons le ranima.

Il essaya de marcher. Mais il sentit presque
aussitôt ses jambes se dérober sous lui. Toutefois son courage ne l'abandonna point.
S'aidant des pieds et des mains, il rampa
lentement, péniblement, à travers les ronces
et les broussailles, pendant plus d'une heure.

A l'endroit même où l'Alleghany, un des
affluents de l'Ohio, prend sa source, se
trouvait, sur une hauteur en pente douce,
une assez vaste habitation. Tout autour de

grands arbres, étendant leurs branches puissantes, donnaient à ce site un aspect calme et riant. Des terrains cultivés et des prairies bornées par des forêts se déroulaient aux environs. Çà et là paissaient des troupeaux et des chevaux en liberté. Quelques hommes vêtus à l'européenne allaient et venaient dans toutes les directions, s'occupant des travaux du labour.

Tout à coup l'un d'eux poussa un cri d'alarme. Il venait d'apercevoir à l'horizon, et à quelques pas de la clairière qui masquait l'entrée de la forêt, le corps entièrement nu d'un être humain, immobile et en apparence endormi.

Au même instant, une vingtaine de pionniers armés s'élancèrent de l'habitation dans la direction indiquée. Quelle ne fut point leur stupéfaction en reconnaissant le comte de Rochetonnerre, dépouillé de tout vêtement et évanoui !

On s'empressa de le transporter dans la demeure.

Revenu à lui, il rapporta en quelques mots les desseins de l'Ours-Maigre.

Le péril était imminent. Aussi mit-on tout en œuvre pour assurer la défense.

Les Onontagues ne manquèrent point à la promesse qu'ils avaient faite à Brissot. A la tombée de la nuit, ils cernèrent l'habitation, ne s'attendant d'ailleurs à aucune résistance.

Ils furent défaits et presque tous massacrés.

L'Ours-Maigre seul parvint à s'échapper.

Quant à François Brissot, les recherches qu'on fit pour le retrouver furent inutiles. Soit qu'il eût appris indirectement l'échec des Indiens, soit qu'il eût été par d'autres circonstances appelé loin du théâtre de ces tragiques événements, les investigations que l'on poursuivit en vue de s'assurer de sa personne demeurèrent sans résultat.

La guérison du comte de Rochetonnerre fut lente. Pendant plusieurs mois, son existence resta suspendue entre la vie et la mort.

La nouvelle de la prise de Québec, apportée par deux des compagnons de Montcalm, fut pour le Supplicié Vivant un coup terrible.

Horace de Rochetonnerre était l'un des officiers les plus brillants de l'armée française du Canada. Il avait assisté à toutes les expéditions contre les Anglais et s'était couvert de gloire à l'affaire de Carillon. Comme bien d'autres, il avait déploré la jalousie mesquine et le mauvais vouloir de M. de Vaudreuil. Aussi le découragement s'était-il emparé de lui en voyant que, malgré les victoires et l'héroïsme de l'armée, le gouvernement ne faisait rien pour assurer la sauvegarde de la colonie. La destruction du fort de Frontenac, qui servait d'arsenal à notre marine sur le lac Ontario et d'entrepôt aux vivres et aux munitions destinés aux postes des Pays d'en haut, avait donné la mesure de ce que l'on pouvait attendre des hommes auxquels on avait confié l'administration de la Nouvelle-France.

En fait, les avantages de la campagne demeuraient aux Anglais. Le succès de Carillon ne faisait que retarder leur marche sur Québec, mais ne devait point l'empêcher. Les sauvages, jusqu'alors alliés fidèles de la France, voyant notre puissance chanceler, commençaient à faire défection en grand nombre.

Tant de causes étaient bien de nature à faire naître l'inquiétude et le chagrin dans l'âme droite du comte de Rochetonnerre. Irrité des basses intrigues dont il était fréquemment le témoin, des désordres et des abus qui se passaient autour de lui au grand jour, sans qu'il eût qualité pour les réprimer, voyant clairement où devaient mener les dilapidations impudentes de l'intendant Bigot, il se sentait pris d'un immense dégoût et n'attendait qu'une occasion pour demander son rappel en France.

L'accueil fait à M. de Bougainville par le ministre de la marine, M. Berryer, mit le comble à l'exaspération du brave officier. Il était manifeste qu'à Paris on ne tenait aucun compte de la situation du Canada, et que l'abandon de la colonie paraissait tout naturel au milieu des difficultés avec lesquelles la métropole elle-même était aux prises. M. Berryer n'avait-il point dit : « Quand le feu est à la maison, on ne s'occupe pas des écuries » ; et cet aveu n'équivalait-il point à un refus exprès de rien tenter de décisif pour conserver notre autorité dans l'Amérique septentrionale?

Horace de Rochetonnerre, naguère encore si enthousiaste, ne pouvait plus se dissimuler que l'armée du Canada, réduite à cinq ou six mille hommes, quelque courageuse qu'elle pût être dans la guerre des bois, ne tiendrait point en bataille rangée contre les Anglais, car elle était au fond abattue et démoralisée. Il ne voulut point être plus longtemps le complice d'une situation contre laquelle protestaient tous ses sentiments. Il demanda son congé définitif, et l'obtint sans difficulté, tant l'armée du Canada était peu de chose pour le ministre de la guerre.

Il s'était marié peu de temps auparavant à Québec. Sur les instances de la comtesse, qui ne voulait point quitter le pays où elle était née, il acheta la propriété située à la source de l'Alleghany. Pour donner un aliment à son activité, il se livra non seulement au défrichement des bois, mais à la chasse des animaux sauvages, dont les fourrures lui rapportaient un assez grand profit.

Ennemi juré des Iroquois, auxquels il ne pardonnait point les actes de cruauté qu'ils exerçaient contre les Français tombés dans leurs mains, il réunit autour de lui quelques hardis pionniers et fit à ces sauvages une guerre sans pitié. Son nom était devenu la terreur de la contrée. L'audace avec laquelle il se précipitait sur les campements indiens, la promptitude de ses mouvements, la couleur de son costume généralement sombre, lui avaient fait donner le surnom de Buffle-Gris. Ce surnom, seule désignation sous laquelle il fût connu parmi les Cinq-Nations, répandait l'effroi dans toutes les tribus de Peaux-Rouges. Les Onontagues, surtout, tremblaient en l'entendant prononcer, car il leur rappelait leurs wigwams détruits, leurs guerriers massacrés. De là leur haine invétérée.

L'échec éprouvé à l'habitation de l'Alleghany ne pouvait avoir d'autre résultat que de rendre cette haine encore plus profonde. Désormais il n'y avait plus qu'une issue possible à la lutte entre le Buffle-Gris et

l'Ours-Maigre : l'un ou l'autre devait succomber sous les coups de son adversaire.
Lequel des deux?

———————

# II

## LA RENCONTRE.

Une détonation retentit dans la forêt. Presque en même temps des cris féroces se firent entendre.

Il n'y avait point à s'y tromper : les Indiens étaient aux prises avec un ennemi plus faible qu'eux.

Pied à pied les combattants se disputaient un étroit espace de terrain.

Les sauvages, ivres de sang, laissaient éclater toute leur fureur. Ils étaient six contre un, mais l'homme blanc qu'ils assaillaient paraissait décidé à vendre chèrement sa vie.

Longtemps il leur tint tête. A la fin, sentant ses forces faiblir, il voulut chercher son salut dans la fuite. Séparé d'eux à peine par une cinquantaine de pas, il faisait appel à toute son énergie, mais insensiblement l'avantage qu'il avait diminuait.

De larges gouttes de sueur froide perlaient sur son front, sa poitrine allait et venait comme un soufflet de forge. Plus agiles que lui, les Indiens semblaient au contraire n'avoir plus besoin de reprendre haleine.

La forêt où s'était engagé le fugitif était encombrée de broussailles. Aussi rencontrait-il à chaque moment des obstacles presque impossibles à franchir et qui ralentissaient sa course.

Toutefois ces obstacles même le sauvèrent : les sauvages armés de fusils tiraient sur lui, mais le fourré où il était entré le dérobait à leurs regards, et leurs balles se perdaient loin du but.

Cependant l'homme blanc venait d'aviser un de ces chênes séculaires dont les proportions colossales échappent à toute comparaison.

Il se jeta derrière cet abri.

Il était temps : les Peaux-Rouges, qui le serraient de près, allaient l'atteindre.

Heureusement, les Indiens avaient perdu la piste.

Ils s'arrêtèrent un moment pour délibérer. Mais, craignant quelque ruse de leur ennemi, ils se mirent presque aussitôt à battre en tout sens l'endroit où il avait disparu.

Il les laissa passer sans faire un mouvement.

Quand il eut la tête du chef au bout de son rifle, il pressa la détente.

Le sauvage fit un bond en poussant un cri de terreur et retomba comme une masse.

L'homme blanc saisit alors son arme par le canon et se prépara à s'en servir comme d'une massue.

Les Peaux-Rouges indécis promenaient autour d'eux des regards inquiets.

Soudain ils remarquèrent un léger flocon de fumée au-dessus du grand chêne. Ils savaient maintenant d'où était parti le coup qui avait frappé leur sachem.

Avec la rage et la promptitude du tigre qui retrouve une proie un moment échappée, ils s'élancèrent vers l'arbre.

Tout à coup un cri formidable résonna à leurs oreilles.

Ce cri, strident et prolongé, les Indiens le connaissaient. Que de fois ils l'avaient entendu, dans le silence de la nuit, jeter l'épouvante dans leur tribu !

Accoutumés à braver la mort, les hommes rouges reculaient maintenant d'effroi, ou plutôt ils demeuraient pétrifiés, ne sachant comment se dérober à leur ennemi.

A ce moment, une nouvelle détonation ébranla la forêt.

Des clameurs et des râles lui succédèrent.

Un autre Indien s'était abattu et se tordait dans les convulsions de l'agonie.

En même temps une forme sombre émergea d'un taillis et se précipita sur les Peaux-Rouges. Affolés, ils prirent la fuite, emportant leurs armes sans oser regarder derrière eux.

L'homme blanc était demeuré blotti derrière le grand chêne. Il attendait. Était-ce un secours inespéré que lui envoyait la Providence ? Était-ce un nouveau péril qu'il allait devoir affronter ? L'inconnu qui venait de disperser les Peaux-Rouges allait-il un instant après se tourner contre lui ?

Obéissant à la prudence, l'homme blanc rechargea son arme. Tandis qu'il faisait glisser la balle dans le canon, il entendit à une grande distance un faible son. Que faire ? Devait-il rester en place ou avancer ?

Enfin la pensée lui vint que peut-être l'inconnu ne pourrait résister au nombre de ses adversaires. Il voulut s'en assurer. La piste était toute tracée, il n'avait qu'à la suivre.

Il courut longtemps sans rencontrer personne.

Évidemment l'inconnu avait poursuivi les Indiens avec l'intention de ne leur faire aucun quartier. Cet inconnu, qui était-il ? Quelle pouvait être la cause de la terreur qu'il inspirait aux sauvages ? Il y avait là un secret, et ce secret, quel qu'il fût, l'homme blanc était décidé à le connaître.

Il avait déjà franchi plus d'un quart de mille quand tout à coup il s'arrêta en poussant une exclamation d'horreur. Devant lui, sur le sol était étendu le cadavre d'un Indien affreusement mutilé. Le crâne était fracassé et privé de chevelure. La cervelle avait jailli au loin et demeurait suspendue en partie aux branches d'un buisson.

L'homme blanc eut un frémissement de dégoût. Pendant plusieurs minutes il resta appuyé sur son rifle. Une expression de tristesse se peignait sur ses traits. Il n'était point endurci à de pareils spectacles.

Il n'avait guère plus de vingt ans. D'une taille un peu au-dessus de la moyenne, il était vigoureusement bâti et paraissait doué d'une force extraordinaire. Ses yeux étaient noirs et pleins de feu. Par moments leur éclat avait une douceur tout à fait particulière. Son teint bronzé sous le soleil était légèrement coloré. Il avait les traits finement ciselés et d'une grande distinction. Son front large et intelligent, son nez légèrement arqué, ses narines aux contours délicats, sa lèvre d'une exquise pureté de lignes, son menton admirablement régulier, ses cheveux chatoyants et gracieusement

bouclés donnaient à toute sa physionomie
un ensemble de beauté et de noblesse qui
révélait une nature d'élite. Ses gestes vifs
et énergiques accusaient une âme passion-
née, et la fébrilité de ses mouvements trahissait l'émotion dont il subissait en ce moment tout l'empire.

Il portait le costume des chasseurs de
frontières, seulement ses vêtements avaient
un cachet particulier d'élégance. Ils se composaient d'une culotte de peau de daim
et d'une espèce de blouse vert foncé bor-
dée de franges, qui descendait jusqu'aux
genoux et était garnie sur la poitrine de
grosses tresses de passementerie également
vertes. Une ceinture de cuir noir très lui-
sant, étroitement serrée autour des reins, servait à retenir un énorme couteau à large lame,
une poire à poudre chargée de curieuses
figures en relief et un sac à balles agré-
menté de dessins. Son rifle court et pesant
se faisait remarquer par le fini du travail.
Il avait en outre sous sa blouse entr'ouverte
deux pistolets dont on apercevait les canons
polis. Ses jambes étaient protégées par des

guêtres de cuir très souple qui retombaient sur des bottines molles emprisonnant un pied petit et cambré.

Tandis qu'il demeurait absorbé dans ses réflexions, le jeune homme entendit tout à coup un bruit de pas. Instinctivement il chercha un abri derrière un arbre. Précaution inutile : une voix forte mais sans rudesse l'arrêta :

— A quoi bon vous cacher ? lui disait-on. Si vous aviez affaire à un ennemi, croyez-vous qu'il vous eût laissé passer impunément devant lui ? Si au contraire le hasard vous met en présence d'un ami, pourquoi fuir cette occasion si rare dans la prairie ?

Le jeune homme rougit. Il marcha vers l'inconnu et lui tendit la main. Cette démonstration de confiance fut aussitôt accueillie avec le même empressement.

Pendant quelques instants, ces deux hommes qui ne s'étaient jamais vus et qu'un caprice de leur destinée réunissait ainsi dans l'immensité du Nouveau-Monde, demeurèrent silencieux et pensifs. Leurs regards se croisèrent.

— Jeune homme, dit enfin celui qui venait de parler, j'ignore qui vous êtes, mais si mon habitude d'interroger les physionomies ne me trompe pas en ce moment, vous devez avoir le cœur franc et loyal. Je croyais connaître tout le monde dans cette partie de la contrée, et pourtant je ne me rappelle point vous y avoir jamais vu.

— En effet, dit le jeune homme en souriant, je ne me trouve ici qu'en passant et pour affaires.

L'inconnu jeta sur le jeune homme un regard de défiance.

— Le temps et le lieu, dit-il, semblent mal choisis pour s'occuper d'affaires. Mais encore ces affaires, puis-je savoir quel en est l'objet ?

Le jeune homme eut un mouvement d'impatience.

— Mon ami, répondit-il, vous venez de me rendre un service dont je vous suis très reconnaissant. Aussi voudrais-je pouvoir contenter votre curiosité, mais...

— Halte-là, jeune homme, interrompit brusquement l'inconnu. J'ai pour principe

de marcher devant moi et de regarder les
gens en face. Si je tombe sur un ennemi, je le
préviens ou l'attends de pied ferme. Vous
savez aussi bien que moi ce qui se passe
aujourd'hui au Canada. Les Anglais ont
pu prendre Québec, mais Montréal reste
aux Français, dont le drapeau est encore
debout. De Levis, Bougainville et Dumas
peuvent tenir tête à Murray, Haviland et
Amherst. Mais dans cette lutte, où l'honneur
est l'enjeu encore plus que la puissance,
Français ou Anglais ne sauraient rester in-
différents. Je ne sais encore de quel parti
vous êtes, mais je veux le savoir sur l'heure.
Donc pas de réticence. Si nous servons des
intérêts contraires, je veux bien vous donner
sur moi une avance d'un coucher de soleil
à l'autre. Mais, ce temps écoulé, soyez sûr
que je suivrai votre piste. Si au contraire
nous défendons la même cause, je serai
heureux de seconder vos projets. Mais ne
cherchez point à dissimuler. Je suis de ceux
qui haïssent la duplicité.

— Mais si je ne tiens point à vous prendre
pour confident ? dit le jeune homme.

— Il faudra donc que je parle pour vous.
Oh ! ne cherchez point à vous dérober. Vous
êtes ici pour affaires, dites-vous ? Fort bien.
Vous êtes soldat, votre allure même le trahit,
et si je ne me trompe, vous êtes officier.
Or, quelles peuvent être ici les affaires d'un
soldat, d'un officier ? Je vous l'ai déjà dit,
j'aime à parler franc. Un soldat, un officier
ne peut jouer ici que le rôle d'espion ou
d'agent chargé d'acheter le concours des
Indiens. Eh bien, agent ou espion, j'exige
que vous m'appreniez de qui vous tenez
votre mission. Libre à vous de persister
dans votre refus, mais dans ce cas je vous
conseille de recommander votre âme à
la miséricorde divine, car vous n'aurez
à espérer de moi aucune merci, aussi
vrai que je m'appelle Horace de Rochetonnerre.

Le jeune homme feignit un geste de surprise en entendant le nom de son interlocuteur.

— Vous avez tort, mon ami, dit-il avec
flegme, de me parler ainsi. Le Supplicié
Vivant est trop connu dans les deux camps

pour que l'on puisse faire erreur sur sa personne et ses sentiments.

— Vous m'avez donc reconnu? repartit le comte. Qui êtes-vous enfin et que venez-vous décidément faire ici ?

— Je m'appelle René de Vauquelin, dit le jeune homme, et je suis lieutenant dans le corps de M. de Levis. Mon père commande les deux frégates qui composent les forces maritimes sous Québec. Voici qui vous expliquera ma présence dans votre contrée.

En parlant ainsi, il tendit au comte une grande enveloppe scellée.

Rochetonnerre l'ouvrit et se hâta de parcourir le contenu de la missive.

— Il paraît, dit-il, que M. de Levis a beaucoup de confiance en vous. Savez-vous ce que renferme cette lettre ?

— Je le suppose. Je crois être chargé de demander votre assistance pour avoir des indications exactes sur le nombre des guerriers que peut lever la tribu des Onontagues, et sur ses dispositions à l'égard de la France. En même temps j'ai des instructions pour

3

me mettre en relations avec un Canadien du nom de François Brissot.

Le comte de Rochetonnerre eut un regard terrible. Son visage prit une expression qui fit reculer d'effroi le jeune officier.

— Ce Brissot, continua le lieutenant, est, dit-on, très dévoué à notre cause. Il doit nous assurer l'alliance de tous les Indiens. Le connaissez-vous ?

— Si je le connais, s'écria le Supplicié Vivant en bondissant, si je le connais ! Jeune homme, regardez ceci.

Et retirant la calotte qui lui couvrait tout le crâne :

— Voilà son œuvre, dit-il.

René de Vauquelin eut un mouvement d'horreur.

La tête du comte offrait sous la cicatrice récente un aspect hideux.

— Mais alors, cet homme...

— En deux mots, dit le Supplicié, je vais vous mettre au courant. Brissot est Français, mais il est vendu aux Anglais. Il a toute la férocité et l'astuce de l'Indien. Nul homme n'est plus à craindre pour nous,

nul ne nous a causé plus de mal. C'est lui
qui est le véritable auteur de la mort de
Montcalm, car c'est lui qui a conduit Wolf
sur les hauteurs d'Abraham, comme ce traître qui livra aux Perses le passage des Ther-
mopyles. Pourtant personne ne sait qu'il n'a
d'autre rôle auprès de nos chefs que celui
d'espion. Aussi nul n'a plus d'accès auprès
d'eux, nul ne s'entend mieux à les séduire
par des promesses captieuses, nul ne vit
avec eux sur un plus grand pied d'intimité.

— Combien y a-t-il de temps que vous
êtes tombé dans ses mains ?

— Un peu plus d'un an. Depuis ma guérison, je suis sa trace nuit et jour. Je ne
désespère point de l'atteindre. Mon tour
viendra, j'en ai la conviction. Je ne pourrais
dormir en paix dans ma tombe si je mourais
avant d'avoir accompli ma vengeance.
Savez-vous où il est maintenant ?

—Non. Avant mon départ il m'a renouvelé
l'assurance que je trouverais un allié sûr
dans un chef d'Onontagues auquel il donnait,
je crois, le nom de l'Ours-Maigre. Il m'a
recommandé de demeurer dans le camp de

ce Peau-Rouge, jusqu'à ce qu'il arrivât lui-même. Il ne peut donc tarder à venir dans cette contrée.

— Je ne me rends pas bien compte de sa nouvelle perfidie, dit Rochetonnerre. Il doit avoir, dans tous les cas, un grand intérêt à votre perte, car l'Ours-Maigre, loin d'être un allié de la France, est le plus cruel et le plus acharné de nos ennemis. Ce sont, Brissot et lui, deux scélérats qui se valent. Avez-vous jamais eu quelque différend avec Brissot ?

Le jeune homme eut un mouvement d'hésitation.

— Voyons, mon jeune ami, lui dit le comte en lui posant la main sur l'épaule et en le regardant fixement, pourquoi ne point parler à cœur ouvert? Il y a entre cet homme et vous une haine implacable.

— Eh bien, oui, dit le lieutenant, vous avez raison. Brissot me hait. Nous aimons la même femme, et c'est à moi qu'elle doit accorder sa main.

— Ne l'avais-je point dit ! s'exclama le comte. Toujours le même venin. Il veut se débarrasser de vous, et si vous n'aviez été

en même temps chargé de me remettre cette
lettre, vous alliez donner tête baissée dans
son piège. Maintenant que vous êtes averti,
que comptez-vous faire ?

— Je ne sais. Êtes-vous sûr que j'aie affaire à un misérable ?

— De la pire espèce. Vous avez tout à
craindre de lui et rien à espérer. Une seule
chose me préoccupe pour le moment ; que
vous eussiez ou non échappé à ses embûches, quel autre dessein pouvait-il avoir ?

— Je ne saurais vous le dire, mais ce que
je puis vous certifier, c'est que si les circonstances me mettent en présence de lui, il y
aura un scélérat de moins sur la terre.

Et le lieutenant confirma ces paroles en
ajoutant :

— Je le jure.

— Touchez là, jeune homme, dit le comte
de Rochetonnerre en lui tendant la main.
Notre cause est désormais commune. Je ne
vous demande qu'une grâce. Je veux que
Brissot périsse de ma main. J'ai soif du sang
de cet infâme. Aidez-moi comme je veux
vous aider, et il ne nous échappera point.

— Soit. Que faut-il faire?

—· Combien de temps est-il resté avec M. de Levis?

— Six mois environ. Mais il s'est absenté plusieurs fois.

— Je comprends. Il trame quelque plan infernal qu'il ne peut exécuter seul. Il n'a guère de crédit parmi les Onontagues, qui redoutent sa scélératesse. Mais l'Ours-Maigre, qui est l'exécuteur de ses machinations ténébreuses, doit rôder dans les environs. C'est pour se ménager une entrevue avec lui qu'il vous a envoyé en avant, comptant ainsi d'une pierre faire deux coups. Nous n'avons donc qu'à les attendre l'un et l'autre. Ou plutôt vous n'avez qu'à feindre d'être la dupe de Brissot. Notre programme est ainsi tout tracé. Vous vous rendrez au camp des Onontagues, et je vous accompagnerai, si bien déguisé que nul ne pourra me reconnaître. Une fois Brissot et l'Indien en notre pouvoir, je me charge de régler leurs comptes. Surtout faites bien attention qu'il s'agit de les prendre vivants. Je ne me soucierais pas de tirer sur eux, si je les avais au bout de mon rifle. J'en ai eu maintes fois l'occasion, je l'ai toujours dédaignée. J'ai juré de leur faire subir le supplice que j'ai enduré, et si Dieu me prête vie, il en sera ainsi.

— Je suis à vous corps et âme, dit René de Vauquelin. Commandez, j'obéirai. J'ai une permission illimitée. Personne ne s'inquiétera donc de mon absence. Vous croyez pouvoir les surprendre ?

— Oui. Mais le temps est précieux.

Tandis qu'il prononçait indifféremment ces dernières paroles, le comte se baissa pour scalper un des Onontagues dont le cadavre gisait à ses pieds.

Le jeune homme eut un geste de répulsion et détourna la tête.

Le comte eut l'air de ne point s'en apercevoir, et se penchant sur un autre cadavre, il lui arracha également la chevelure.

Puis se tournant vers le lieutenant :

—Jeune homme, dit-il, voici votre part de la victoire. Attachez ce trophée à votre ceinture.

René de Vauquelin repoussa l'odieux objet que lui tendait son compagnon.

— Je comprends votre répugnance, dit le

comte, et j'avais autrefois sur ce point les mêmes préjugés que vous. Mais nous n'avons point d'autre moyen pour faire connaître aux Indiens survivants la trace de notre passage.

— La journée a été bonne, poursuivit-il après un moment de silence. Trois sur cinq. Les autres ne m'auraient point échappé sans cette douleur...

Et découvrant sa poitrine, il montra la cicatrice de la blessure faite par le couteau de l'Ours-Maigre.

Il eut un grand soupir, et refermant son vêtement, il passa les chevelures des Indiens à sa ceinture. Ensuite, ramassant leurs armes, il les jeta sur son épaule et se mit en devoir de partir.

— En route, dit-il; je veux vous conduire d'abord à mon arsenal.

Une fois engagés dans la forêt, ils marchèrent pendant plusieurs milles sans s'arrêter. Ils arrivèrent enfin au bord d'une crique.

— Attention, dit le comte en pénétrant dans l'eau. Mettez votre pied partout où j'aurai posé le mien. Nous approchons. Par les temps qui courent, nous ne saurions prendre trop de précautions, car la contrée est infestée de Peaux-Rouges. Voyez-vous ce rocher qui se dresse devant nous ? C'est là-dessous qu'est mon arsenal. Hâtons-nous, et suivez exactement chacun de mes mouvements. Un faux pas pourrait causer votre mort.

Pendant qu'il parlait ainsi, il s'avança prudemment jusqu'au pied de la masse rocheuse qui émergeait du lit même de la crique. Sortant ensuite de l'eau où il était resté plongé jusqu'à mi-corps, il se hissa, en s'aidant des deux mains, jusqu'à une anfractuosité, puis gravit un sentier taillé à vif et presque perpendiculaire à la base.

Après avoir poursuivi quelque temps cette ascension :

— Voyez, dit-il, cette corde. C'est tout ce que j'ai pour me guider dans les ténèbres, quand je monte ou descends.

La corde qu'il désignait à son compagnon, et qui était attachée et nouée par endroits, de manière à former une échelle, était mince, grise, terne, et se confondait d'en bas avec le rocher.

3*

L'entrée de la caverne que le comte appelait son arsenal était complètement dissimulée. Une énorme pierre dressée debout et percée de deux ou trois meurtrières la masquait à ceux qui gravissaient le rocher. Une autre pierre, posée à plat sur la première, couvrait en quelque sorte d'un auvent l'étroite ouverture.

Le comte avait saisi la corde d'un mouvement nerveux, et en quelques instants il était parvenu au haut et s'était débarrassé de ses armes en les jetant dans la caverne.

René de Vauquelin le suivait à peu de distance.

Tout à coup, un cri sauvage, répété d'échos en échos, donna l'alarme aux deux compagnons.

Le comte, qui dominait la forêt et la plaine, vit distinctement une troupe d'Indiens, le corps et le visage affreusement striés de lignes rouges et jaunes, se jeter dans la crique, et leurs rifles collés contre la joue, viser le jeune lieutenant, dont ce danger inattendu semblait paralyser les forces.

Un seul regard suffit à Rochetonnerre

pour constater toute la gravité du péril que courait son ami.

Celui-ci avait en effet vivement tressailli ; une pâleur livide s'était répandue sur ses traits, l'une de ses mains avait déjà lâché prise et s'agitait dans le vide ; il faisait un mouvement pour se pencher en arrière et regarder au-dessous de lui.

— Pour l'amour du ciel, jeune homme, levez la tête, lui cria le comte. Si vous ne montez pas promptement ici, sans vous inquiéter de rien, vous êtes un homme mort.

Il ne fallait que cet avertissement pour rendre au lieutenant tout son sang-froid et lui faire poursuivre rapidement son ascension.

Pendant ce temps, les balles sifflaient à ses oreilles. Une de ces balles effleura la joue de Rochetonnerre.

Sans prendre garde à cette légère blessure, le vieux soldat, uniquement occupé de son compagnon, ne cessait de l'exciter à redoubler d'efforts et de vitesse.

Tout à coup il le vit s'arrêter et faire mine de faiblir. En même temps un jet de sang jaillit de la tête du jeune officier.

La situation se compliquait.

Attendre plus longtemps, c'était s'exposer à un dénouement fatal.

L'audace pouvait seule sauver les deux compagnons.

Le comte n'hésita point.

Les balles continuaient de passer à deux doigts de lui.

Homme d'action avant tout, il laissa tomber son rifle, et se cramponnant d'une main au rocher, il se pencha jusqu'à mi-corps au-dessus de l'abîme.

A ce moment, René de Vauquelin, épuisé par la douleur, poussa un faible gémissement.

Il lâcha la corde.

Mais une poignée de fer le saisit dans l'espace : Rochetonnerre l'attirait à lui avec une puissance et une dextérité prodigieuses.

En un clin d'œil, le corps du jeune officier passa par-dessus le rocher et disparut dans la caverne, entraîné par son sauveur.

Un cri d'admiration partit de la crique.

Les sauvages avaient reconnu dans ce trait l'héroïsme du Buffle-Gris.

Un sourire de satisfaction effleura la lèvre du comte, tandis qu'il essuyait la sueur qui ruisselait de son front. Pendant quelques instants, il demeura immobile, la main posée sur son cœur. Il semblait en proie à la plus violente souffrance.

Toutefois, reprenant presque aussitôt son sang-froid, il courut à l'entrée de la caverne.

Les sauvages, sachant maintenant quel ennemi ils avaient à combattre, criblaient le rocher de leurs flèches.

Sûr de ne pouvoir être atteint, Rochetonnerre, son rifle à deux coups bien épaulé, choisissait parmi les Peaux-Rouges la proie qu'il voulait abattre.

Une formidable explosion ébranla les airs.

Un sourd gémissement s'éleva de la crique.

Comme un vol d'oiseaux effarés, les Indiens échappés aux balles s'étaient répandus dans toutes les directions, cherchant avec empressement un abri. Le comte n'avait pas achevé de recharger son arme qu'ils avaient disparu à sa vue.

Rochetonnerre revint alors à son compagnon qui gisait évanoui sur le sol de la caverne.

Le jeune homme avait la tête couverte de sang. Le comte, penché sur lui avec une vive inquiétude, se mit en devoir d'écarter les cheveux qui s'étaient collés. Il eut une exclamation de joie en reconnaissant qu'il s'agissait d'une blessure très légère.

# III

## LE BLOCUS.

La caverne où le comte de Rochetonnerre avait fait pénétrer René de Vauquelin était étroite et basse. Ses parois abruptes et semées de crevasses et de saillies étaient ornées de nombreuses fourrures parmi lesquelles pendaient, en guise de trophée, des armes de toute espèce qui avaient appartenu autrefois aux Peaux-Rouges.

Quelques quartiers de venaison sèche et différents ustensiles de cuisine attestaient que cette retraite n'était pas seulement un refuge, mais une véritable demeure. Des peaux de bête entassées dans un coin, des blocs de pierre servant de sièges complétaient cette installation.

Le jeune officier avait poussé un faible soupir en reprenant ses sens. Il promena autour de lui un regard étonné et porta machinalement la main à la tête. La douleur et la vue du sang, en même temps que l'expression toute amicale du visage de son compagnon, le rappelèrent promptement à sa situation. Il se dressa sur son séant.

— Les Indiens ! dit-il d'une voix tremblante, comme quelqu'un qui cherche à recueillir ses souvenirs. Oui, c'est bien cela : j'étais blessé, j'allais tomber, vous m'avez sauvé la vie. Et c'est la seconde fois aujourd'hui que je vous dois de n'avoir pas péri.

Il saisit avec effusion la main rude et calleuse du comte et la couvrit de baisers.

— Mon Dieu ! dit Rochetonnerre, vous en eussiez fait tout autant à ma place. Il n'y avait pas à choisir, et surtout pas à réfléchir. Votre mort était certaine. Vous tombiez d'une telle hauteur que vous ne pouviez manquer d'être horriblement meurtri, sans compter que les Peaux-Rouges vous attendaient au bas du rocher.

— Sont-ils partis ?

— Je ne le crois pas, mais ils sont assez loin de nous pour que nous n'ayons pas à nous préoccuper d'eux. Ne craignez rien, mon ami, laissez-les hurler à leur aise, ils ne viendront pas ici, à moins que nous ne leur montrions le chemin. Un enfant de dix ans tiendrait tête à toute une tribu, de l'endroit où nous sommes.

Tandis qu'il parlait ainsi, le comte s'était rapproché de l'entrée de la caverne et regardait prudemment ce qui se passait au dehors. Il ne vit d'abord que le cadavre d'un Indien qui flottait à la surface de la crique. Peu à peu cependant il crut distinguer derrière les arbres de la forêt des formes sombres qui rampaient sans bruit dans la direction du rocher et s'arrêtaient de distance en distance, comme si elles eussent craint qu'une nouvelle fusillade ne les accueillît.

— Eh bien ? demanda le jeune officier en voyant revenir son compagnon.

— Mes prévisions étaient fondées. Les Peaux-Rouges reviennent à la charge, et je parierais qu'ils vont rester là jusqu'à ce qu'ils aient eu la chance d'atteindre l'un de

nous, si, bien entendu, nous ne leur en ôtons
pas l'envie une fois pour toutes. Ils ne sont
pas maladroits, il faut en convenir. Quelques lignes plus bas, et c'en était fait de
vous. Votre tête vous fait-elle beaucoup
souffrir ?

— Un peu, mais pas à beaucoup près
autant que cette égratignure, répondit le
jeune homme, en montrant une profonde
blessure qu'il avait au côté.

— Je n'avais pas vu cela, mais rassurez-
vous, j'ai là dans ce tesson un baume souverain ; laissez-moi vous en frotter et lier
un bandage par-dessus. Dans deux jours
il n'y paraîtra plus rien.

Cette opération terminée, Rochetonnerre
alla reprendre son poste à l'entrée de la
caverne.

Tout à coup il haussa les épaules. Il
venait d'apercevoir quelques sauvages qui
étaient descendus dans la crique et faisaient
le tour du rocher avec l'intention manifeste
de chercher à rejoindre leurs ennemis.

— Allez toujours ! murmura-t-il, vous
serez bien fins si vous trouvez l'autre entrée.

— Il y a donc une autre entrée? demanda le lieutenant avec anxiété.

— Oui. Mais pour qu'ils pénètrent de ce côté dans la caverne, il faut que nous leur ouvrions la porte. S'il en était autrement, nous aurions pris, vous et moi, ce chemin qui est beaucoup moins dangereux et moins fatigant. Vous comprenez bien qu'un vieux renard comme moi ne s'enferme pas sans avoir plus d'une issue.

Et le comte eut un éclat de rire.

— Je ne suis pas aussi rassuré que vous, dit le lieutenant. En admettant qu'ils ne puissent pas entrer, ils peuvent nous bloquer et nous réduire à la famine.

— Vous comptez sans ces provisions, dit Rochetonnerre en montrant les quartiers de venaison.

— Soit. Mais où trouver à boire? La boisson n'est pas moins nécessaire que les aliments.

— N'avons-nous pas la crique, qui contient assez d'eau pour entretenir toute une armée ?

— Vous oubliez que la crique est au pouvoir

des Indiens. Comment y descendrez-vous
sans qu'ils s'en aperçoivent et vous en empêchent ?

— Cas prévu comme tous les autres, mon
cher ami. J'avoue que ce point m'a longtemps embarrassé ; mais soyez tranquille, il
est résolu. Je n'ai pas besoin de descendre
chercher de l'eau, je la monte.

Le jeune homme eut un geste d'incrédulité.

— Vous voyez cette corne suspendue là-
bas et pourvue d'une grande corde. Quoi de
plus facile que de la laisser couler le long
du rocher jusqu'à ce qu'elle plonge dans la
crique et s'y remplisse d'eau ? Pendant que
l'un de nous se charge de cette opération,
l'autre peut coucher les Peaux-Rouges en
joue. Vous me direz qu'ils tireront sur nous à
leur tour ; mais il n'y a pas un homme sur cent,
et pas un Peau-Rouge sur mille, qui puisse
nous atteindre à cette distance. En supposant qu'une de leurs balles finisse par briser la
corne, j'en ai plusieurs de rechange, comme
vous voyez. Quant à la seconde entrée de
la caverne, elle est de l'autre côté du rocher,

et à moins de tomber dessus par hasard, on la chercherait toute une année sans la trouver. Elle est entièrement cachée sous les arbres. A dix mètres environ de l'ouverture, une pierre que j'ai taillée à dessein ferme étroitement la voûte. Cette pierre, retenue par des coins, est en quelque sorte enclavée dons le roc. On ne peut donc la mouvoir que de ce côté-ci. Une galerie qui donne à gauche de l'ouverture permet, en cas de besoin, de ranger la pierre pour ne pas gêner le passage. Une seconde pierre protège l'entrée de la pièce où nous sommes.

En même temps qu'il achevait ces paroles, le comte montra un énorme quartier de rocher qui s'adaptait parfaitement à la voûte et était maintenu en place par des fragments de pierre faisant office de coins.

— Comment donc avez-vous découvert cette caverne ? demanda le jeune homme.

— C'est un ours qui m'y a mené. Elle lui servait de retraite. Je l'ai guetté toute une journée. J'ai là sa peau dans le tas de fourrures que vous voyez dans ce coin. Une fois la bête morte, j'ai surveillé son antre pendant deux jours consécutifs. J'ai eu enfin la conviction que la caverne n'avait point d'autres habitants. J'y suis entré, je l'ai explorée avec le plus grand soin, j'ai reconnu tout l'usage que je pouvais en tirer, et dans mes moments perdus j'ai installé les divers objets que vous avez sous les yeux. J'en ai fait ma demeure définitive depuis la mort de ma femme.

Le comte se tut. Une expression de chagrin se peignait sur ses traits.

— Y a-t-il longtemps que vous avez perdu votre compagne ? dit l'officier.

— La fièvre l'a emportée en quelques jours. La pauvre créature a sacrifié sa vie pour sauver la mienne. Mon fils et ma fille sont maintenant au fort Duquesne. Je ne les reverrai point avant d'avoir assouvi ma vengeance. Tous ceux que j'avais juré de châtier ont péri. Il ne reste que Brissot et l'Ours-Maigre. Ils m'ont jusqu'ici échappé ; mais j'ai comme un pressentiment que l'heure tant attendue est proche maintenant. Du reste, ma carrière touche à sa fin, et je ne puis me faire à la pensée de quitter cette vie sans avoir apuré mes comptes avec ces scélérats.

Il y eut un silence.

Le lieutenant s'était assoupi. Le comte avait les regards attachés sur l'endroit où les sauvages, couchés dans les hautes herbes sur le bord de la crique, épiaient patiemment ce qui se passait.

Soudain plusieurs éclats de pierre tombèrent par l'ouverture de la caverne, en produisant un grand cliquetis.

Les deux compagnons échangèrent un regard significatif.

Furieux d'être déçus dans leurs projets et ne voyant pas d'autre moyen de pénétrer dans la retraite de leurs ennemis, les Peaux-Rouges avaient pris le parti de tenter l'escalade du rocher. Ils ignoraient encore comment ils auraient à s'y prendre, mais ils comptaient sur leurs rifles pour tenir les visages pâles en respect, et ils espéraient bien que, grâce à la supériorité du nombre, leur attaque serait couronnée de succès.

Rochetonnerre ne perdait de vue aucun

de leurs mouvements. Il avait jeté son rifle et retiré de sa ceinture son long couteau où se voyaient encore des taches de sang.

René de Vauquelin venait de se réveiller.

— Jeune homme, dit le comte avec un accent railleur, vous aurez tout à l'heure à mettre le nez à la fenêtre et à trouer une boutonnière dans la carcasse du premier diable rouge qui s'avisera de tirer sur moi. Pour le moment ménagez vos munitions.

Le silence qui avait succédé à la chute des éclats de pierre se trouva bientôt interrompu par un bruit sourd et presque imperceptible. Ce bruit qui ressemblait à un grincement n'échappa point à l'oreille attentive des Français.

A peine eut-il cessé, que des hurlements partirent de la crique. Presqu'en même temps une pluie de flèches et de balles s'abattit contre le rocher. Plusieurs des projectiles tombèrent inoffensifs aux pieds des deux compagnons.

Tapis contre la grande pierre dressée

debout, et regardant par les meurtrières, ils prenaient plaisir aux vaines tentatives des assaillants.

Vauquelin, indécis, attendait les instructions du comte.

— Il est évident, dit-il à voix basse, que ni vous ni moi ne pouvons nous montrer. Ce serait nous exposer à une perte certaine.

— En effet, dit Rochetonnerre. Mais ce jeu ne tardera point à prendre fin. Une fois que leurs camarades seront arrivés au haut, ceux qui tirent maintenant d'en bas suspendront leur feu, à moins qu'ils ne visent au hasard, pour nous effrayer ou nous faire prendre le change. Pour le moment il ne nous reste qu'à nous asseoir dans la caverne et à attendre les événements.

Ils descendirent.

Tout à coup le comte toucha l'épaule du jeune officier, puis leva le doigt avec un mouvement expressif.

Le lieutenant vit distinctement les jambes d'un Peau-Rouge engagées dans l'ouverture de la caverne.

En même temps l'Indien se cramponnait à la corde.

Doucement, sans produire aucun bruit, Rochetonnerre se dressa debout.

Il ouvrit largement la bouche pour laisser l'air pénétrer plus abondamment dans sa poitrine.

Ensuite il saisit son large couteau entre les dents, de manière à avoir les mains libres.

Cependant le Peau-Rouge opérait sa descente avec précaution.

Bientôt les deux compagnons purent apercevoir ses reins musculeux.

Enfin l'Indien toucha terre.

Au même moment une main de fer le saisit par le milieu du corps et l'entraîna avec une puissance irrésistible.

A cette brusque attaque, le Peau-Rouge, éperdu, poussa un cri féroce. Il lâcha la corde, qui alla frapper la paroi de la caverne avec un bruit strident.

Le cri d'alarme du sauvage eut de nombreux échos.

Supposant que leur compagnon avait péri en tombant et oubliant un moment qu'il devait s'attendre à rencontrer de la résistance, les Indiens, qui attendaient l'issue de cette première tentative, exhalaient leur douleur en lamentations déchirantes.

Toutefois ceux qui étaient restés dans la forêt semblaient avoir mieux que les autres compris l'exactitude des faits. Altérés de vengeance, ils criblèrent en signe de représailles le rocher de leurs flèches.

Le lieutenant n'avait pas négligé la recommandation du comte. Déjà son rifle avait fait bonne besogne.

Tout à coup le jeune homme poussa un cri d'horreur.

Tandis que Rochetonnerre arrachait le sauvage du rocher auquel celui-ci essayait de s'accrocher, le comte perdit lui-même l'équilibre et alla se jeter contre la paroi de la caverne.

Une minute de plus, et c'en était fait de lui; mais il ne laissa point à son ennemi le temps de se rendre compte de la situation. Sa main s'appesantit sur la gorge du Peau-

Rouge. En même temps il l'empoigna par la ceinture.

Mettant alors en œuvre la force herculéenne dont il était doué, il souleva l'Indien de terre et courut avec son fardeau à l'entrée de la caverne.

Le sauvage, lancé par-dessus la pierre, fendit l'espace en jetant un cri d'épouvante.

Un instant après il s'abattait aux pieds de ses compagnons, le corps en lambeaux.

Cependant l'effort surhumain déployé par le comte faillit lui être funeste.

Entraîné par le mouvement, il était arrivé jusqu'au bord du rocher, lorsqu'il sentit une violente douleur à la poitrine, et s'affaissa, privé de sentiment.

Il allait inévitablement rouler dans l'abîme, quand le jeune officier le retint et le tira en arrière.

Les Indiens, terrifiés à la vue de leur compagnon mis en pièces, ne s'étaient pas aperçus que leur ennemi était à la portée de leurs armes.

Grâce à la présence d'esprit du lieutenant, le comte avait échappé à la mort.

Rochetonnerre, vivement ému, pressa doucement la main de son sauveur.

Un moment après il s'évanouit.

Heureusement Vauquelin avait sous la main un flacon d'eau-de-vie. Il desserra les lèvres affreusement pâles du comte et lui versa dans la bouche tout ce qui restait de la liqueur brûlante. L'effet fut immédiat. Le comte ouvrit les yeux et eut un soupir de soulagement.

— Comment vous sentez-vous maintenant? lui dit le jeune homme avec anxiété.

— Mieux, mon ami, beaucoup mieux. C'est toujours cette vieille blessure. Je ne tarderai pas à m'en aller. Les accès deviennent de plus en plus fréquents et douloureux. J'ai cru un moment que j'allais partager le sort du Peau-Rouge, et sans vous j'étais infailliblement perdu. Je ne saurais assez vous remercier.

— Je n'ai fait qu'acquitter une partie de ce que je vous dois, repartit l'officier. Mais que comptez-vous faire maintenant?

— Attendre. Rien de plus. Nous ne pou-

3\*\*\*

vons sortir d'ici avant la nuit, et, dans tous les cas, ils ne peuvent nous surprendre. Je ne suppose pas qu'ils aient envie de recommencer leur tentative de sitôt. Nous pouvons donc nous reposer et réparer nos forces, sans nous soucier d'eux. Avez-vous faim ? Vous avez là de la viande, seulement il me semble difficile en ce moment de la faire cuire.

— J'ai faim en effet. Mais avant de prendre quoi que ce soit, je voudrais boire ; la soif me dévore.

— Un peu de patience, et vous serez servi à souhait. Mon procédé m'a toujours réussi jusqu'ici. Il est vrai que c'est la première fois que j'ai à opérer sous les yeux des Peaux-Rouges.

Le comte se leva avec peine et atteignit la corne qui lui servait à puiser de l'eau.

Tandis que Vauquelin le couvrait de son rifle, Rochetonnerre commença de mettre son plan à exécution.

Les sauvages avaient disparu, emportant les cadavres de leurs compagnons.

La corne, retenue par une longue corde, descendit promptement.

Les deux hommes blancs croyaient n'être point troublés dans leur besogne. Ils se trompaient.

Un des Peaux-Rouges, plus hardi que les autres, sortit du fourré qui les abritait et se précipita vers la crique.

Le lieutenant, qui avait suivi ses mouvements, le coucha en joue et fit feu.

L'Indien chancela.

— Arrêtez, jeune homme, cria Rochetonnerre. N'achevez pas ce pauvre diable. Sa bravoure vaut qu'on l'épargne. Aussi bien notre corne se remplit, et le Peau-Rouge ne peut plus nous faire de mal.

En effet, la corne, pleine jusqu'au bord, montait lentement.

Le comte, heureux de son succès, allait vanter son habileté, quand un nouvel incident l'arrêta.

La corne, retenue par une saillie du rocher, était demeurée stationnaire. Avant qu'on eût pu la dégager, un coup de fusil partit de la forêt.

La corne, frappée en plein, vola en éclats.

Des ricanements et des cris de triomphe

partis de l'abri où se cachaient les Peaux-Rouges, accueillirent cette prouesse.

Toutefois Rochetonnerre ne se laissa point décourager.

Ramener la corde à lui et y attacher une autre corne fut l'affaire d'un instant.

Cependant le sauvage qui avait risqué sa vie pour empêcher le chasseur dans son opération était parvenu à se relever et avait regagné son abri en se traînant.

La seconde corne descendit rapidement et alla se remplir.

Cette fois la réussite fut décisive.

La nouvelle corne, échappée aux balles et aux traits des sauvages, arriva toute pleine.

Les deux compagnons s'empressèrent d'étancher leur soif. Ensuite ils mangèrent quelques tranches de viande sèche.

Ce repas sommaire terminé, ils allumèrent leurs pipes et s'étendirent sur les fourrures.

Vauquelin, moins accoutumé que le comte aux fatigues de la vie des prairies, s'endormit.

Rochetonnerre fit le guet.

La nuit venue, l'officier se réveilla et releva son compagnon, qui lui recommanda de ne pas le laisser sommeiller plus de deux heures.

— Nous ne pouvons rester bloqués ici, dit-il, et il importe de profiter des ténèbres pour effectuer notre sortie.

# IV

Perdu dans ses pensées, le jeune officier, appuyé contre l'un des angles saillants de la caverne, regardait par l'étroite ouverture la voûte sombre du ciel semé de quelques rares étoiles.

Quoiqu'il fût à la fleur de l'âge, il avait déjà en plus d'une rencontre affronté de graves dangers. Cependant les événements palpitants qui venaient de se succéder à de si courts intervalles l'avaient vivement impressionné. Sa course désespérée au moment où, traqué par les Indiens et à bout de forces, il allait inévitablement périr sans le secours inattendu que lui avait prêté le comte, l'énergie de cet homme vraiment

extraordinaire, l'audace qu'il lui avait vu
déployer coup sur coup, les circonstances
dans lesquelles ils avaient l'un et l'autre
échappé à une mort qui paraissait absolument sûre, l'escalade à la fois originale et
hardie qu'ils avaient faite du rocher, le siège
qu'ils avaient soutenu, les périls auxquels
ils devaient certainement s'attendre encore,
tous ces faits se représentaient l'un après
l'autre à son esprit, et un frisson involon-
taire passait dans ses membres à mesure
qu'il voyait se dérouler devant lui ces ta-
bleaux d'une réalité si saisissante.

Toutefois, ce qui l'avait le plus frappé
depuis qu'il avait rencontré le Supplicié
Vivant, c'étaient ses révélations touchant la
fourbe de François Brissot. Il ne pouvait se
faire à l'idée que cet homme, si considéré
par tous les officiers de l'armée française,
n'était en réalité que le plus vil des espions.
Il se demandait encore si le comte ne se
trompait point, s'il n'y avait pas confusion
d'un innocent avec un coupable.

Certes, tout ce qu'avait dit Rochetonnerre
de l'astuce et de la férocité du traître révol-

tait l'âme digne et vraie du jeune soldat. Et pourtant il ne pouvait se résoudre à concilier tant de vilenie et d'infernale cruauté avec les manières polies, le langage délicat et les protestations de dévouement à la cause française, dont il gardait un si vif souvenir.

D'ailleurs, en admettant que le comte eût raison, comment expliquer que Brissot pût s'exposer à rencontrer dans le même lieu le rival dont il voulait se débarrasser et l'homme qui s'attachait avec tant de haine à ses pas ?

Absorbé dans ces réflexions, René de Vauquelin sentit tout à coup tout son sang refluer vers son cœur.

Un cliquetis, presque aussitôt suivi de cris sauvages qui semblaient s'éloigner rapidement, avait brusquement rompu le fil de ses pensées. Presque au même moment son oreille fut frappée du bruit sourd que fait un corps en tombant d'une grande hauteur. Ce bruit était absolument le même que celui produit par la chute du sauvage jeté par-dessus le rocher.

Voici ce qui s'était passé.

Les Indiens avaient espéré surprendre les hommes blancs. Ils avaient une seconde fois tenté l'escalade. L'un d'eux, parvenu presqu'au haut, s'était hasardé à poser les pieds sur une légère saillie. Ce faible point d'appui avait cédé sous lui, et il avait été précipité dans le vide, en déchirant affreusement tous ses membres aux nombreuses dentelures du rocher.

Aux hurlements des sauvages, Rochetonnerre s'était réveillé en sursaut. Il avait saisi son rifle, et, le doigt sur la détente, en un clin d'œil il avait rampé jusqu'au lieutenant.

— Qu'y a-t-il? demanda-t-il tout bas.

— Un homme, un Peau-Rouge sans doute, vient de tomber du haut du rocher, répondit Vauquelin.

— Ah! la première leçon n'a donc point servi. Qu'ils viennent, nous sommes prêts à les recevoir.

— Que comptez-vous faire?

— Rien de plus que ce que nous faisons en ce moment : m'asseoir tout à mon aise et attendre tranquillement. Si proches qu'ils

4

puissent être, ils ne bougeront point avant une heure d'ici. Ils se doutent bien que leurs cris sont parvenus jusqu'à nous, et ils se disent que nous nous tenons sur nos gardes. Quand tout sera rentré dans le silence , quand ils seront persuadés que nous nous sommes rendormis , ils reviendront à la charge.

— Mais pourquoi ne pas leur donner l'éveil, si le moindre signal suffit pour les éloigner? A quoi bon les tuer, si nous pouvons les mettre en fuite? Je ne puis concevoir l'utilité de ces effroyables boucheries.

— Il faut traiter les Indiens comme ils nous traitent. Croyez-vous qu'ils eussent hésité à nous frapper dans l'ombre et à l'improviste? Non, non. Vous pouvez vous attendre de leur part aux plus ignobles lâchetés, pour peu que nous ayons le dessous. Au reste, ils ont l'esprit ainsi fait, qu'ils ne se retireront point avant qu'il y ait eu mort d'homme. Ce qui nous est le plus défavorable en ce moment, c'est qu'ils sont capables de nous bloquer jusqu'à la pointe du jour, et qu'il nous faut, coûte que coûte, sortir d'ici avant une heure, si nous voulons, cette nuit, vaquer à nos affaires.

— Mais pourquoi ne pas nous retirer tout de suite? Ne m'avez-vous pas dit qu'ils ne connaissent point l'autre passage?

— Pour les avoir sur nos talons, au bout du premier mille de marche! Vous oubliez qu'il nous faudrait laisser notre piste ouverte, et qu'ils l'auraient bien vite retrouvée. Pour moi, il n'y a pas à choisir. Il faut que nous leur montrions une seconde et une dernière fois de quel bois nous nous chauffons. Aussitôt que nous serons débarrassés d'eux, nous quitterons la caverne. Au surplus, je crains bien que le secret de ma retraite ne soit désormais connu.

— Vous êtes donc d'avis d'attendre ici leur retour?

— Tout au moins le retour de quelques-uns d'entre eux. A moins de flairer nos projets, ce qui me semble matériellement impossible, je compte qu'ils enverront en avant une demi-douzaine de leurs plus braves guerriers pour faire l'assaut de la caverne et tomber sur nous avant que nous ayons pu leur causer un dommage sérieux. Ayez votre rifle prêt, et quand je vous ferai signe, faites feu sur les bandits. Vous avez là d'autres armes sous la main. Mais, chut ! maintenant ; plus une syllabe, plus un geste, retenez même votre souffle. Je les entends qui grimpent sur le rocher. Ayons l'œil au guet !

Les deux compagnons se serrèrent la main, en signe d'entente, et demeurèrent muets.

La nuit était calme et silencieuse. Cependant d'épais nuages aux contours sinistres couraient rapidement dans le ciel et présageaient un orage. Par intervalles une étoile tremblotante perçait l'immense voûte et jetait dans la profonde obscurité les rayons mourants de sa lumière vacillante. Parfois encore le disque faiblement échancré de la lune émergeait des ténèbres pour reprendre presque aussitôt le sombre voile qui le cachait le plus fréquemment aux regards. A ces lueurs indécises, les deux compagnons distinguaient vaguement la pierre dressée debout, qui découpait dans l'horizon rapproché son gigantesque profil.

Les instants s'écoulaient avec lenteur. L'imagination surexcitée du jeune officier prêtait aux minutes la durée des heures. On eût dit que les sauvages avaient abandonné leur dessein. Rien n'indiquait, en effet, leur présence, si ce n'est le frottement produit par leurs corps contre le rocher qu'ils continuaient d'escalader.

Enfin, une plume recourbée, puis une tête rasée se montrèrent lentement au-dessus de l'escarpement, pour demeurer un moment stationnaires, puis disparaître brusquement, comme si la vue de quelque obstacle eût tout à coup effrayé l'Indien, dont cette plume et cette tête annonçaient l'approche.

Toutefois cette soudaine disparition ne devait être attribuée qu'à la prudence ou à une légitime appréhension.

La plume et la tête ne tardèrent point à se faire voir de nouveau. Une seconde plume, puis une seconde tête les suivirent de près.

René de Vauquelin ne perdait rien de ce qui se passait.

Qu'on juge de son étonnement, lorsqu'il entendit tout près de lui le bruit régulier que produit la respiration d'un homme plongé dans le plus paisible sommeil.

Il s'assura presque aussitôt que le comte était profondément endormi.

Les Indiens avaient sans doute entendu comme lui ce ronflement sonore. Ils en avaient conclu que les deux hommes blancs s'étaient abandonnés à une trompeuse sécurité et se trouvaient ainsi à leur merci.

Dans cette conviction, les deux Peaux-Rouges qui venaient en tête de la file avaient passé prudemment par-dessus la pierre et s'étaient ensuite couchés à plat ventre pour tendre la main à leurs compagnons et leur faciliter l'ascension.

L'instant d'après, cinq Indiens, aux membres puissants, aux faces hideuses, se trouvaient rangés devant l'ouverture de la caverne.

La fureur qui se peignait sur leurs visages indiquait, sans pouvoir s'y méprendre, qu'ils étaient décidés à un combat à outrance.

Tout à coup Rochetonnerre toucha le coude de l'officier.

Vauquelin eut un mouvement de surprise, mais il comprit aussitôt que le ronflement de son rusé compagnon n'était qu'une tactique pour attirer plus sûrement l'ennemi dans le piège.

Les deux rifles des Français firent feu en même temps. L'écho n'avait pas cessé de répéter le bruit produit par la double détonation, que deux autres décharges lui succédèrent.

Des cris de terreur, des rugissements, des plaintes d'agonisants, des exclamations forcenées, des gémissements lamentables mêlèrent leur lugubre concert à la fusillade.

On eût cru un moment que l'enfer avait du même coup vomi toutes ses horreurs.

Au-dessus de ces clameurs dominait la voix formidable du Buffle-Gris, cette voix qui glaçait d'effroi les sauvages les plus aguerris.

Le comte s'était élancé vers l'entrée de la caverne sans rien rencontrer qui s'opposât à son passage.

Vauquelin venait derrière lui à deux pas.

Soudain l'officier se sentit saisir par la poitrine et, cédant à une violente impulsion, il alla rouler dans l'intérieur de la caverne.

Instinctivement il porta les bras en avant. Ses mains rencontrèrent un corps lisse. Il ne s'y trompa point : c'était un Indien.

Le pied du jeune homme s'était posé sur une pierre polie et avait glissé. Il était tombé.

Le Peau-Rouge lui serrait la gorge.

Il vit passer devant ses yeux l'éclair métallique d'un énorme couteau.

Heureusement pour lui, l'arme, mal dirigée, frappa le rocher et se brisa.

Profitant de cette circonstance, Vauquelin avait saisi l'Indien par les pieds et s'était dégagé en le renversant à son tour.

La tête du Peau-Rouge avait donné contre la paroi de la caverne. Il avait roulé sur le sol, sans proférer un cri.

L'officier s'était aussitôt redressé et, n'o-
béissant qu'à sa rage, il s'était jeté sur son
ennemi, dont il avait empoigné la gorge en
la comprimant dans un étau de fer.

En même temps, il lui frappait à coups
redoublés et avec frénésie la tête contre la
pierre.

Les cris du sauvage, qui rugissait comme
un taureau qu'on assomme, attirèrent le
comte.

— Qu'est-ce donc? Qu'y a-t-il? s'écria-t-il
en accourant, la crosse de son rifle levée.

— Ne craignez rien, je tiens la brute, et
elle ne m'échappera pas, dit le jeune homme,
qui sentait l'Indien râler sous sa robuste
étreinte. Faites place, que je l'envoie rejoindre les siens!

Et, sans lâcher la gorge du sauvage, il le
traîna jusqu'à l'entrée, puis, le soulevant
avec vigueur, le lança par-dessus la pierre
dans l'espace.

Cet acte suprême d'énergie l'avait épuisé.
Il s'affaissa, en proie à un violent tremblement nerveux, et hors d'état de prononcer
une parole.

4*

Quelques gorgées d'eau-de-vie que lui fit avaler le comte le ranimèrent.

— Comment ai-je pu manquer cette vipère? s'exclama Rochetonnerre. Je croyais pourtant bien avoir barré le passage.

— Il aura glissé de vos mains comme il a fait des miennes, dit le lieutenant. Dans tous les cas, peu s'en est fallu qu'il ne m'ait envoyé rejoindre mes aïeux. Qu'avez-vous fait des autres?

— Tous morts. Je n'ai eu que la peine de les assommer sur place. Mais attendez que j'aie déblayé le terrain. Cette fois, j'ai suivi votre conseil. Je ne me suis pas soucié de les scalper. Tout ce que je sais pour le quart d'heure, c'est qu'ils nous laisseront la paix.

Tandis qu'il parlait ainsi, Rochetonnerre lançait, les uns après les autres, les cadavres des sauvages par-dessus l'escarpement.

— N'avez-vous pas dit que nous avions à vaquer à nos affaires? demanda Vauquelin, quand cette répugnante besogne fut achevée.

— J'ai, en effet, l'intention de me rendre avec vous, comme je vous l'ai dit, cette nuit même, au camp de l'Ours-Maigre. Ne vous

étonnez point. Ce n'est pas la première fois
que cela m'arrive. J'y cherche une occasion
de me rapprocher du scélérat, mais, jusqu'ici, je n'ai jamais eu la chance de le
trouver seul.

— Mais comment espérez-vous exécuter
ce projet ?

— Rien ne m'est plus aisé. Nous allons,
une fois notre toilette achevée, sortir de la
caverne par la porte dérobée que je vous
ferai voir bientôt. Puis nous marcherons
tout droit devant nous, jusqu'à ce que nous
arrivions au camp ou à la ville, comme vous
voudrez, de l'Ours-Maigre. Nous entrerons
chez lui, mais sans nous faire annoncer, à
moins que vous ne parliez assez couram-
ment la langue des Onontagues.

— Je la comprends et la parle facilement,
mais je ne pourrais jamais me faire passer
pour un des leurs.

— J'ai sur vous cette supériorité, dit mystérieusement le comte, pendant qu'il retirait d'une burette remplie d'huile un chif-
fon qui servait de mèche à cette lampe
primitive. Il l'alluma pour atteindre un vo-

lumineux paquet caché dans une anfractuosité du rocher.

— Qu'est ceci? demanda le lieutenant, intrigué.

— Ma garde-robe, ou, si vous aimez mieux, mon travestissement. Je ne le mets qu'aux grands jours, quand je vais voir le chef. Je vous vois faire un mouvement de surprise. Il n'y a pourtant rien de plus simple. Il m'est arrivé déjà nombre de fois d'avoir de longs entretiens avec l'Ours-Maigre, face à face, sans qu'il ait pu s'apercevoir de l'envie que j'avais de le prendre à la gorge.

— Vous avez donc sérieusement l'intention de vous habiller en Peau-Rouge et de vous peindre le corps?

— Parfaitement, et vous n'avez qu'à faire comme moi, si vous voulez me suivre. Mais je vous préviens qu'il y aura du fil à retordre.

Et comme le jeune homme pâlissait légèrement :

— Allons! allons! dit le chasseur, n'ayez pas peur de l'Ours avant de l'avoir vu. Vous êtes brave et prudent; vous avez fait vos preuves; mais je tenais à vous mettre sur vos gardes et à ne point vous causer de déceptions.

— Merci, répondit le lieutenant. Comptez sur moi. Je suivrai exactement vos instructions; j'ai, d'ailleurs, grande envie de me perfectionner dans la connaissance des mœurs de la Prairie, et je ne saurais avoir de meilleur guide et de meilleur maître que vous.

En parlant ainsi, Vauquelin prit le costume que lui tendait le comte.

— Voilà qui s'appelle parler, dit Rochetonnerre. Mais attendez donc, je réfléchis qu'il vaut peut-être mieux ne pas vous peindre du tout. Il y aurait trop de danger à nous faire passer tous les deux pour des sauvages. Je puis vous montrer la ville sans vous y faire entrer. Au reste, si les Peaux-Rouges vous voient, vous vous ferez passer pour un ami de Brissot. Tout bien pesé, ce dernier plan est préférable à l'autre.

— Comme vous voudrez.

— Pendant que j'achèverai ma toilette dans ce coin, de manière à dérober cette lumière aux indiscrets du dehors, vous, montez la garde à l'entrée, et assurez-vous que nous ne sommes pas épiés.

L'officier obéit. Au bout de quelques instants, le comte le rappela.

— Vous n'avez rien découvert de suspect?

— Rien.

— Comment trouvez-vous mon déguisement ?

— Parfait.

Rochetonnerre offrait en ce moment l'aspect d'un superbe guerrier indien dans la fleur de l'âge, et rayonnant de force et de beauté. Les couleurs voyantes distribuées avec art sur toutes les parties de son corps, et principalement sur son visage et sa poitrine, les plumes attachées à son front, la peau de panthère majestueusement drapée et fixée à l'épaule par une dent de l'animal, les hautes guêtres de fourrure, le collier de griffes d'ours, la ceinture de coquillages lui donnaient cet air de bravoure qui est propre aux chefs de tribu.

Il eut un sourire de satisfaction en constatant l'effet qu'il produisait sur le lieutenant.

Toutefois ce sourire fit place presque aussitôt à une expression de vive tristesse.

Rochetonnerre ne pouvait quitter sans un serrement de cœur cette caverne qui lui avait rendu de si nombreux services, et qui maintenant lui devenait inutile et même dangereuse.

Il repoussa le bloc de pierre qui la fermait, et, suivi de Vauquelin, il s'engagea sous la voûte basse et étroite.

Cependant cette voûte ne tarda pas à devenir plus haute et plus large, et les deux compagnons purent bientôt marcher et respirer à l'aise.

Après avoir ainsi avancé pendant quelque temps, le comte souffla la lumière et plaça la burette dans un enfoncement.

— Rapprochez-vous de moi, dit-il. Là, doucement et avec la plus grande précaution, comme si vous posiez le pied sur des œufs. Un seul faux pas vous coûterait la vie.

— Mais alors pourquoi éteindre la lumière? chuchota l'officier, en s'attachant fortement à la ceinture de son compagnon.

— Pour révéler notre approche aux Peaux-Rouges? Ce serait le comble de la folie et le plus sûr moyen de donner dans la gueule du loup. Fiez-vous donc à moi. Il n'y a pas un pouce de tout ce chemin que je ne connaisse. Mais, chut! nos paroles pourraient nous trahir.

Ils continuèrent de marcher en silence.

A la fin, le comte ralentit le pas et sembla chercher quelque chose à tâtons,

Ils étaient arrivés à la seconde pierre. Il ne leur restait plus qu'à l'écarter pour passer l'un après l'autre par une espèce de tunnel très étroit, en se traînant sur les mains et les genoux.

— Attendez-moi ici, dit le comte. Je vais faire la reconnaissance.

L'officier fit halte à l'endroit même où il venait d'effleurer le sol du pied.

Tout brave qu'il était, il ne put réprimer un sentiment d'effroi, en songeant à sa situation.

Il se trouvait, en effet, plongé dans les

ténèbres, ayant partout autour de lui, derrière, à droite, à gauche, peut-être aussi devant, la mort, rendue plus terrible par l'inconnu.

Il demeurait cloué sur place, prêtant l'oreille et n'entendant aucun bruit.

L'absence du comte se prolongeait.

Que s'était-il passé?

Rochetonnerre était-il tombé dans quelque embûche?

Le jeune homme commençait à désespérer, quand une voix presque inintelligible murmura près de lui :

— Tout va bien. Les démons ne nous ont pas découverts. Venez, mais ne dites pas un mot.

L'officier eut un tressaillement. Il comprenait de plus en plus combien il lui serait impossible de se mesurer avec de tels ennemis, s'il était livré à lui-même.

Au bout de quelques instants, les deux compagnons parvinrent à l'entrée de la caverne. Le terrain était en cet endroit sensiblement défoncé et offrait l'apparence d'un bassin caché sous un épais fourré de plantes rampantes.

Le comte se coucha à plat ventre pour se frayer plus facilement un passage. Le lieutenant suivit son exemple.

Bientôt ils dévalèrent la pente d'une colline dont ils eurent rapidement atteint le pied.

— A merveille, mon cher ami, dit Rochetonnerre, tendant la main au jeune homme. On prend plaisir à avoir un compagnon tel que vous. Si vous continuez à m'écouter aussi ponctuellement, je n'aurai qu'à me louer de votre aide. Nous venons d'accomplir la moitié de notre besogne et la plus facile. A moins de faire un détour de douze milles, nous devons entrer dans l'eau jusqu'au cou et traverser la crique tout près de l'endroit où les Peaux-Rouges continuent de bloquer la caverne. Je m'en rapporte à vous, quel chemin préférez-vous prendre?

— Le plus court.

— Fort bien. C'est aussi mon avis, et j'aurais été contrarié de vous voir penser au-

trement. Donc, c'est dit, nous traversons la
position des Indiens. Mais d'abord quelques
recommandations, pendant qu'il en est temps
encore. Ici nous pouvons parler sans danger.
Dans un instant nous devrons être muets
comme des poissons. Vous allez me suivre
pas à pas et surveiller chacun de mes mouvements. Voici ma manière de me faire entendre, et je n'en ai point d'autre quand je pour-
suis une piste ou quelque entreprise hardie,
comme celle de cette nuit. Si je lève la main,
vous vous arrêterez tout court et vous ne re-
muerez pas un cheveu, dussiez-vous marcher
sur un serpent. Si je baisse la main, même
chose. Le signal ne change pas. Si je siffle
tout doucement, vous préparerez votre rifle ;
si je fais claquer ma langue pour imiter le
coassement de la grenouille, vous vous cou-
cherez et vous resterez immobile jusqu'à
mon retour. Surtout ne brûlez point de poudre avant de m'avoir vu tirer. S'il faut en
venir aux mains, faites usage de votre couteau. Est-ce entendu ?

Pour toute réponse, le jeune homme se contenta de répéter une à une, avec la plus grande

exactitude, les instructions qu'il venait de recevoir.

Le comte secoua vivement la tête, pour témoigner son contentement.

— Parfait, jeune homme, absolument parfait. Si nous avions à passer ensemble rien qu'une année, je ferais de vous le meilleur pionnier de la Prairie. Mais il ne s'agit point de cela maintenant, n'est-ce pas ? Souvenez-vous de mes indications, et en route !

Fier de la confiance qu'il inspirait, René de Vauquelin marcha derrière son guide, en ayant soin de poser son pied sur l'empreinte même des pas du comte.

Le corps incliné en avant, retenant leur respiration et frôlant à peine le sol, ils descendirent, sans qu'aucun bruit trahît leur présence, le petit chemin creux qui conduisait à la crique où ils avaient vu, peu de temps auparavant, les Indiens s'enfoncer pour faire l'escalade du rocher.

Dix minutes plus tard, les deux compagnons se trouvaient au bord de l'eau. Ils firent halte pour écouter.

Aucune voix d'homme ne frappa leurs oreilles. Pourtant Rochetonnerre était moralement certain qu'ils n'étaient séparés des Peaux-Rouges que par une faible distance. Il se fiait peu au silence qui l'entourait et il se disait que les sauvages devaient être cachés dans les hautes herbes qui bordaient la crique.

Néanmoins, comme il n'y avait pas à hésiter, il descendit dans l'eau et se mit en devoir de la traverser de biais.

Vauquelin le suivait.

En peu de temps ils se trouvèrent sains et saufs sur l'autre bord et s'engagèrent dans la forêt.

# V

## LA PEAU DE BUFFLE.

Les deux compagnons avançaient avec la plus grande prudence. A chaque instant les broussailles, les arbres tombés en travers du chemin, les longues excavations produites par la pluie leur barraient le passage. Ce qui les préoccupait surtout, c'était la crainte d'éveiller les soupçons des Peaux-Rouges.

— Mieux vaut, disait Rochetonnerre, perdre une heure pour ne pas être découvert, que gagner du temps en risquant de se faire poursuivre.

Mais la fatalité semblait s'attacher à traverser leurs projets.

Ils n'étaient pas à cent mètres de la crique, que l'ouïe finement exercée du comte perçut à une faible distance des pas légers comme ceux du tigre qui veut surprendre sa proie.

Rochetonnerre s'arrêta pour mieux entendre.

Les pas se rapprochaient.

C'était évidemment un de leurs ennemis qui arrivait sur eux. Le comte n'en douta point. Il tira son couteau de sa ceinture et se posta pour attendre l'agresseur. En même temps il imita le sifflement du serpent, afin de prévenir son compagnon.

Tous deux, profitant de la proximité d'un fourré, se laissèrent glisser à terre et retinrent leur souffle.

Cependant le sauvage qui venait à eux ne paraissait point soupçonner qu'il était épié.

Sa démarche était lente et insouciante. Il avait la tête penchée, comme s'il eût été absorbé dans une profonde rêverie. Sa haute taille, ses formes musculeuses, son costume pittoresque se détachaient admirablement sur le fond vert de la forêt. Quand il toucha du pied les premières broussailles du fourré, il fit halte brusquement, avec un grognement qui marquait la surprise.

Promenant autour de lui des regards inquiets et perçants, il porta la main au tomahawk passé dans sa ceinture.

Les Français, en dépit de leurs précautions, s'étaient-ils trahis ? Ils le crurent un moment.

Ce n'était qu'une fausse alerte.

Le sauvage, après un long examen des lieux et des objets, sembla rassuré.

Il prit un chemin de traverse et s'éloigna, en pressant un peu le pas, ne se doutant point qu'il venait d'échapper à une mort certaine.

Les deux compagnons se relevèrent, heureux, de leur côté, d'avoir pu éviter une lutte qui eût assurément attiré d'autres Peaux-Rouges.

Après quelques instants d'attente, le comte, voyant que l'Indien ne revenait point sur ses pas, toucha l'épaule du lieutenant, et ils reprirent leur marche.

Quand la crique et le rocher eurent complètement disparu derrière eux, ils relâchèrent un peu de leur excessive prudence et hâtèrent le pas.

Le jeune officier, pour qui la plupart de ces incidents de la vie des Prairies étaient nouveaux, semblait animé d'une vive ardeur et insensible à la fatigue. Toutefois, plus il songeait à l'expédition du comte, plus il la trouvait aventureuse.

Malgré ces appréhensions, la haute opinion qu'il avait du courage et de l'habileté de son guide, la promesse qu'il lui avait donnée d'exécuter sans observations ses instructions lui faisaient un devoir de ne point témoigner ses sentiments et d'attendre les événements.

Pendant plus de deux heures, les deux voyageurs poursuivirent leur course, sans en changer l'allure et sans prononcer une parole.

L'officier ne pouvait se lasser d'admirer l'audace de Rochetonnerre, qui marchait au milieu de la nuit et des sentiers en apparence inextricables de la forêt sans perdre une seule fois sa route et sans se préoccuper des obstacles que l'on avait fréquemment à franchir.

4**

A la fin, le comte s'arrêta, et se tournant vers son compagnon :

— Eh bien ! mon ami, dit-il, comment vous sentez-vous ?

— Un peu fatigué, je l'avoue ; mais je continuerai de vous suivre si vous le jugez nécessaire, répondit Vauquelin qui s'était découvert pour essuyer la sueur de son front.

— Bravo ! jeune homme, vous parlez en vrai pionnier. Nous nous reposerons tout à l'heure, ou plutôt vous vous reposerez. Nous approchons de la ville de l'Ours-Maigre. Elle est à un demi-mille d'ici. Quand vous en aurez fait le circuit, vous pourrez vous asseoir ou vous coucher, comme vous voudrez, en attendant mon retour.

— Vous songez donc sérieusement à pénétrer dans le camp des Onontagues ?

— Naturellement. J'ai quelque espoir de mettre enfin à exécution le projet que je caresse depuis si longtemps. Mais doublons le pas.

Et imprimant à son corps ce balancement particulier aux hommes de la Prairie qui

leur permet de fournir des étapes incroya-
bles, le comte accéléra sa marche.

Dix minutes plus loin, ils arrivèrent au
bord d'une vaste clairière, au centre de
laquelle on pouvait distinguer, aux lueurs
encore indécises qui précèdent le crépuscule,
les formes grossières d'un certain nombre
de huttes et de tentes de peaux. Au milieu
était réservé un espace vide où se mou-
raient les dernières flammes de plusieurs
feux.

Aucun être vivant ne s'offrait à l'horizon.
La clairière semblait déserte. Cependant, de
temps à autre, un glapissement aigre et prolongé ou le cri lugubre d'un hibou annonçait que le camp était gardé. Rochetonnerre
n'ignorait point que des sentinelles étaient
postées de proche en proche, de manière à
former un cordon autour du village.

— Un homme averti en vaut deux, dit-il
tout bas au lieutenant.

Marchant ensuite à pas de loup, il commença le tour de la clairière, en s'arrêtant
par intervalles pour faire remarquer au
jeune homme quelque objet distinctif, arbre,

plante ou pierre, qui pût, en cas de besoin, lui servir de repère. Une demi-heure suffit pour ramener les deux compagnons à leur point de départ.

Alors le comte s'arrêta comme pour délibérer sur la résolution qu'il allait prendre, et s'adressant à l'officier en baissant la voix :

— Vous voilà, dit-il, renseigné sur la situation de la ville et de ses alentours. Pour moi, je vais vous quitter. Mais avant de nous séparer, je veux vous enseigner une retraite sûre. Approchez ; voyez-vous cet arbre qui surpasse les autres en grosseur ? Vous pourriez y rester caché tout un mois que pas un Indien ne vous dénicherait, à moins de monter jusqu'au haut, ce qui n'est guère à craindre, du moins cette nuit. Or, si mon plan réussit, nous serons loin d'ici avant la première aube. Un mot encore, et ce sera le dernier. Je puis être découvert, pris et tué. Dans ce cas, je ferai assez de bruit pour vous avertir. Vous prendrez alors conseil de votre propre inspiration. Ou bien vous tâcherez de rejoindre votre corps, ou bien vous attendrez le point du jour et vous vous présenterez hardiment dans le camp indien, en vous faisant passer pour un officier français chargé d'une mission particulière auprès de l'Ours-Maigre. Vous promettrez n'importe quoi. Plus vous mentirez, plus vos mensonges seront audacieux, plus vous aurez de chances de réussir. Vous vous tirerez ainsi d'affaire jusqu'à l'arrivée de Brissot et vous gagnerez du temps pour vous dérober.

— J'ai l'espoir, dit le lieutenant, que tout cela sera inutile. Votre destinée et votre bonne étoile vous sont venues trop souvent en aide pour vous faire défaut aujourd'hui.

— Qui sait? Enfin, nous verrons. Pour le moment, adieu. Si nous ne nous revoyons plus, promettez-moi de prendre ma place en ce qui touche le châtiment à infliger à l'espion, une fois que vous serez convaincu de la véracité de mes assertions.

— Comptez sur moi. Adieu.

Les deux compagnons se serrèrent la main avec effusion, en faisant passer toute leur âme dans cette suprême étreinte.

Vauquelin monta dans l'arbre en s'aidant des branches qu'il pouvait atteindre de la

4***

main. Il jeta un regard avide et inquiet sur la clairière. La forme vague et mouvante du comte de Rochetonnerre disparaissait dans l'épaisseur de la nuit.

Le vieux chasseur ne se dissimulait aucune des difficultés de l'entreprise qu'il allait tenter. Il savait d'avance que, s'il était découvert, il n'y aurait aucun moyen pour lui de se soustraire à la mort et que cette mor dépasserait en horreur tout ce qu'il pouvait concevoir. Mais il avait tant de fois bravé des dangers pareils, qu'il se croyait en quelque sorte assuré de l'impunité. Aussi avait-il pris l'habitude d'affronter le péril tête baissée. Cette nuit pourtant, il semblait éprouver je ne sais quel pressentiment d'un changement de fortune. Quelque chose lui disait qu'un événement extraordinaire était sur le point de s'accomplir.

Allait-il enfin pouvoir consommer cette vengeance si passionnément désirée, si ardemment poursuivie?

Allait-il au contraire, dans cette suprême tentative plus hardie que toutes les autres, échouer à jamais?

Quelle que fût la fermeté de son caractère, il ne pouvait maîtriser en ce moment le trouble qui l'agitait.

Tout autre que lui eût peut-être abandonné au dernier instant ce dessein dont la folie paraissait si manifeste. Mais, chez le Supplicié-Vivant, c'était cette folie même qui le soutenait, qui le faisait s'opiniâtrer. N'avait-il point voué toute sa vie à l'exécution de ce projet qui l'obsédait? N'avait-il point juré à sa pauvre compagne mourante de ne revoir ses enfants qu'après avoir châtié les deux scélérats qui l'avaient si horriblement mutilé?

Bien des fois, comme il l'avait dit à René de Vauquelin, il avait tenu la vie du chef des Onontagues en son pouvoir, bien des fois il avait eu la bête fauve au bout de son rifle, et il lui aurait suffi de presser la détente de son arme pour abattre l'Indien. Mais toujours il s'était ravisé, attendant patiemment l'occasion d'infliger à son bourreau le supplice que celui-ci lui avait fait subir à lui-même.

Cette occasion allait-elle enfin se présenter cette nuit?

Tandis qu'il roulait ces pensées dans son esprit, le comte, après avoir contourné le village indien, se coucha à plat ventre. Il avait attaché son rifle sur le dos, pour avoir plus facilement l'usage de ses deux mains.

Pareil à la panthère qui avance graduellement sans qu'on puisse s'apercevoir de ses mouvements, le chasseur commença de ramper dans la direction des huttes et des tentes de peaux.

Les nuages, épars jusqu'alors, s'étaient fondus en une immense voûte dont aucun rayon de lumière ne perçait la profonde obscurité.

Le village était plongé tout entier dans les ténèbres.

L'oreille collée contre terre, Rochetonnerre entendit tout à coup le bruit sourd d'un pas régulier. Il comprit qu'il allait se trouver aux prises avec une sentinelle. Il s'y attendait. Tirant son large couteau de sa ceinture, il en cacha prudemment la lame sous son bras, pour éviter que l'éclair de l'acier ne le trahît.

Cependant l'Indien approchait. Bientôt le chasseur put voir sa silhouette se découper vaguement dans la pénombre. Retenant son souffle et couché de tout son long sur le sol, le comte, l'œil fixe, les muscles tendus, était prêt à s'élancer d'un bond sur son ennemi. Toutefois il n'avait aucune intention de verser plus de sang qu'il ne fallait, et il s'était promis, pourvu qu'on ne l'attaquât point, d'épargner cette nuit tous les habitants du village indien, à l'exception d'un seul.

La forme sombre de la sentinelle approchait toujours. Elle effleura le comte, qui demeurait inerte, puis elle disparut lentement dans l'obscurité en marquant le pas.

Guidé par son oreille, le chasseur attendit que le sauvage fût assez éloigné. Ensuite, reprenant le mouvement imperceptible de la panthère, il franchit, en se glissant, le cordon des postes et se trouva sain et sauf à l'intérieur du village.

Toutefois il ne changea point de position et continua de ramper, l'œil au guet. Quoiqu'il fût moins exposé maintenant à rencontrer un Peau-Rouge sur son chemin, les Indiens se fiant généralement à leurs sentinelles, il avait néanmoins à prendre les plus grandes précautions, et surtout à se dépêcher pour ne pas être surpris par les premiers feux du jour.

En quelques instants il se trouva près d'une des huttes. Il fit une halte pour se reconnaître. Un regard rapide lui suffit pour découvrir l'objet de ses recherches. Puis il recommença de se traîner sur les mains et les genoux.

Rochetonnerre avait eu depuis peu deux indications d'une extrême importance : la première, que l'Ours-Maigre passait souvent la nuit seul dans une hutte séparée ; la seconde, que le chef des Onontagues avait le sommeil léger. Or, le chasseur venait de remarquer deux tentes presque contiguës et il se disait que la plus petite devait être occupée par son ennemi, à moins que cette nuit le chef ne se trouvât dans le wigwam de famille, et dans ce cas l'entreprise était manquée.

Le sort en était jeté, il n'y avait plus qu'à marcher en avant.

Rochetonnerre parvint en peu de temps à la tente de peau et s'arrêta pour prêter l'oreille.

Au moment où il touchait pour ainsi dire au terme de son expédition, un de ces incidents imprévus qui renversent souvent les combinaisons les mieux ourdies vint tout à coup se mettre à la traverse.

Un grondement se fit entendre à deux pas du chasseur. Il fit un saut de côté et inclina la tête en avant pour mieux distinguer. Il avait devant lui un de ces chiens indiens qui tiennent de la nature du loup, dont ils ont toute la couardise, tout en possédant les instincts féroces et perfides du chacal.

Le comte eut un frisson. Non qu'il eût peur; mais il songeait qu'un seul aboiement de l'animal pouvait donner l'éveil à tout le village. Que deviendraient, dans ce cas, tous ses projets, en admettant qu'il eût le temps de se dérober? Un second grondement plus prononcé le décida. Mais à peine

eut-il le temps de prendre son couteau, que
l'animal irrité tomba sur lui.

C'en était fait inévitablement du chasseur, si de sa main de fer il n'eût saisi la
brute par la gorge, tandis que son arme acé-
rée lui pénétrait jusqu'au cœur.

Un son rauque succéda à cette lutte désespérée qui n'avait duré qu'un instant. Le
chien était mort.

Rochetonnerre, en proie à la plus vive
anxiété, demeura longtemps immobile. Il
écoutait attentivement. Si faible qu'eût été
le râle de l'animal, il pouvait suffire pour
donner l'alarme.

Cependant le village était resté plongé
dans le sommeil.

Un soupir de soulagement s'échappa des
lèvres du comte. Il se rapprocha de la tente,
enleva deux des aiguilles de bois qui fixaient
les peaux au sol, et collant son oreille contre
l'ouverture ainsi pratiquée, il prêta la plus
grande attention.

Une expression de joie se répandit sur
ses traits, lorsqu'il entendit le souffle

léger et régulier de l'Indien couché à l'intérieur.

Aux faibles lueurs d'un petit feu allumé au milieu de la tente, le Supplicié-Vivant reconnut son ennemi étendu sur un lit de fourrures empilées.

Le comte de Rochetonnerre se glissa dans cette direction.

Ses yeux flamboyaient. Ses dents grinçaient de rage. Il n'avait plus qu'un mouvement à faire pour exécuter son dessein.

Il promena son regard autour de lui.

A portée de sa main, il aperçut une seconde pile de fourrures. Au-dessus était une grande peau de buffle. Le chasseur la souleva et, la tenant devant lui, il rampa vers l'Ours-Maigre qui était profondément endormi.

Le Supplicié-Vivant tenait enfin sa proie.

Il laissa un moment tomber la peau de buffle.

Comme le tigre qui savoure son triomphe avant de s'élancer, il contempla son bourreau avec la suprême ivresse que donne l'accomplissement d'une vengeance.

5

Tout à coup il se redressa.

Il avait saisi la peau de buffle des deux mains. Jeter cette peau sur la tête de l'Ours-Maigre pour étouffer ses cris, le saisir ensuite par la gorge, n'était plus que l'affaire d'un instant.

Le comte serrait son couteau entre les dents. C'était la même arme qui avait servi à le scalper. Cette arme, il l'avait religieusement conservée.

La maxime : œil pour œil, dent pour dent, lui semblait en ce moment écrite en lettres de feu au-dessus du scélérat qu'il allait châtier.

Le Supplicié-Vivant se pencha sur l'Ours-Maigre.

Soudain un bruit de pas retentit au dehors, une voix se fit entendre, une main s'attacha à la peau de la tente et l'agita violemment.

L'Indien s'éveilla en sursaut, saisit son tomahawk, et d'un bond s'élança à l'entrée.

Le comte, qui se trouvait de l'autre côté, n'eut que le temps de s'affaisser en laissant retomber sur lui la peau de buffle de manière à le couvrir tout entier.

Cette manœuvre, exécutée avec la plus grande rapidité, échappa à l'Ours-Maigre qui tournait le dos au chasseur.

Le chef était courroucé. Il brandissait son tomahawk, prêt à frapper l'insolent qui venait troubler son sommeil.

— Qu'est-ce encore ? cria-t-il d'une voix tonnante. Que me veut-on ?

Le chasseur souleva légèrement la peau de buffle pour entendre la réponse qui allait peut-être décider de son sort.

Cette réponse ne se fit pas attendre.

— Wa-Wa, l'Oie-Sauvage, a réveillé le grand chef, dit l'intrus, pour lui annoncer un messager qui vient de la part d'Œil-de-Serpent, le chef blanc. Le messager apporte de grandes nouvelles.

— Qu'il entre, répondit l'Ours-Maigre sèchement.

Le Supplicié-Vivant retint avec peine l'exclamation qui allait s'échapper de ses lèvres. Il ne regrettait plus d'avoir un instant auparavant été si cruellement déçu dans son attente. Le messager d'Œil-de-Serpent ou de François Brissot devait être porteur de communications d'une extrême gravité, pour avoir osé se présenter à cette heure avancée. Peut-être le comte allait-il apprendre les plans du traître et trouver ainsi le moyen de les déjouer.

Il n'avait pas achevé de faire cette réflexion, que le messager fut introduit dans la tente.

L'Ours-Maigre avait ravivé le feu et s'était jeté sur son lit de peaux.

— Le guerrier Mohawk, dit-il, a demandé à parler au sachem des Onontagues?

— L'Oiseau-Blanc apporte les paroles d'Œil-de-Serpent, dit le messager d'une voix ferme. L'Oiseau-Blanc ne peut confier ces paroles qu'à l'Ours-Maigre.

— L'Ours-Maigre est devant vous, répondit froidement le chef, ses oreilles sont ouvertes.

— Les paroles d'Œil-de-Serpent, reprit l'Oiseau-Blanc, sont des paroles de paix. Le chef blanc ne tardera point à rejoindre son frère rouge. Il lui apporte les précieux trésors qu'il lui a promis. Il enrichira la tribu des Onontagues. Œil-de-Serpent est le frère de l'Ours-Maigre. Il attend de lui un service. Bientôt — peut-être avant qu'un soleil ait succédé à l'autre — un homme blanc, un guerrier se présentera dans la ville de l'Ours-Maigre. Ce guerrier appartient à la tribu des visages pâles qui prétendent occuper nos territoires de chasse. Ce guerrier vous offrira de nombreux présents pour vous entraîner à seconder sa tribu. Sachez bien ce qu'il veut vous donner ; Œil-de-Serpent vous promet le double. Ce guerrier est un ennemi d'Œil-de-Serpent. Gardez-le ici jusqu'à l'arrivée de votre frère blanc. Jetez-lui de la poussière dans les yeux. Retenez-le par des promesses et des mensonges. Si vous ne pouvez l'aveugler, faites-le lier. Œil-de-Serpent vous récompensera. Il couvrira de pièces d'argent la plus grande de vos peaux de buffle. L'Oiseau-Blanc a parlé.

— Quand mon frère le Mohawk compte-t-il rapporter au chef blanc les paroles de l'Ours-Maigre? demanda le sachem.

— L'Oiseau-Blanc partira quand le prochain soleil touchera le sommet des arbres.

— Ogh! l'Ours-Maigre réfléchira. Il répondra quand l'Oiseau-Blanc le quittera.

Il y eut un instant de silence.

— L'Oiseau-Blanc doit être fatigué, dit enfin le chef, qu'il se couche sur ces peaux.

Pendant ce dialogue, le comte était demeuré silencieux et immobile. Chacune des paroles qu'il venait d'entendre restait profondément gravée dans sa mémoire. Il tremblait à la pensée du péril qui menaçait ce jeune homme dont il avait apprécié toute la noblesse d'âme et la franchise. Il était décidé à le sauver à tout prix.

Toutefois il ne se doutait point que le danger était plus imminent encore pour lui-même. Le Mohawk avait fourni une longue course, il était accablé de fatigue et de sommeil : il n'hésita point à accepter l'offre de l'Ours-Maigre.

Ses yeux tombèrent sur la peau de buffle étendue sur le sol. Il se pencha pour la saisir et la jeter sur les autres.

Ce mouvement fut exécuté si rapidement, que le comte n'en fut point averti.

Rochetonnerre se trouva tout à coup en présence de l'Oiseau-Blanc, qui poussa un grognement d'étonnement.

La promptitude d'action pouvait seule sauver le chasseur.

Avant même que le Mohawk eût fait un geste, le comte lui porta de son poing crispé un coup terrible en plein visage. L'Oiseau-Blanc tomba comme foudroyé.

L'Ours-Maigre s'était retourné.

Il eut un cri d'épouvante et de rage. En même temps il saisit son tomahawk. Mais Rochetonnerre ne lui laissa pas le temps de lever son arme.

Avec une force prodigieuse, il empoigna le chef par le corps et, se servant de lui comme il eût fait d'un bélier, il lui frappa à deux reprises la tête contre le sol avec tant de violence que l'Ours-Maigre demeura privé de sentiment.

Débarrassé momentanément des deux sauvages, le chasseur arracha la peau de la tente et se précipita au dehors.

Au cri terrible poussé par le sachem, le village s'était éveillé.

Avant que les Peaux-Rouges se fussent rendus compte de l'événement et fussent accourus à la tente de l'Ours-Maigre, le comte avait atteint le cordon de postes. Aucune des sentinelles ne s'opposant à son passage, il se jeta dans la forêt, en poussant un rugissement effroyable, pour avertir le jeune lieutenant, dont on venait de comploter la mort.

# VI

L'arbre qui servait d'abri à René de Vauquelin était un de ces puissants enfants de
la forêt dont la naissance se perd dans la
nuit des temps. L'immense envergure de
ses branches, pareilles aux ailes déployées
d'un condor gigantesque, projetait son
ombre, vaste et redoutable, presque jusqu'aux premières huttes du village. Ses
nombreuses ramifications et l'épaisseur de
son feuillage formaient comme une seconde
forêt, aérienne et impénétrable avant tout
aux regards. Son tronc colossal, auquel
s'attachaient des membres énormes, s'élevait à une hauteur prodigieuse. Chacun de
ces membres offrait au jeune lieutenant un
siège large et sûr, d'où il pouvait dominer

5*

la clairière sans courir le risque d'être découvert.

Il avait essayé d'abord de prendre place
sur le tronc même, mais il avait dû re-
noncer à ce projet, de crainte de tomber.
Après un examen assez long, il avait avisé
une branche dont les dimensions et la con-
formation lui parurent réunir toutes les
conditions désirables.

Cette branche formait avec une autre qui
partait immédiatement du tronc une bifur-
cation peu considérable, et l'écartement des
deux bras, qui se contournaient capricieu-
sement, constituait en quelque sorte un
fauteuil à dossier incliné, tandis qu'un gros
rameau, où le pied se posait avec solidité,
servait de point d'appui comme un petit
banc. Une troisième branche, également
fourchue et chargée de feuillages, surplom-
bait les deux premières, en avançant assez
pour représenter un auvent spacieux. L'ensemble de ces branches, de leurs rameaux
et de leurs feuilles, ressemblait à un berceau, où l'on pouvait goûter commodément
les douceurs du repos et du sommeil.

L'officier reconnut les avantages de cet assemblage de parties repliées en plusieurs tours et s'affermissant réciproquement, en reposant les unes sur les autres. Il y avait là, en même temps, un lit et un observatoire également aisés. Il s'y installa.

Depuis plusieurs jours, il n'avait guère pris de repos. Les événements de la journée qui venait de s'écouler l'avaient excédé. Son tempérament nerveux et la surexcitation de son énergie l'avaient jusqu'à ce moment tenu éveillé. Mais maintenant qu'il se trouvait forcément inactif, le sommeil appesantissait ses paupières, et, quelque effort qu'il fît pour le combattre, il se vit, en définitive, obligé de céder à la nature. Une heure à peine après le départ du comte, René de Vauquelin, perché sur l'arbre qui lui tenait lieu de refuge, dormait profondément, le bras droit passé autour d'une des branches, et retenant de la main gauche son rifle, posé en travers sur ses genoux.

Les instants se succédaient sans qu'il eût conscience de ce qui se passait autour de lui. Enseveli dans le calme absolu que procure l'assoupissement des sens à la suite d'une longue fatigue, il se laissait aller au charme de ses rêves, où passait souriante et gracieuse la femme qu'il adorait et qui l'avait préféré à François Brissot.

Tout à coup il se réveilla, comme pour s'arracher à l'obsession d'un affreux cauchemar. Par une association naturelle des idées qui demeurent enchaînées même dans le songe, il avait vu se dresser devant lui la figure sinistre de l'espion, et il avait senti la main du traître se plonger dans sa poitrine et lui arracher le cœur.

Un cri d'effroi et d'horreur s'était échappé de ses lèvres.

Son bras droit s'était dégagé, et le brusque mouvement qu'il avait fait avait failli le précipiter du haut de l'arbre.

A peine avait-il ouvert les yeux, qu'un rugissement prolongé avait frappé son oreille.

Un moment il s'était cru le jouet d'une illusion : ce qu'il avait entendu n'était peut-être que le cri poussé par lui-même dans son rêve.

Un second rugissement, plus accentué

que le premier, le ramena presque aussitôt à l'épouvantable réalité.

Son sang se glaça dans ses veines.

Était-ce le signal convenu par le comte de Rochetonnerre?

Le Supplicié-Vivant était-il découvert?

Si René de Vauquelin avait été mieux au fait de la vie des Prairies, son trouble eût été moins vif. Il eût compris, en effet, que les Onontagues auraient poussé des exclamations de triomphe parfaitement significatives, s'ils s'étaient emparés d'un ennemi aussi rusé que le Buffle-Gris, et l'avaient immolé à leur vengeance. Or, les Peaux-Rouges étaient loin de célébrer une victoire ; ils exhalaient au contraire leur rage en voyant qu'ils avaient été audacieusement bafoués dans leur propre camp.

Il y avait eu deux rugissements, et le jeune lieutenant n'avait au vrai distingué que le dernier, celui des sauvages.

Une chose était certaine pour lui, c'est que le comte était au pouvoir des Indiens.

En proie à une cruelle perplexité, l'officier se demandait si, livré maintenant à sa propre initiative, il devait immédiatement descendre de l'arbre et chercher son salut dans la fuite, ou bien s'il devait rester là jusqu'au jour naissant, et suivre alors le conseil du comte, c'est-à-dire se rendre au camp des sauvages.

Une pensée soudaine traversa son esprit : le comte pouvait avoir jusqu'ici échappé à la mort. S'il était prisonnier des Ononta- gues, il y avait encore quelque chance de le sauver. Était-il généreux, était-il hu- main de l'abandonner à la cruauté de ses bourreaux, tant qu'il restait une espérance de lui porter secours?

Ce rôle d'officier français et de porteur d'un message de Brissot ne pouvait-il point suffire pour intervenir habilement en fa- veur du comte, sinon pour le délivrer?

Quelque difficile que parût la réalisation de ce plan, c'était une tentative à risquer. Le lieutenant n'avait-il point, d'ailleurs, une dette sacrée à acquitter envers son sauveur?

Résolu à ne reculer devant aucun péril pour le défendre et le faire mettre en li-

)erté, s'il était encore possible, René de Vauquelin attendit avec impatience les premières lueurs de l'aube. Dans l'intervalle, il crut utile de sonder du regard la clairière et de vérifier ce qui se passait dans le village.

Il découvrit bientôt que les Indiens étaient sous l'empire de la plus vive surexcitation. Leurs allées et venues, leurs démonstrations bruyantes, leurs gestes violents et menaçants le confirmèrent dans la pensée que le comte était tombé dans leurs mains.

Il vit les flammes des feux, promptement ravivés, monter, rutilantes et larges, au-dessus des huttes et des tentes, et, dans leur lumière flamboyante, passer, comme autant de démons, les formes effrayantes des Peaux-Rouges. Il entendit leurs cris, leurs hurlements mêlés aux aboiements des chiens.

Tout entier à son observation, et n'attachant, au reste, qu'une importance restreinte à ces bruits confus, il ne remarqua point parmi les aboiements une voix d'un volume puissant, dont les sons retentissants se succédaient à des intervalles rapprochés et réguliers. On eût dit d'un chien-loup excité au combat.

En toute autre circonstance, ces faits n'auraient pas manqué d'éveiller l'attention et les soupçons du lieutenant. Mais René de Vauquelin était absorbé. Il agitait dans son esprit les divers moyens d'exécuter le plan qu'il venait de former. En outre, il ne pouvait détacher sa pensée des dangers que courait le comte de Rocheton-nerre, et il s'attendait, à chaque instant, à voir son compagnon, traîné, sous les imprécations des frénétiques, jusqu'au poteau d'ignominie où les sauvages attachaient leurs victimes pour les torturer avant de leur donner la mort.

Bien qu'il y eût à peine une journée que le jeune officier eût rencontré, pour la première fois, le vieux chasseur, les périls qu'il avait affrontés avec lui, les preuves nombreuses qu'il avait eues de son héroïsme, la fermeté et la loyauté de son langage, lui avaient inspiré pour le redoutable pionnier un attachement désormais indissoluble. Tout ce qu'on lui avait rapporté des exploits du Supplicié-Vivant, toutes les aventures dont il avait si souvent entendu le récit palpitant, et dont il se représentait, mieux que jamais, les tragiques incidents, lui revenaient successivement à la mémoire. Son enthousiasme, sa vénération pour celui que la légende avait surnommé la Terreur des Peaux-Rouges, ne faisaient que s'accroître, maintenant qu'il avait serré la main du héros et vu la mort face à face à ses côtés.

Cependant les aboiements du chien avaient diminué, dominés qu'ils étaient par les clameurs des Indiens.

Le jeune homme n'avait sous les yeux qu'un horizon borné. Le feuillage compacte des arbres, qui lui masquaient en partie la vue, ne lui permettait pas de se rendre exactement compte des faits.

Tandis qu'il regardait devant lui, il n'avait pas aperçu une troupe de sauvages, armés de leurs tomahawks et portant de grandes torches de pin allumées, se glisser dans la forêt et se diriger vers l'arbre où il s'était abrité.

Conduits par le chien, ces sauvages suivaient la piste laissée derrière eux par les hommes blancs, en faisant le tour du village.

La fuite du comte avait entraîné à sa poursuite la plupart des Onontagues. Quelques-uns, néanmoins, plus circonspects et plus expérimentés, avaient compris qu'une fois entré dans la forêt, le téméraire, quel qu'il fût, pouvait échapper facilement, grâce à la nuit, aux investigations les plus persévérantes et les plus minutieuses.

Ils s'étaient donc, au lieu de suivre les autres dans leur course désordonnée, assis pour délibérer sur le plus sûr moyen de retrouver la trace du fugitif.

Ils avaient décidé de s'en rapporter au flair et à la sagacité du chien.

L'animal fut déchaîné et conduit à la tente de l'Ours-Maigre, où on lui donna à sentir la peau de buffle. Grâce à cet indice, ils espéraient rejoindre bientôt leur audacieux ennemi.

Malheureusement les nombreuses empreintes de pas se confondaient autour de la tente du chef.

En cherchant la piste du comte, le chien croisa celle qu'avait laissée Rochetonnerre, à son entrée dans le village.

Il abandonna la première trace pour prendre la seconde, et comme celle-ci menait également à la forêt, les Peaux-Rouges eurent la conviction qu'elle était la véritable.

Aux lumières de leurs torches, ils reconnurent que leur ennemi avait fait le tour de la clairière.

Ils suivirent sans difficulté les empreintes encore fraîches.

Ils parvinrent ainsi à l'endroit même où les deux hommes blancs s'étaient séparés.

Près de cet endroit se trouvait l'arbre où était caché René de Vauquelin.

A ce moment, les aboiements du chien redoublèrent, et le jeune officier, dont l'attention se trouvait maintenant attirée par ce bruit de plus en plus perçant, put enfin se rendre compte de l'imminence du péril auquel il était exposé.

A peine eut-il le temps de se reconnaître, qu'une violente secousse ébranla l'arbre. La grosse branche qui pendait au-dessus de lui s'agita vivement.

Ce n'était point un coup de vent, puisque les autres arbres de la forêt demeuraient immobiles.

Le lieutenant leva la tête. Dans le feuillage, à proximité, deux yeux ardents s'attachaient sur lui avec une effrayante fixité.

Ces yeux étaient ceux d'une panthère.

La bête fauve, probablement éveillée par le tumulte, avait dû sauter d'un arbre voisin sur la branche qui formait un auvent au-dessus de l'officier.

René de Vauquelin eut un tressaillement.

L'horrible face du monstre s'inclinait sur lui. Son énorme rictus laissait voir une double rangée de crocs sur lesquels passait, voluptueuse et fébrile, une langue sanguinolente d'une extrême mobilité.

Tandis qu'il épiait les mouvements de la

panthère, ramassée sur elle-même et prête à s'élancer sur lui, l'officier entendit les aboiements du chien se rapprocher. Presque aussitôt après, les lueurs des torches lui annoncèrent que les Peaux-Rouges étaient au pied de l'arbre.

Toutefois le feuillage qui s'enchevêtrait au-dessous de lui était si serré qu'il ne pouvait compter le nombre des Onontagues. A peine distinguait-il leurs formes. Il pouvait en conclure que les sauvages n'avaient point jusqu'ici découvert sa présence. A moins qu'ils ne fissent l'ascension de l'arbre, il restait donc à l'abri de ce côté.

Mais il ne l'était point autant de l'autre.

Un rapide coup d'œil lui fit mesurer toute l'horreur de sa situation.

Les yeux de la panthère étincelaient dans leurs orbites. Le monstre faisait craquer ses puissantes mâchoires sous un grince- ment sinistre.

René de Vauquelin était littéralement entre les cornes d'un dilemme. De quelque côté qu'il se tournât, il n'avait de choix que la mort.

Son anxiété allait croissant à mesure que les instants s'écoulaient. Chacun de ces instants, en effet, précipitait le dénouement fatal.

Le seul moyen qu'il eût de se soustraire à la panthère, c'était de se laisser couler le long de l'arbre. Mais alors il tombait au milieu des sauvages. D'ailleurs les crocs du chien n'étaient pas moins redoutables que ceux de la bête fauve. Peut-être même restait-il une espérance suprême d'échapper à la panthère, tandis qu'il n'y en avait aucune de se dérober aux Peaux-Rouges.

Cette réflexion décida l'officier à garder son poste le plus longtemps possible.

Il posa son rifle sur la fourche de l'arbre et tira son couteau. Brandissant ensuite son arme comme s'il eût couvert sa tête d'un bouclier, il enlaça des jambes la branche, et pour plus de sûreté s'y cramponna de sa main restée libre.

Le signal était donné. La panthère eut un frémissement, ses membres se contractèrent, elle fit un bond.

L'officier s'était rejeté en arrière. Au mo-

ment où le monstre s'abattit , il rencontra la pointe aiguë du couteau. L'arme
s'enfonça jusqu'à la garde dans le flanc
de la bête.

La panthère poussa un hurlement épouvantable et descendit rapidement de branche
en branche.

Un moment Vauquelin put croire qu'il devait son salut à un miracle. Un examen plus
attentif lui fit reconnaître que la cause en
était toute naturelle. En effet, l'une des
grosses branches qui formaient l'espèce de
berceau où il était couché avait reçu presque tout le choc. La bête, en s'élançant,
n'avait point aperçu l'obstacle ou l'avait
dédaigné.

Le cri poussé par la panthère était de
ceux auxquels les sauvages ne se trompent
point.

Aussi les Indiens s'étaient-ils de commun
accord dispersés en tous sens pour ne point
se trouver à la portée du monstre au moment
où, entraîné par son poids et brisant sous
lui les rameaux trop faibles pour le soutenir,
il vint, dégringolant de hauteur en hau-

teur, s'abattre avec fracas au pied de l'arbre.

Seul, le chien n'avait pas bougé de place.

Il paraissait comprendre pourquoi on lui avait fait faire le tour de la clairière.

La gueule béante, il tomba sur la panthère.

Mais la chute n'avait fait qu'étourdir momentanément la bête fauve. Elle s'était relevée aussitot.

Une lutte acharnée s'engagea.

Le chien était de haute taille, ses membres puissants accusaient une force terrible.

La panthère, elle, grièvement blessée, perdait beaucoup de sang.

Le combat était donc inégal.

Une exclamation de joie s'échappa involontairement des lèvres du jeune officier.

Quelle que dût être l'issue de ce duel à mort, que la panthère fût victorieuse ou vaincue, le chien serait, dans l'un et dans l'autre cas, hors d'état de continuer à suivre la piste. En outre, les empreintes laissées sur le sol par les deux hommes blancs seraient trop effacées par celles des deux bêtes pour que les Indiens pussent encore s'y reconnaître.

Toutefois les Peaux-Rouges semblaient ne point partager cet avis. Ils tenaient évidemment pour le chien et l'encourageaient de leurs cris, tandis qu'ils avaient leurs armes prêtes pour le délivrer, dans le cas où la panthère aurait le dessus.

Cependant les deux monstres étaient étroitement enlacés. Leurs yeux sortaient des orbites, leurs gueules ouvertes et horribles se cherchaient, leurs corps pantelants fumaient. A peine quelques sons saccadés sortaient de leurs poitrines ; ni l'un ni l'autre ne paraissait disposé à lâcher prise.

A la fin, le chien eut un faible gémissement, sa tête retomba en arrière, ses yeux se fermèrent. Il était étouffé.

La panthère, le corps déchiré en lambeaux, la robe hideusement souillée de sang et de boue, s'était redressée.

Sans prendre garde aux Indiens, dont le cercle se rétrécissait autour de lui, le monstre agita majestueusement sa longue queue et posa l'une de ses pattes sur le cadavre de son ennemi vaincu. Il flaira un instant le chien, comme pour s'assurer qu'il avait réellement expiré ; puis, relevant d'un brusque mouvement sa tête superbe, il poussa un rugissement triomphant et suprême. Tout à coup il s'affaissa sur le chien, sa tête se pencha doucement. La panthère était morte.

Les sauvages, en voyant l'agonie de la bête, s'étaient jetés sur elle, et, tandis qu'ils la hachaient à coups de tomahawk, ils jappaient et aboyaient, en proie à une frénésie indescriptible. La perte de leur chien les avait frappés d'un tel trouble que, dans leur égarement, ils croyaient faire souffrir la panthère morte, dont les membres, dépecés sous leurs coups furieux, volaient autour d'eux.

Quand leur rage fut un peu apaisée, ils se groupèrent au pied de l'arbre, et, couchés à plat ventre, la face collée contre le sol, ils cherchèrent avidement, à la lumière des torches, la piste qu'ils désespéraient maintenant de retrouver.

Le combat de la panthère et du chien avait détourné l'attention des Indiens. En toute autre circonstance, ils eussent certainement exploré l'arbre lui-même, car l'idée leur serait venue naturellement que quelqu'un pouvait s'y cacher. Or, dans l'état d'extravagance où ils étaient en ce moment, ils auraient inévitablement mis l'officier en pièces, s'ils l'avaient découvert. Heureusement pour René de Vauquelin, aucun des Peaux-Rouges ne s'imagina qu'un homme et une panthère avaient pu se trouver ensemble sur le même arbre.

Toutefois, pour peu que la situation se prolongeât, le moindre mouvement du lieutenant pouvait faire bruire les feuilles. Les sauvages n'auraient pas manqué de lever les yeux, et alors René de Vauquelin était perdu sans merci.

Il attendait ce moment fatal, quand un de ceux qui portaient les torches poussa un cri : il venait de retrouver la trace du fugitif.

Un profond soupir de soulagement s'échappa de la poitrine du jeune homme, lorsqu'il entendit les pas des Indiens s'éloigner graduellement. Mais la surexcitation de ses sentiments et sa perplexité avaient été telles qu'une fois la réaction commencée, il s'évanouit. Sans la précaution qu'il avait eue d'enlacer un bras autour de l'une des branches, il serait infailliblement tombé de l'arbre la tête en avant.

Cependant la syncope de l'officier ne fut pas de longue durée. Revenu à lui, il chercha tout d'abord à se rendre compte de sa situation. Il craignait que les sauvages, déçus dans leurs recherches, ne revinssent avec le jour au point d'où ils étaient partis, et, dans ce cas, il ne se dissimulait point qu'ils finiraient par le découvrir. Ils n'auraient pas, en effet, beaucoup de peine à reconnaître aux empreintes des pieds que deux hommes, au lieu d'un, avaient parcouru la forêt et la clairière, et ils verraient sans difficulté que l'un de ces hommes s'était définitivement arrêté au pied de l'arbre. De là à conclure qu'il s'y était caché, la transition était tout indiquée.

D'autre part, l'officier inclinait à croire

que le comte de Rochetonnerre avait réussi
à s'évader, à en juger par les démonstrations des sauvages. Or, s'il en était ainsi, il
n'avait qu'un parti à prendre, c'était d'attendre que le comte vînt le rejoindre au
rendez-vous convenu. Il résolut donc de
rester sur l'arbre.

Tandis qu'il délibérait ainsi, René de
Vauquelin entendit tout à coup de nouveaux
cris de rage qui partaient du campement
indien. Les Peaux-Rouges, en suivant la
piste, étaient revenus à la tente de l'Ours-
Maigre. Ils avaient rencontré la seconde
trace de Rochetonnerre, qui était, par hasard, parallèle à la première, et ne croisait
pas celle que Vauquelin et lui avaient
laissée, lorsqu'ils avaient fait le tour de la
clairière. Pas à pas, les Indiens avaient, en
s'aidant de leurs torches, continué leurs investigations d'après ces empreintes, et c'est
ainsi qu'ils avaient été, à leur grande honte,
ramenés à la tente du sachem.

Tout confus d'avoir été joués d'une façon
aussi ridicule, les sauvages avaient momentanément abandonné leurs recherches,

avec la consolation et l'espérance que d'autres Onontagues, partis à la poursuite du fugitif dans d'autres directions, reviendraient avec des résultats meilleurs.

Quant à savoir au juste quel était le téméraire qui, non seulement avait, malgré les sentinelles, pénétré dans le camp, mais encore avait osé porter la main sur l'Ours-Maigre, personne ne pouvait donner à cet égard des renseignements précis. Les avis étaient très partagés. Le sachem avait cru un moment reconnaître, il est vrai, le Supplicié-Vivant ; mais, outre qu'il avait de nombreuses raisons pour ne pas douter de la mort du Buffle-Gris, le costume de l'audacieux qui venait de lui échapper avait si peu de rapport avec celui de chasseur, que l'Ours-Maigre avait abandonné sa première idée pour admettre, avec tout le village, qu'il s'agissait d'un Indien et non d'un homme blanc.

Quoi qu'il en fût, le chef des Onontagues était en proie à une fureur des plus violentes. Il avait pris le grand Manitou à témoin que le coupable paierait son au-

dace chèrement, dût-on poursuivre sa piste
pendant plus d'un an. Non seulement la
dignité du sachem avait été gravement com-
promise par le traitement dont il avait été
l'objet, mais le fugitif possédait maintenant
le plan secret d'Œil-de-Serpent, et la di-
vulgation de ces projets pouvait entraîner
les plus terribles conséquences.

Une chose était évidente, c'est qu'on
avait affaire à un ennemi des Onontagues et,
partant, à un allié du visage pâle dont avait
parlé l'Oiseau-Blanc. Or, si ces deux hommes venaient à se rencontrer, le visage pâle,
averti de ce qui l'attendait dans la tente de
l'Ours-Maigre, aurait tout intérêt à n'y
point paraître, et alors l'Ours-Maigre se trouvait frustré de la récompense promise,
récompense qu'il supputait déjà dans sa
pensée.

Ce raisonnement conduisit le chef à
promettre à quiconque lui livrerait la chevelure de l'espion autant d'eau-de-feu qu'il
pourrait en porter. Cette prime magni-
fique offerte au courage des Onontagues
devait nécessairement faire de chacun

d'eux un ennemi implacable du Buffle-Gris.

Cependant le jeune lieutenant, complètement ignorant de tout ce qui se tramait contre lui et contre son compagnon, s'occupait de préparer le discours qu'il allait tenir à l'Ours-Maigre, et il songeait aux présents qu'il allait lui offrir pour assurer aux Français l'alliance de la tribu indienne.

Tandis que le chef disposait tout pour prendre l'officier dans un piège, le lieutenant, lui, s'évertuait à trouver le plus sûr moyen d'y tomber.

En attendant, René de Vauquelin prêtait l'oreille au signal qu'il espérait recevoir. Mais ce signal ne venait point, et l'orient se colora des premiers feux de l'aurore sans que le comte de Rochetonnerre se fût montré à l'horizon.

René de Vauquelin put voir tout le village indien debout, et craignant, avec raison, que l'un des Peaux-Rouges, plus sagace ou plus obstiné que les autres, ne retournât à la forêt, il descendit de l'arbre et gagna silencieusement le bord de la clairière. Arrivé là, il hésita.

Plus il réfléchissait, plus il se persuadait que les appréhensions du comte étaient fondées, et que la sagesse, comme la prudence, lui commandait de ne pas persévérer dans son dessein et de rebrousser chemin pour rejoindre son corps.

Une lutte s'engagea donc dans son esprit entre le sentiment de la conservation et l'opiniâtreté, si compatible avec la fougue de son âge et de son tempérament. Ce fut l'opiniâtreté qui l'emporta.

Tirant de sa poche son mouchoir blanc, l'officier l'attacha à un bâton qu'il avait coupé dans la forêt, et avança résolûment dans la clairière. En même temps il poussa un cri prolongé. Ce cri attira, comme il y comptait, l'attention générale, et bientôt il vit accourir à sa rencontre un nombre considérable de guerriers indiens.

Malgré sa bravoure, René de Vauquelin eut un frémissement. La horde déchaînée se précipitait sur lui, les yeux pleins de flammes et de menaces, les bras levés, brandissant des couteaux et des haches.

A le voir entrer ainsi avec flegme dans

l'antre même des tigres, on eût cru à un de ces aveuglements généreux qui vont au-devant d'une mort certaine.

Cependant le lieutenant avançait toujours.

———

# VII

## L'OMBRE DE LA MORT.

Échappé, grâce à un coup d'audace, à
l'Ours-Maigre et à l'Oiseau-Blanc, et en
outre singulièrement favorisé par les circonstances, le comte de Rochetonnerre
avait pu dépasser, sans être aperçu, le
cordon des sentinelles qui, pour la plupart,
avaient couru comme tout le monde à la
tente du sachem. Le vieux chasseur avait
ainsi gagné la forêt. S'il avait continué sa
course en silence, pas un de ses ennemis
n'aurait su quelle direction il avait prise, et
il aurait eu tout le temps de brouiller sa
piste de manière à empêcher les Onontagues de s'y reconnaître.

Mais le comte avait fait une promesse à
René de Vauquelin, et cette promesse, il

voulait la tenir, dût-il affronter les plus grands périls.

Il poussa donc un second rugissement, plus retentissant encore que le premier, et quand il eut l'assurance que les sauvages venaient derrière lui, il commença à travers la forêt une course furibonde qui devait, suivant toute probabilité, par suite de l'épaisse obscurité, avoir une issue fatale.

Il comptait moins sur son agilité que sur sa parfaite connaissance de tous les accidents du terrain. Aussi le vieux pionnier, comme pour exciter davantage ceux qui le poursuivaient et les détourner du refuge de Vauquelin, jeta-t-il, à des intervalles rapprochés, trois cris également sonores, c'est-à-dire trois nouveaux défis également outrageants.

Toutefois les Onontagues, quels que fussent leur colère et leur entraînement, ne pouvaient s'empêcher de constater l'étrangeté de ce manège, auquel ils ne trouvaient qu'une explication plausible, à savoir que l'audacieux espion cherchait à les attirer dans quelque embûche.

Néanmoins ils résolurent d'attendre les événements.

Pour déjouer la tactique de leur ennemi, au lieu de continuer à courir après lui à la file, ils s'éparpillèrent sur un plus grand espace de terrain, de telle sorte que si l'embuscade redoutée existait réellement, elle fût sans effet. Ils se ménageaient ainsi le moyen de se rallier ou de battre en retraite, suivant les circonstances.

Le comte ne se doutait point de cette ruse des Peaux-Rouges.

Il avait sur eux, il est vrai, une assez grande avance. Mais il n'aimait plus beaucoup courir, quoiqu'il n'eût jamais eu dans cet exercice aucun rival. Depuis que l'Ours-Maigre lui avait plongé son couteau dans la poitrine, il avait la respiration lente et il était forcé de reprendre haleine au bout de peu de temps.

Rochetonnerre eut aisément distancé pendant quelques milles les sauvages qui s'acharnaient après lui. Mais la souffrance qu'il ressentait au cœur aurait, il le savait fort bien, vite épuisé ses forces, et il serait

6

inévitablement tombé par terre, privé de sentiment.

Sachant quelles précautions il avait à prendre, le chasseur mettait en œuvre toute la puissance de ses muscles pour maintenir autant que possible la distance qui le séparait des Indiens, et il se réservait d'employer en temps opportun le stratagème qui lui avait réussi plus d'une fois. Seulement il ne savait point que les Onontagues s'étaient disposés pour ainsi dire en éventail.

Bientôt il put entendre derrière lui plusieurs aboiements, mais il ne distinguait pas exactement de quel point ils partaient. Presqu'au même moment il éprouva les premiers symptômes de sa douleur, et il sentit ses forces trahir son ardeur. Il ralentit le pas et se jeta brusquement de côté. Persuadé qu'il avait évité le danger, le comte serra ses deux mains sur sa poitrine et s'accroupit, la tête entre les genoux. Dans cette attitude, il ne remarqua point la rapide approche d'un Peau-Rouge qui venait tout droit sur lui.

Le sauvage allait l'effleurer, quand Rochetonnerre l'entendit et leva la tête. Il n'eut pas le temps de se redresser.

L'Indien, lancé de toute sa vitesse, n'avait point, à cause de l'obscurité, aperçu l'homme assis dans le chemin. Il heurta violemment le chasseur, tomba par-dessus l'obstacle et alla rouler à une douzaine de mètres, en poussant un cri d'alarme, aussitôt étouffé par la terre et les feuilles humides qui lui remplirent la bouche.

Quelque perplexe que fût la situation du comte, il aurait pu néanmoins ne pas être découvert, s'il avait usé de prudence : le sauvage aurait fort probablement attribué sa chute à quelque accident du sol ou à quelque tronc d'arbre tombé en travers du chemin, et comme la nuit était très noire, il n'aurait pas eu la pensée d'examiner les choses de plus près. Ses compagnons auraient passé outre, et le chasseur eût été sauvé.

Mais la collision absolument inattendue avait tellement impressionné le vieux pionnier, qu'il avait bondi sous le coup, en accablant le maladroit d'imprécations. Attentifs

au moindre bruit, les Peaux-Rouges, avertis
de sa présence, avaient poussé à leur tour
des cris de triomphe, et par des aboiements
significatifs ils avaient aussitôt informé de
l'événement les plus éloignés de la bande.

Rochetonnerre avait l'esprit aussi prompt
que la main. Il comprit sur-le-champ qu'essayer de fuir n'était pas possible. Sa douleur,
qui n'était point calmée, ne lui permettrait,
en aucun cas, de faire un mille de plus. Il
n'avait donc qu'à prendre son parti et à se
fier à son courage. Aussi fit-il quelques pas
pour s'adosser à un arbre, et tirant à la fois
de sa ceinture son couteau et sa hache, il se
disposa à vendre chèrement sa vie.

Il ne s'attendait point à ce qui eut lieu.
La troupe des Peaux-Rouges passa devant
lui comme un ouragan. Presque aussitôt
après des clameurs confuses lui annoncèrent qu'une lutte violente s'était engagée.

Un sourire effleura la lèvre du chasseur,
lorsqu'il reconnut ce qui était arrivé.

Les Indiens lancés à sa poursuite avaient
trébuché sur le sauvage qui se relevait juste
au même moment, et croyant avoir mis la

main sur leur ennemi, ils le rouaient de coups.

Profitant de cette méprise qu'il savait d'ailleurs ne pouvoir durer bien longtemps, et espérant que, grâce au tumulte, on ne l'entendrait pas marcher, le comte avait rapidement quitté l'endroit où il se trouvait. A chaque pas qu'il faisait, il se sentait plus rassuré, et il commençait à croire que tout danger avait disparu.

Malheureusement il n'en était pas ainsi : des cris de rage éclatèrent tout à coup, puis le silence plana de nouveau sur la forêt.

L'erreur avait été découverte. Les sauvages prêtaient l'oreille pour reconnaître la direction qu'avait prise leur véritable ennemi. Rochetonnerre, se doutant de leurs intentions, s'était arrêté. Pas assez promptement toutefois.

Une exclamation de joie poussée par les Indiens lui prouva qu'il s'était trahi.

En effet, la bande furieuse accourait vers sa retraite.

Le moment était décisif. Le chasseur

aspira l'air à pleins poumons, puis il s'é-
lança en avant, en faisant appel à toutes ses
forces. Il savait qu'il ne résisterait pas longtemps à cette suprême tentative d'évasion ;
mais il se disait que peut-être il gagnerait
assez d'avance sur les Peaux-Rouges pour
se dérober une seconde fois, ou tout au
moins pour tomber sans que l'on entendît
sa chute.

Il n'ignorait pas, cependant, qu'il avait
affaire à des hommes qui eussent aisément
rivalisé de vitesse avec le daim le plus agile
et de persévérance avec le loup le plus
affamé. Plus d'une fois il les avait eus sur
ses talons pendant une journée sans qu'ils
parussent éprouver la moindre fatigue. Or,
maintenant que leurs passions étaient sur-
excitées par les déceptions successives qu'ils
avaient éprouvées, tout portait à croire que,
s'il leur restait le plus faible espoir d'atteindre celui qui les avait raillés avec tant
de hardiesse, ils n'abandonneraient pas cette
terrible chasse à l'homme.

Aussi le comte courait-il avec une célérité
prodigieuse. A mesure qu'il dévorait l'es-

pace, sa respiration devenait plus pénible ;
l'air qui s'échappait de sa poitrine par soubresauts était brûlant, ses tempes battaient
violemment, son sang refluait vers son
cœur, un voile passait sur ses yeux. Brisant
tout ce qui s'opposait à son passage, branches d'arbres et broussailles, il allait, il allait, ne se rendant point compte de ce qu'il
faisait, et obéissant uniquement à l'instinct.
Par moments, un faible gémissement s'é-
chappait de ses lèvres livides, sous l'excès
de la douleur, sans qu'il osât pourtant ralentir sa course. Peu à peu il perdait la
conscience de ses actes, et, tandis que son
corps cédait à l'impulsion donnée, sa pensée
allait pour ainsi dire se paralysant. Les yeux
hagards, la bouche ouverte, la langue pen-
dante, les lèvres couvertes d'une écume
teinte de sang, il offrait le spectacle d'une
de ces visions fantastiques où passe l'ombre
de la mort poursuivie par une meute de
chiens dévorants.

Au moment où il croyait toucher au
terme de cette lutte désespérée, son pied
s'embarrassa dans un creux : il tomba la

tête en avant, sans donner le moindre signe
de vie.

Étrange effet du hasard, le comte avait
roulé tout entier dans la longue excavation,
et les feuilles moites, les débris végétaux,
déplacés par ses pieds, avaient complètement recouvert son corps.

Cependant les Indiens approchaient.

Par bonheur pour Rochetonnerre, le bruit
qu'ils faisaient eux-mêmes les avait em-
pêchés de remarquer que le fugitif avait
cessé sa course. Ils continuèrent donc à
poursuivre avec le même acharnement une
proie imaginaire. L'un d'eux, en franchissant le creux, appuya son pied sur la tête
du chasseur. Le sauvage trébucha plusieurs
fois, et finit par tomber de son long. Mais
il se releva presque aussitôt avec un grognement de dépit, et courut après ses compagnons, laissant le chasseur couché sous
les feuilles, inconscient du danger qui l'avait
menacé.

Plus l'ombre qu'ils croyaient voir fuir de
vant eux se dérobait à leur atteinte, plus les
Indiens exaspérés redoublaient de rage

et d'efforts. Plus aussi ils précipitaient leurs pas, plus ils s'éloignaient, en réalité, de la place où gisait le pionnier évanoui.

Quand ils eurent ainsi franchi près d'un mille, ils commencèrent à soupçonner qu'ils étaient une nouvelle fois leurrés. Obéissant au signal de leur chef, qui était à leur tête, les Onontagues firent hâlte. Ils écoutèrent attentivement les échos, dans l'espoir que l'un d'eux leur révélerait l'endroit où se trouvait le fugitif. Frustrés dans leur attente, ils se persuadèrent que leur ennemi avait continué à courir devant eux, et leur fureur ne fit qu'augmenter. Si le comte était tombé en ce moment dans leurs mains, ils l'auraient assurément mis en pièces.

Bien qu'ils ne pussent exactement déterminer depuis combien de temps ils avaient perdu la piste, les Peaux-Rouges n'étaient pas de nature à s'avouer vaincus. Au contraire, leur résolution de poursuivre la chasse devenait de plus en plus inébranlable. Ils étaient décidés à ne pas lâcher leur proie. La seule chose qu'il leur

6*

restât à faire, c'était de retrouver la trace
perdue.

Trop impatients pour attendre le point
du jour, les Onontagues se mirent en devoir de se procurer des matériaux conve-
nables pour faire des torches dont la lumière leur servirait, croyaient-ils, à réparer
leur erreur. Ces matériaux, ils n'avaient
qu'à étendre le bras pour les trouver en
abondance dans la forêt. Aussi les torches
furent-elles bientôt allumées.

Ensuite, chacun se plaça comme il l'entendit. On eut toutefois la précaution de
couvrir le plus d'espace possible. Deux Indiens formaient l'arrière-garde. La chasse
ainsi réglée, le chef donna le signal du départ.

Pour procéder plus sûrement, on jugea
nécessaire de retourner en arrière, jusqu'à
ce qu'on se trouvât sur la piste. C'est ainsi
que, lentement et sans laisser échapper aucune des empreintes de pieds, on se rapprocha de l'excavation où le chasseur était
demeuré sans avoir repris ses sens.

Cette fois les patientes investigations des
Peaux-Rouges paraissaient devoir être cou-

ronnées de succès. La lumière des torches,
qui étaient très nombreuses, avait trop
d'éclat pour que la piste restât longtemps
cachée. En outre, les pas du fugitif étaient
trop nettement empreints dans le sol détrempé par la pluie pour que le regard
exercé des sauvages ne les reconnût pas
aussitôt.

Les Indiens qui avaient rebroussé chemin étaient sur le point d'arriver à l'excavation, quand tout à coup ils entendirent à
leur droite un signal annonçant clairement
que la piste était retrouvée.

Les sauvages eurent un grognement de
satisfaction. Ils s'élancèrent vers l'endroit où
ils étaient appelés, abandonnant ainsi la
voie qui allait les conduire, quelques minutes plus tard, au lieu même où était le
Buffle-Gris. Ils ne se doutaient point de la
nouvelle méprise qu'ils commettaient.

A peine eurent-ils rejoint l'Onontague qui
avait donné l'éveil, qu'ils le virent agenouillé, la tête inclinée vers la terre, et désignant du doigt avec orgueil la piste parfaitement dessinée devant lui.

Tout concourait à faire accepter cette piste comme la véritable. En effet, elle était représentée par des pieds de large proportion, chaussés de mocassins, et l'orteil rentrant montrait, à ne pouvoir s'y méprendre, que ces pieds étaient ceux d'un Indien. Or, l'Ours-Maigre avait formellement déclaré que le fugitif appartenait à la race indienne, et par conséquent les Onontagues se croyaient autorisés à prendre les pas qu'ils avaient sous les yeux pour ceux de l'homme qu'ils cherchaient. Ces pas indiquaient clairement qu'ils avaient été faits en courant, ou plutôt en trottant régulièrement. Cette dernière allure s'expliquait facilement, car le fugitif, pour mieux les tromper, devait avoir uni la précaution à la vitesse.

Toutefois, pour agir avec plus de certitude, quelques-uns des Onontagues suivirent les empreintes des pas jusqu'à l'endroit de leur intersection avec ceux de leur propre troupe. Ils eurent ainsi la conviction qu'ils ne se trompaient point.

S'ils avaient été moins pressés, et s'ils

avaient donné un peu plus de temps à la réflexion, ils auraient fini par découvrir l'absolue vérité. Il leur aurait suffi de suivre les empreintes qu'ils prenaient pour celles du fugitif un peu plus longtemps qu'ils ne l'avaient fait. Ils auraient reconnu alors que cette piste, coupée, il est vrai, par la leur, partait, en définitive, d'un point tout opposé de la forêt, et, conséquemment, n'avait aucun rapport avec la trace qui faisait l'objet de leurs ardentes recherches.

Ivres de sang, les Peaux-Rouges avaient, comme on le voit, lâché la proie pour l'ombre.

Ils cherchaient la piste du Buffle-Gris; en réalité, ils n'avaient trouvé que celle de l'Oiseau-Blanc, le courrier mohawk.

Le jour ne tarda point à paraître.

Tandis que René de Vauquelin attendait avec anxiété le signal du chasseur, le comte de Rochetonnerre ouvrait faiblement les yeux, et, après avoir promené autour de lui un regard étonné, il s'était péniblement dressé sur son séant. Il avait le vertige, ses lèvres étaient sillonnées de profondes déchirures, une soif ardente le dévorait.

Pendant quelques instants, le comte demeura étourdi; il ne se rappelait rien des événements de la nuit précédente. Mais il reprit bientôt possession de lui-même; le sentiment de la réalité lui revint; l'instinct de la conservation se réveilla, et d'une main rapide il chercha son rifle, qui était tombé à côté de lui.

Ne voyant rien qui pût l'alarmer ou lui révéler la présence de ses ennemis, Rochetonnerre se leva. Il était si faible que, sans l'aide de son rifle, il se serait affaissé. Il passa un instant sa main sur ses yeux, puis, sa volonté de fer reprenant tout son empire, il maîtrisa les défaillances de son corps.

Le danger qu'il courait était, il ne l'ignorait pas, des plus graves. Toute la forêt devait être, en effet, investie par l'Ours-Maigre et les Onontagues. Pour s'en assurer, il fit une reconnaissance. Au bout de quelques minutes, il eut la certitude qu'il était cerné.

Il s'assit pour délibérer sur ce qu'il convenait de faire.

Tandis qu'il se livrait à ces réflexions, il porta machinalement la main sur la poire à poudre qu'il avait au côté. Tout à coup il eut un geste d'étonnement et parut vivement alarmé. Le bouchon qui servait à fermer la poire manquait, et la poire elle-même s'était complètement vidée.

Cette calamité était la plus grande qu'il pût éprouver.

Quoi de plus effrayant, en effet ! Se trouver seul au milieu de la forêt, entouré d'une horde de monstres féroces, qui tous étaient ses ennemis acharnés, et n'avoir pour leur résister qu'un seul coup de fusil à tirer !

Rien d'étonnant donc que le comte de Rochetonnerre ressentît en ce moment un violent désespoir. Il savait parfaitement qu'il aurait avant peu à en venir aux mains avec les sauvages, et qu'étant incapable de lutter avec avantage, il succomberait bientôt.

Il y avait, il est vrai, la caverne. Mais, selon toute probabilité, les Iroquois s'en étaient emparés ; et, en admettant qu'ils n'eussent point osé y pénétrer, après avoir perdu tant de monde, tout faisait croire néanmoins qu'ils avaient continué d'en faire le siège. Le chasseur avait donc peu d'espoir d'y rentrer sans être vu, pris ou tué.

Cependant il n'avait pas d'autre chance de retrouver des munitions.

Avant d'avoir constaté l'accident dont il était victime, le comte avait eu l'intention de regagner l'endroit où il avait quitté le jeune officier : il voulait avertir René de Vauquelin du sort qui l'attendait, à son entrée dans le camp indien.

Maintenant qu'il se trouvait lui-même sans armes, il crut prudent de ne point se rapprocher du village de l'Ours-Maigre.

Il savait, au reste, que, pour le moment, le lieutenant n'avait à craindre que la captivité, et il espérait bien pouvoir le délivrer avant l'arrivée de François Brissot. En outre, il était sûr que l'officier jouerait convenablement son rôle.

Ces résolutions arrêtées, le vieux pionnier retrouva un peu de son calme ordi-

naire. Il employa d'abord toutes les ressources de son esprit inventif à effacer sa
piste, que les Onontagues chercheraient
infailliblement dans quelques instants. Il
n'espérait pas les jouer complètement, mais
il comptait les dérouter assez longtemps
pour pouvoir gagner la caverne.

Il parvint bientôt à une petite crique dont
le lit était semé de graviers. Il y entra, et
poursuivit sa marche à pas rapides pendant
un peu plus d'un mille. Ensuite, saisissant
une branche qui pendait presque jusqu'à
terre, il se hissa sur un arbre dont il eut
soin de casser plusieurs rameaux comme
par hasard. Après quoi il remonta quelque
temps le courant, en sautant de branche en
branche ; puis il se laissa retomber dans
l'eau.

Il reprit sa course en amont, et monta
presque aussitôt dans un autre arbre dont il
respecta, cette fois, prudemment toutes les
branches. Enfin, passant d'arbre en arbre,
il se laissa tout de bon glisser à terre.

Revenant alors sur ses pas, il eut l'air
d'effacer avec beaucoup d'attention la fausse

piste qu'il venait de tracer ; puis, convaincu
que les Indiens lui laisseraient, en s'arrêtant, le temps qu'il lui fallait, il prit définitivement le chemin de la caverne.

Le comte avait maintenant recouvré ses
forces. Il marchait d'un pas sûr et précipité,
l'oreille tendue, l'œil au guet. Quand il fut
près du rocher, il usa d'un peu plus de précaution. Il n'avait pas pris la route directe.
Son intention était de pénétrer, s'il était
possible, dans la caverne par l'entrée qu'il
avait laissée ouverte lorsqu'il avait quitté
sa retraite avec René de Vauquelin.

# VIII

## LE DÉMON DES TEMPÊTES.

Connaissant à fond la contrée à plusieurs milles à la ronde , Rochetonnerre était parfaitement sûr de ne pas s'égarer, malgré le détour qu'il croyait devoir faire. Une fois arrivé près de l'eau, il en suivit les sinuosités pendant un demi-mille en aval, en se cachant le plus possible dans les saules épais qui croissaient sur le bord.

Il atteignit ainsi une étroite et profonde ravine qui semblait couper en deux la chaîne de hauteurs. Il longea cette ravine jusqu'à ce qu'il rencontrât un chemin qui tournait brusquement à gauche. Parvenu là, il eut recours, comme il l'avait fait dans la forêt, à la plus grande prudence. Il pouvait, en effet, à chaque instant se trouver aux prises avec un ennemi embusqué, la hache au poing, dans un lieu complètement invisible au passant, et il savait d'avance que, dans ce cas, la lutte à soutenir serait une lutte à outrance et absolument inégale.

Un fait était certain pour lui : c'est que si les Iroquois s'étaient risqués à pénétrer dans la caverne, ils avaient dû découvrir comment les hommes blancs avaient effectué leur sortie.

D'ailleurs il était difficile de croire que les Indiens eussent abandonné la caverne sans l'explorer, soit dans l'obscurité, soit à la lumière des torches. Un sourire éclairait le visage du chasseur à la pensée que les Peaux-Rouges, s'ils parcouraient la galerie sans lumière, ne pouvaient manquer de se jeter dans les précipices béants qui se trouvaient de l'un et de l'autre côté. D'autre part, en supposant qu'ils eussent la chance vraiment miraculeuse de ne point tomber dans un gouffre, ils étaient exposés à s'égarer dans ces nombreuses galeries latérales et à marcher dans ce labyrinthe inextricable pendant plusieurs jours sans en trouver l'issue.

Quoi qu'il en fût, il était vraisemblable que les sauvages étaient maîtres de la position, et tout portait à croire qu'ils avaient établi en quelque sorte une souricière, où les hommes blancs, à leur retour, viendraient se faire prendre.

Le comte était trop au fait des mœurs des Indiens pour ne pas avoir la conviction que les Peaux-Rouges feraient le guet pendant un mois, s'il le fallait, déterminés qu'ils étaient à venger le massacre de leurs frères.

Il savait que si les Iroquois étaient en possession de la caverne, ils prendraient la précaution d'effacer soigneusement toute trace de leur présence. Ils devaient, en effet, se persuader que les hommes blancs, se reposant sur leur dernier triomphe, seraient assez simples et assez aveugles pour donner dans le piège. Or, les Peaux-Rouges tendraient naturellement à prendre leurs ennemis vivants.

La conviction que les Indiens ne tireraient pas sur lui, à moins d'avoir perdu

tout espoir de le faire prisonnier, entra donc
pour une grande part dans le plan audacieux du chasseur.

Tandis qu'il pesait ainsi dans son esprit
le pour et le contre de son entreprise, Rochetonnerre était arrivé aux approches de
la caverne.

Le tout était maintenant de savoir si
l'entrée en était encore accessible.

Il fallait, en premier lieu, redoubler de
soin et de précaution, car la moindre imprudence pouvait être funeste. Il fallait ensuite éviter d'éveiller les échos, un bruit
à peine perceptible pouvant tout compromettre.

Le chasseur s'étendit à plat ventre sur le
sol, et reprenant ce mouvement de la panthère qu'il exécutait avec tant de promptitude et d'habileté, il se glissa à travers
l'épaisseur des broussailles.

Parfois il s'arrêtait indécis. Fallait-il continuer jusqu'au bout l'exécution de ce dessein, qui paraissait ne lui promettre que la
captivité ou la mort?

Il était précisément dans cette perplexité

quand ses yeux s'arrêtèrent tout à coup sur un Indien qui était perché sur un arbre, et semblait avoir été posté là pour avertir ses compagnons de l'arrivée des hommes blancs.

Par bonheur, le sauvage, en interrogeant l'horizon, fixait les objets qui se trouvaient au delà de la place que le comte occupait pour le moment.

Apparemment l'Iroquois n'était pas simplement une sentinelle. Il devait avoir en outre pour mission, une fois les hommes blancs entrés, de leur couper la retraite, de manière à les prendre entre deux feux.

Opiniâtre dans ses résolutions, et peu accoutumé à se laisser détourner d'un projet par des considérations de conservation personnelle, Rochetonnerre avait cette fois, pour ne pas reculer, le plus puissant des motifs : il lui fallait de la poudre à tout prix.

Il continua donc de ramper en avant, en mettant tout en œuvre pour se soustraire aux regards du sauvage qui faisait la vigie.

Il mit plus d'une demi-heure à atteindre

l'entrée de la caverne. Il n'en était plus
qu'à une vingtaine de mètres quand il fit
halte, presque au pied de l'arbre, pour se
reconnaître.

Trois Indiens étaient couchés ou assis à
une faible distance. Ce poste avancé paraissait chargé d'opposer la première résistance
aux assaillants et de donner l'alarme. Seulement, comme il devait compter sur la vigilance de la sentinelle et attendre son signal, il était actuellement assez indifférent
à ce qui passait autour de lui.

Le chasseur ne se laissa pas déconcerter
par cette nouvelle difficulté.

Il espérait pouvoir effectuer son entrée
sans être aperçu par les Peaux-Rouges,
dont il lui était aisé de constater l'insouciance. Une fois parvenu dans la galerie sou-
terraine, la connaissance parfaite qu'il avait
de tous les détours devait lui donner un
immense avantage sur les Indiens. Toute la
question était en effet d'arriver jusqu'au
premier bloc de pierre. Il mettrait alors
facilement une barrière entre lui et les
quatre sauvages postés au dehors. Quant à

ceux qui se trouvaient au dedans, il estimait qu'ils n'étaient pas plus d'une demi-douzaine, et ce nombre n'avait pas de quoi l'effrayer.

On se rappelle que le terrain creux qu'il avait en ce moment devant lui était caché sous les buissons et les plantes rampantes. Il comptait sur cette circonstance pour couvrir sa marche.

Se fiant donc à son étoile, le Buffle-Gris se coucha de tout son long et commença de se traîner sur le ventre avec aussi peu de bruit qu'en eût fait un serpent, tandis qu'il remuait à peine les broussailles.

Rochetonnerre savait mieux que personne que patience vaut plus que rage. Aussi avançait-il avec une lenteur calculée, pouce à pouce, dardant les yeux sur les sauvages et serrant fortement les lèvres pour retenir sa respiration. Si faible que fût la distance à parcourir, le temps qu'il y employa lui parut une éternité.

Enfin, il toucha au but où, depuis près d'une heure, il s'efforçait de parvenir. Il fit halte pour se reconnaître une fois de plus.

A en juger par l'attitude des Iroquois, aucun de ses mouvements ne leur avait donné l'alarme. S'il n'y avait pas d'autres Indiens pour garder le bloc de pierre, il était sûr de la réussite. Jusque-là, il lui fallait continuer à jouer sa vie. Il se laissa donc couler doucement le long de la pente, et arriva au bas sain et sauf.

Un instant après, il se trouva dans la galerie, et s'arrêta pour respirer. Tirant ensuite son large couteau, il l'attacha solidement à la bouche de son rifle avec une longe taillée dans sa culotte de peau, et, tandis qu'il tenait cette baïonnette improvisée devant lui, il rampa vers le bloc de pierre.

Le comte n'avait pas fait dix mètres de chemin, qu'il entendit en avant de lui un frottement bien marqué. Il retint son souffle et cessa brusquement de se mouvoir.

Quelque chose ou quelqu'un venait évidemment à sa rencontre, et le passage était trop étroit pour qu'il pût éviter le contact.

Bientôt Rochetonnerre put distinguer le bruit produit par la respiration d'un être humain, quand tout à coup le silence se rétablit. Quel que pût être cet homme qui venait au-devant de lui, il était évident qu'il s'était aperçu de la présence du pionnier.

Le comte demeura immobile comme une statue de pierre. Pourtant son cœur battait vivement. Il s'attendait à chaque instant à entendre la détonation d'un rifle et le sifflement d'une balle qui devait infailliblement l'atteindre.

Enfin, une voix parla. C'était la voix d'un Indien.

Craignant de répondre pour ne pas précipiter la lutte, le chasseur ne savait à quoi se résoudre.

Il y eut un moment de silence.

Puis le sauvage poussa un faible grognement et continua d'avancer, persuadé, sans doute, qu'il s'était effrayé sans motifs. Le comte saisit alors son arme d'une main de fer, et maintenant la redoutable baïonnette, autant que possible, au milieu du passage, il attendit le dénouement.

Avant même qu'il eût pu réfléchir, il sentit que son couteau rencontrait une légère résistance. En même temps le sauvage poussa une vive exclamation et se porta brusquement en arrière.

Mais le comte ne lui laissa pas le temps de faire un mouvement de plus. Il lança sa baïonnette en avant de toutes ses forces, et l'arme pénétra irrésistiblement dans les chairs de l'Indien.

Un cri de douleur et d'agonie succéda à cet horrible exploit du chasseur. Roche-tonnerre, laissant tomber son rifle, se jeta sur son ennemi et le saisit à la gorge ; mais il retira presque aussitôt ses mains. Elles ruisselaient de sang. La tête du sauvage était à demi séparée du tronc. La mort avait été instantanée.

Il n'y avait pas de temps à perdre. L'alarme était donnée à ceux du dehors, peut-être même à ceux du dedans. Il s'agissait, avant tout, de fermer la galerie.

Le comte ramassa son arme. Il passa par-dessus le cadavre de l'Indien ; tout à coup sa main toucha le cornet à poudre de l'Iroquois. Il saisit la corde qui le tenait attaché et l'arracha. Puis il s'élança, réprimant avec peine un cri de joie en se voyant d'une manière inattendue en possession de l'unique objet pour lequel il avait couru de si terribles dangers.

Si prompt qu'eût été son mouvement, un instant plus tard il serait devenu inutile, car les hurlements féroces des Iroquois ébranlèrent la galerie, et le chasseur put se convaincre que le poste du dehors accourait. Néanmoins il eut le temps d'arriver jusqu'à la pierre, et il la trouva telle qu'il l'avait laissée.

Usant de toute sa vigueur, il souleva le formidable bloc et le fit rouler à sa première place ; puis, avec les éclats de pierre qui servaient de coins, il l'assujettit solidement, de manière à lui faire faire en quelque sorte corps avec le rocher lui-même.

Le chasseur avait à peine terminé cette rapide besogne, qu'il entendit les exclamations et les lamentations des sauvages qui venaient de découvrir le cadavre de leur compagnon.

Cependant Rochetonnerre ne resta point en place. Il craignait l'approche des en-

6***

nemis, et, sans hésiter, il s'engagea promptement dans les méandres du labyrinthe. Il parvint ainsi à une galerie latérale qui menait au cœur de la caverne. Il s'y arrêta, détacha son couteau de son rifle, et se mit en position pour recevoir les assaillants.

Pendant ce temps, les Iroquois du dehors battaient à coups redoublés le bloc de pierre qui leur barrait le passage, et ils accablaient d'imprécations l'ennemi, encore inconnu, qui s'était joué de leur vigilance.

Le comte savait très bien qu'il leur était impossible de renverser cet obstacle. Les Peaux-Rouges ne pouvaient l'attaquer que d'un seul côté, et ce côté, lui seul en avait le secret. A moins d'être au courant du mystère des galeries latérales, ce qu'il croyait absolument impossible, les Indiens ne pouvaient arriver à lui que par la galerie principale, qui était, en cet endroit, très basse et très étroite. Quant à la galerie latérale, elle formait avec l'autre un angle rentrant, où le chasseur pouvait se mettre à l'abri sans qu'aucune balle pût l'atteindre.

Soudain, ceux qui étaient dehors cessèrent de battre le bloc de pierre. Rochetonnerre n'eut aucune peine à en comprendre
la raison. Ils s'étaient évidemment décidés
à faire le tour de la caverne pour avertir
leurs compagnons du dedans que l'ennemi
était pris dans la souricière.

Grâce à la connaissance qu'il avait des
détours du labyrinthe, le chasseur croyait
n'avoir à redouter aucun danger. Aussi ré-
solut-il de surprendre les Iroquois au moment où ils entreraient dans la galerie. Il
était décidé d'avance à abattre le plus possible de Peaux-Rouges, car il savait que,
s'il tombait dans leurs mains, il aurait à
subir le plus effroyable supplice.

Le poids du cornet à poudre représentait
au moins une livre de la précieuse substance.
Le chasseur s'assura que la lumière de son
rifle était en état; ensuite il avança, sans
hésitation, dans les ténèbres. Au bout de
quelques pas, la galerie devint plus large
et plus haute. Alors le comte se prit à
courir; puis il s'arrêta brusquement, pour
s'enfoncer dans une espèce de niche formée

par une excavation, et où il pouvait aisément contenir tout entier.

Un regard lancé dans la profondeur de la caverne permit au comte de Rochetonnerre de distinguer un faible rayon de lumière qui passait par les crevasses du passage fermé, et annonçait l'approche des Indiens.

Le rifle épaulé, le Français attendit les Peaux-Rouges.

Il put distinguer les murmures confus de leurs voix, et, à leur tumulte, il reconnut que ceux du dehors étaient rentrés de l'autre côté, et qu'ils avaient donné à leurs compagnons communication des étranges événements qui venaient de se passer.

Le bruit des voix cessa tout à coup. Le comte entendit les sauvages remuer prudemment la lourde pierre, et, pareil au doigt du destin, son long rifle se leva lentement jusqu'à ce qu'il visât le point où brillait la lumière. Le bloc de pierre s'ébranla, disparut, et une tête rasée prit sa place.

Le vieux pionnier ne ressentait en ce moment aucune pitié. Il tenait le sauvage au bout de son rifle. Il eût pu l'épargner.

Mais les Indiens l'avaient forcé à les combattre avec leurs propres armes et leurs
propres ruses, ou à se livrer à eux sans espoir de merci.

De part et d'autre l'enjeu était la vie
même du combattant. Aussi le comte de
Rochetonnerre éprouva-t-il une joie pour
ainsi dire infernale lorsqu'il pressa la détente de son arme. Le coup partit et l'Iroquois tomba foudroyé. Il n'eut pas un geste,
il ne proféra pas un cri. L'écho roulant de
profondeur en profondeur, de galerie en
galerie, porta au loin, semblable au roulement du tonnerre, le bruit indéfiniment ré-
percuté de la détonation. Avec la promptitude de l'éclair, le chasseur avait rechargé
son rifle, et tandis qu'il versait la poudre
dans le canon, des cris de vengeance reten-
tissaient à ses oreilles : les compagnons de
l'homme rouge juraient que sa mort serait
vengé par un châtiment horrible.

Le cadavre de l'Iroquois avait été enlevé. Une autre tête apparut à l'entrée.
Avant que le chasseur eût pu lever son
arme, quatre sauvages étaient entrés dans la

galerie. Un cinquième allait les suivre.

Tout à coup une seconde détonation non moins formidable que la première éclata. Un second cri d'agonie lui répondit. Les Peaux-Rouges, ivres de fureur et guidés par la lumière, déchargèrent de commun accord leurs rifles dans la direction d'où le coup était parti.

Un rire strident, accompagné d'une exclamation de défi, fit résonner la voûte. Le comte, aussitôt après avoir fait feu, s'était effacé et avait disparu dans la niche. Les sauvages surexcités firent pleuvoir une nouvelle grêle de balles contre les parois de la galerie.

Un second éclat de rire plus insolent encore que le premier porta leur exaspération au comble. Ils se précipitèrent comme une seule masse vers l'endroit où ils étaient persuadés de trouver leur ennemi : ils furent déçus dans leur attente.

Rochetonnerre avait quitté sa retraite, et, profitant du tumulte, il avait disparu sans bruit dans la galerie, tout en rechargeant son arme pour une prochaine occasion. Rassuré par les avantages qu'il venait d'obtenir, il craignait néanmoins que les Iroquois, frappés de terreur, n'abandonnassent momentanément la partie. Il se trompait. L'opiniâtreté est le propre des Indiens. Ceux-ci étaient d'ailleurs tellement désespérés, tellement furieux d'avoir perdu tant de braves, qu'ils préféraient mourir jusqu'au dernier plutôt que de rentrer dans leur tribu avec la honte d'avoir été vaincus.

Leur troupe, grossie par ceux qui étaient restés d'abord à l'intérieur, s'élança à la poursuite de l'ennemi. Le comte serré de près allait comme le vent. Il savait que dans un instant une aide puissante allait l'assister dans son œuvre de mort. Et il ne se faisait pas illusion, car au même moment il entendit le bruit épouvantable de la chute de plusieurs corps qui tombaient d'une grande hauteur, tandis que des cris de désespoir et d'horreur attestaient que ses vœux étaient exaucés.

L'homme blanc ne put se défendre d'un serrement de cœur en se représentant le spectacle de cet effroyable écrasement d'ê-

tres humains : il mesurait de la pensée les
gouffres où les Iroquois venaient de s'a-
bîmer. Mais, se reprochant aussitôt sa compassion pour des monstres qui n'avaient de
l'homme que la face, le pionnier releva son
rifle, se retourna et fit feu sur ses ennemis.

Il s'attendait à la riposte. Aussi s'était-il
rangé de côté. Il savait que son coup ne
devait pas porter, mais il obtint le résultat
qu'il voulait. En effet, les sauvages accouraient comme des démons.

Rochetonnerre s'était arrêté. Un éclair
sinistre passait dans ses yeux. Ses traits
avaient une expression de dureté qui montrait que son âme était fermée à toute miséricorde. Il avait déposé son fusil et tenait
d'une main son couteau, de l'autre sa hache.
Sachant exactement où il se trouvait et sûr
de n'avoir affaire qu'à un petit nombre d'Indiens, il avait résolu d'en finir et de vaincre
ou de mourir.

Le passage était étroit, le comte s'adossa
à une légère dépression de la paroi, de manière à forcer les Indiens à défiler devant lui.

Les Peaux-Rouges, poussant des aboiements et des rugissements horribles, arrivaient avec l'impétuosité d'un torrent.

Tout à coup la lourde hache du chasseur
s'abattit ; le sauvage qui venait en tête
tomba, le crâne fendu par le milieu. L'arme
se releva, puis s'abattit encore, et toujours
elle montait et descendait. A chaque mouvement un nouvel Indien roulait, affreusement mutilé, aux pieds du Buffle-Gris. Quand
la hache cessa de manœuvrer, ce fut le tour
du couteau.

Enfin, jetant un cri terrible qui domina
toutes les clameurs et tous les râles, le
Supplicié-Vivant tomba sur ses ennemis
épouvantés, en brandissant à la fois ses deux
armes couvertes de sang. On eût dit qu'une
folie furieuse s'était emparée de lui. Il ne
s'aperçut point que ses bras frappaient le
vide. Le peu de sauvages qui avaient survécu au carnage avaient rebroussé chemin
et fuyaient éperdus.

Ils ne pouvaient concevoir qu'un être
humain eût assez de puissance pour soutenir à lui seul cette lutte de géant sans

7

qu'il fût possible de l'atteindre jamais. Les événements qui s'étaient succédé depuis le commencement du siège, l'étrange disparition des deux hommes blancs, la manière absolument incompréhensible dont l'un de ces hommes avait repris possession de la caverne si bien gardée, tout portait à croire que l'on n'avait point à se mesurer avec un mortel, mais avec quelque esprit surnaturel, quelque démon qui se riait des balles, des rifles, des tomahawks et des couteaux.

Cependant le salut qu'ils croyaient trouver dans la fuite devait leur échapper également. La plupart des Iroquois tombèrent dans les gouffres par-dessus les cadavres de leurs frères. Trois d'entre eux seulement parvinrent jusqu'au centre de la caverne.

Ils se croyaient en sûreté.

Tout à coup d'une galerie latérale déboucha le chasseur fondant sur eux avec frénésie.

Effrayés, ils se jetèrent vers l'entrée. Dans son effarement, l'un des trois se lança par-dessus la pierre dans l'espace et alla s'écraser au pied du rocher. Le second trébucha. La hache du chasseur descendit sur lui comme la foudre et fit voler sa tête à dix pas du tronc.

Le comte de Rochetonnerre cherchait des yeux le dernier Iroquois pour l'immoler à sa fureur. L'Indien avait réussi à s'évader et s'était laissé glisser le long du rocher, déchirant son corps aux nombreuses saillies.

Lorsque le comte interrogea l'horizon, il vit le sauvage affolé disparaître dans la forêt.

# IX

## LE CORBEAU.

René de Vauquelin se croyait irrévocablement perdu, quand une voix, brève et impérieuse, fit reculer les Onontagues. Cette voix était évidemment celle d'un sachem, à en juger par l'obéissance passive des sauvages.

Bientôt le lieutenant vit venir au-devant de lui un Indien de haute taille, dont l'attitude fière et imposante commandait le respect.

Le jeune homme agita d'une manière significative son drapeau de parlementaire.

L'Ours-Maigre, car c'était lui, s'arrêta sans proférer une parole. Il voulait avant tout s'assurer si ce visage pâle était bien celui dont Œil-de-Serpent avait fait annoncer l'arrivée par l'Oiseau-Blanc, son courrier.

A la fin, voyant que l'homme blanc ne se décidait point à engager la conversation, il lui demanda dans le dialecte onontague :

— Qui es-tu ?

Cette apostrophe à brûle-pourpoint, qui semblait impliquer la nécessité d'établir immédiatement son identité, démonta singulièrement l'officier. Il allait répondre quand il se ravisa. Le chef, s'imaginant que sa question n'avait pas été comprise, la répéta, en se servant cette fois, tant bien que mal, de la langue anglaise. Mais le lieutenant tenait avant tout à ne point cacher sa nationalité. Il feignit de ne pas avoir entendu et répliqua dans la langue onontague :

— Je suis un envoyé du grand chef blanc qui veut enterrer la hache de guerre et fumer le calumet de la paix avec la vaillante nation des Onontagues.

— Ogh! l'Ours-Maigre est un frère des Français.

Cette réponse catégorique à laquelle le lieutenant ne s'attendait point, lui donnait une singulière assurance. Le chef des Onontagues prétendait être l'allié de la France. Qu'avait donc à redouter de lui l'envoyé de M. de Levis?

Or, les paroles de l'Ours-Maigre n'avaient point été dictées par la ruse. Il avait simplement voulu faire les avances, comptant que des apparences de sympathie lui serviraient mieux pour mener à bonne fin les desseins d'Œil-de-Serpent.

René de Vauquelin accepta la situation telle qu'elle se présentait, et il renouvela ses propositions d'alliance au nom de la France. L'Ours-Maigre parut les accueillir favorablement, seulement il fit observer qu'il ne pouvait prendre une décision avant d'avoir assemblé le conseil des sachems. Puis il donna l'ordre de conduire le visiteur au wigwam de famille et de lui préparer un repas copieux. En même temps il recommandait à l'une de ses squaws d'avoir l'œil sur le visage pâle et de ne le laisser sortir sous aucun prétexte.

Aucune des paroles de l'Indien n'avait échappé au lieutenant. Toutefois il se garda d'en rien laisser paraître. Il se contenta de se jeter sur un lit de fourrures, en attendant le repas.

La conversation des deux squaws qui allaient et venaient lui apprit, sans qu'elles s'en doutassent, que l'audacieux intrus de la veille avait réussi à s'évader et qu'une troupe d'hommes rouges avait été envoyée à sa poursuite. Le repas servi, l'officier s'était réconforté, puis, cédant à la fatigue causée par la veille et les péripéties de la nuit, il s'était endormi.

Vers la fin du jour, l'Ours-Maigre vint rejoindre son hôte et chercha par des questions insidieuses à surprendre la pensée secrète du jeune homme. Nature essentiellement franche et dédaignant de recourir aux artifices, René de Vauquelin eut la naïveté de croire que la vérité servirait mieux ses projets que tout autre moyen détourné. Il avoua nettement la mission dont il était chargé et la manière dont il l'avait accomplie jusqu'à ce moment, en ne retranchant de son récit que sa lutte avec les Indiens et sa rencontre avec le comte de Rochetonnerre. L'Ours-Maigre, lui, joua si serré, que son interlocuteur finit par douter de tout ce qu'avait dit le comte et par ne voir qu'un puissant allié là où il s'attendait à trouver l'ennemi le plus acharné.

Ils en étaient à ce point de leur entretien, quand un cri perçant frappa leurs oreilles. Le chef se leva en sursaut et quitta précipitamment la hutte. Mais le lieutenant le suivit, ne voulant point perdre l'occasion de pousser jusqu'au bout son habile négociation.

Arrivés à la lisière de la forêt, ils aperçurent un Indien, les bras levés et témoignant par des gestes très significatifs qu'il était porteur d'un message de paix. Cet Indien paraissait avoir suivi la même piste que l'Oiseau-Blanc.

L'Ours-Maigre attacha sur l'inconnu un regard plein de défiance, puis il commanda à quelques-uns de ses guerriers de le faire avancer. René de Vauquelin, en jetant les yeux sur l'Indien, avait eu un mouvement de stupéfaction. Un soupçon traversa tout à coup sa pensée. Un examen plus attentif changea ce soupçon en conviction. L'homme qu'il voyait devant lui sous le costume d'un Peau-Rouge n'était autre que le comte de Rochetonnerre.

Cependant les Onontagues avaient amené l'Indien auprès de leur chef.

Le dernier doute du lieutenant s'évanouit : c'était bien le hardi pionnier qui se trouvait face à face avec l'Ours-Maigre.

L'Indien inclina la tête, comme pour protester de son respect, mais en réalité pour cacher autant qu'il était possible l'éclat haineux et la flamme ardente de son regard. Il était vêtu comme le sont les Peaux-Rouges en temps de paix, quand la chasse est leur principale occupation. Aucune figure, aucune marque distinctives n'étaient représentées sur son corps. Sa coiffure se composait d'un châle étroit de couleur voyante noué autour de la tête et d'où pendaient de longues tresses de cheveux noirs en forme de serpents. Ce furent ses mocassins qui attirèrent principalement l'attention de l'Ours-Maigre.

— Que veut le Mohawk, dit-il, pour pénétrer ainsi dans la ville des Onontagues?

— Le Mohawk veut voir le chef des Onontagues, répliqua le pionnier déguisé, en employant le plus pur dialecte indien, mais il ne veut voir que lui.

— Nous sommes seuls, repartit l'Ours-Maigre avec un geste d'impatience. Le visage pâle ne comprend point ta langue.

— Ogh! dit le faux Mohawk en signe d'assentiment. Le Corbeau apporte un message d'Œil-de-Serpent. L'Oiseau-Blanc est mon frère. Je l'ai rencontré aujourd'hui, il m'a appris qu'il t'a transmis les paroles mises dans sa bouche par le chef des hommes blancs. Ai-je bien parlé?

L'Ours-Maigre l'invita à continuer.

Rochetonnerre poursuivit avec le même sang-froid :

— Le Corbeau a pour mission de t'entretenir au sujet du jeune chef. Que l'Ours-Maigre ne perde aucune de mes paroles. Œil-de-Serpent viendra prendre lui-même le jeune visage pâle. Il paiera la récompense promise. Il m'envoie vers toi pour t'avertir que l'heure est venue. Il t'attendra auprès des Trois-Roches , sous le vieux chêne que le doigt brûlant de l'Esprit des Tempêtes a flétri. C'est à toi de jeter pour le moment de la poussière dans les yeux du jeune Français. C'est à toi de lui faire accroire qu'il est ton frère et que tes guerriers suivront la même piste de guerre que sa tribu. C'est à toi encore de lui persuader que le conseil des sachems, tes alliés, va se réunir et que de leur décision dépendra la tienne. Tu le conduiras ensuite au rendez-vous indiqué par Œil-de-Serpent. Alors le chef blanc scalpera le jeune visage pâle et boira son sang. Il t'enseignera aussi comment les Onontagues pourront surprendre une partie de la tribu des Français et revenir avec plus de cent scalps sans perdre un seul guerrier. Le chef a-t-il compris ?

— Les oreilles de l'Ours-Maigre sont ouvertes, les paroles du Corbeau résonnent comme le chant de l'Oiseau-Moqueur. Le

cœur de l'Onontague est joyeux. Il rejoin-
dra Œil-de-Serpent aux Trois-Roches.
Quand faut-il partir ?

— Quand la lune touchera le sommet des
arbres que tu vois là-bas, Œil-de-Serpent
saura que l'Ours-Maigre a quitté sa ville.
Cependant le chef blanc a ajouté : dis à
mon frère rouge de cacher sa piste à ses
propres guerriers, car les plus grands présents sont réservés au chef des Onontagues
et les hommes de sa tribu pourraient se montrer jaloux de cette préférence. Que mon
frère rouge n'ait donc avec lui qu'un ou
deux compagnons pour lui prêter main-forte
en cas de besoin.

L'Ours-Maigre eut un regard de fierté et
de dédain.

— Mes guerriers ne suivent point ma
piste quand je ne le veux pas, dit-il avec un
accent de dignité blessée. L'Ours-Maigre
n'a besoin de personne pour lui prêter main-
forte. Il ira avec le visage pâle et avec toi.
Nul autre ne nous accompagnera.

# X

## L'EXPIATION.

Il y eut un long silence. Les paroles du
prétendu Mohawk avaient fait une profonde
impression sur l'Onontague. Son visage s'é-
clairait d'une joie suprême. Il voulut reconnaître le service qu'on lui rendait.

— Que le Corbeau me suive, dit-il. Il apai-
sera sa soif et sa faim.

Se dirigeant ensuite vers la tente où il
avait coutume de s'isoler, il prit les devants
pour montrer le chemin, laissant ainsi à
Rochetonnerre et à Vauquelin le temps de
se serrer silencieusement la main en signe
de mutuelle confiance.

— Que mon frère s'arrête ici, dit enfin
l'Ours-Maigre. Le jeune chef restera avec
lui. Que l'œil du Mohawk surveille chacun
de ses pas.

— Le grand chef a bien parlé, répondit

le pionnier. Le Corbeau n'oubliera aucune de ses recommandations.

L'Ours-Maigre se retira.

Quelle n'eût point été sa stupéfaction s'il fût rentré dans la tente un instant plus tard ! Le Mohawk et le jeune visage pâle se tenaient étroitement embrassés et des larmes inondaient leur visage.

— Et maintenant, dit le comte après s'être livré tout entier à l'effusion de son cœur, n'oublions point que nos instants sont comptés. L'Onontague ne reviendra ici qu'au moment convenu. Il faut qu'avant son retour tous nos plans soient exactement arrêtés. Nous touchons à notre but. Le manquer cette fois serait prononcer d'avance notre arrêt de mort. A l'œuvre donc. Vous, tenez-vous près de l'entrée de la tente, l'œil fixé sur l'horizon, et que pas un bruit d'herbe ne vous échappe. Surtout soyez sobre de paroles, et quoi que vous disiez, parlez si bas que personne ne puisse voir vos lèvres se mouvoir.

Vauquelin fit un signe d'assentiment.

— Écoutez donc , continua Rocheton-

nerré, et ne perdez pas un mot de ce
que je vais vous dire. Des occasions
comme celle-ci ne se présentent pas deux
fois. Vous savez déjà que j'avais failli
tomber dans les mains de ces forcenés. Mon
rugissement a dû vous faire comprendre
que je m'étais évadé. Ce que vous ignorez,
c'est que, caché sous une peau de buffle, j'ai
surpris le complot qui s'ourdit pour vous
assassiner. Le chef doit vous retenir jusqu'à
l'arrivée de Brissot et vous livrer à lui, ou
plutôt lui livrer votre chevelure. Vous venez
d'entendre ce que j'ai dit à l'Ours-Maigre
et vous avez dû deviner mes projets. Ce
n'est pas Œil-de-Serpent qu'il trouvera au lieu
du rendez-vous, ce sera le Supplicié-Vivant.
Ce que je veux faire de mon bourreau, je
n'ai plus besoin de vous le dire. Vous connaissez mon plan. Je l'exécuterai sans en
rien retrancher. Ce qui m'embarrasse en ce
moment, c'est que je ne connais pas le
chemin qui mène aux Trois-Roches. Vous
ne pouvez pas plus l'indiquer que moi. Il
faudra donc qu'il nous y conduise lui-même.
Une fois arrivés, notre rôle est clairement

marqué. Au signal que je donnerai, nous nous jetterons sur lui, et tandis que je l'empêcherai de se mouvoir, vous lui lierez les bras et les jambes. Puis vous me laisserez seul à seul avec lui dans l'immensité de la prairie, si vous vous croyez trop impressionnable pour assister jusqu'à la fin au spectacle de ma vengeance. Voilà mon plan, et veuille Dieu que je puisse l'exécuter. Si quelque incident le traverse, je me débarrasserai de l'Onontague d'une autre façon. Si j'ai besoin d'aide, je compte sur vous, n'est-ce pas ?

— C'est entendu, murmura le jeune homme sans faire un mouvement, tout en sentant une sueur froide baigner ses tempes et son sang se glacer à la pensée de l'horrible dessein que méditait son compagnon.

— Bon. Et maintenant silence. Attention à tous nos gestes, à tous nos actes. Surtout point de faiblesses.

En achevant ces paroles, le comte, qui était demeuré assis, se leva et fit quelques pas vers l'entrée de la tente.

— Il vaut mieux, ajouta-t-il après un moment de réflexion, que vous vous couchiez, pour ne pas éveiller les soupçons.

A peine achevait-il de faire cette recommandation, que l'Ours-Maigre rentra avec une de ses squaws, chargée de provisions.

Le repas fut vite organisé. Le chef retira d'une cachette une énorme bouteille d'eau-de-feu et engagea ses deux convives à ne point s'en priver, tandis que lui-même y revenait fréquemment. Cette circonstance n'échappa point à Rochetonnerre. Elle devait favoriser ses plans.

Cependant le faux Mohawk, reprenant habilement son rôle, se laissa peu à peu aller au sommeil. Vauquelin ne dormit point. Moins calme que le chasseur, en présence du sort qui l'attendait en cas d'échec, il voyait passer à chaque instant sous ses yeux l'épouvantable tableau de son supplice. Quant à l'Ours-Maigre, son imagination, surexcitée par les libations, lui retraçait ce même supplice sous un autre point de vue ; il en touchait le prix, et ses mains teintes du sang du jeune homme remuaient avidement

les pièces d'argent entassées par Brissot sur
la peau de buffle.

L'heure du départ arriva bientôt. L'Ours-
Maigre impatient éveilla le Corbeau et le
visage pâle. Puis, prenant à part René de
Vauquelin, il lui expliqua avec toutes les
apparences de la sincérité que les sachems
devaient se réunir sous le chêne foudroyé,
au chemin des Trois-Roches, et que l'envoyé des Français avait le plus grand
intérêt à assister à ce conseil. Le lieutenant
eut l'air d'ajouter foi à ce grossier tissu de
mensonges et répondit froidement qu'il
acceptait l'invitation.

On partit. Le chef avait eu soin de ne
pas communiquer son projet d'excursion
aux guerriers onontagues. La petite troupe
sortit sans bruit du village, et quelques
instants après elle avait disparu dans la
forêt.

Le comte marchait à côté de l'Ours-Maigre,
dont il endormait la prudence par une conversation animée. Les paroles du pionnier
avaient un singulier accent de bonne foi.
A mesure qu'il les prononçait, René de

Vauquelin, qui venait derrière eux, témoignait par ses gestes toute l'aversion que lui inspiraient ces préludes de la tragédie à laquelle il allait bientôt assister. Mais, d'autre part, lorsqu'il se rappelait le supplice qu'avait subi le chasseur, en même temps que la férocité et les crimes de l'Ours-Maigre, il ne pouvait s'empêcher de reconnaître la légitimité du châtiment.

Au bout d'une heure de marche, on se trouva sur le bord d'une petite crique. L'Ours-Maigre s'arrêta, et levant le bras pour désigner les Trois-Roches qui se dessinaient à l'horizon :

— Voyez ! dit-il avec un sourire de satisfaction, le chêne qu'a flétri l'Esprit des Tempêtes se dresse là-bas devant nous. Avant que le daim chassé par le loup ait franchi un mille de plus, Œil-de-Serpent placera sa main dans celle de l'Ours-Maigre.

Tandis que l'Onontague achevait ces phrases emphatiques, le comte avait fait un pas en arrière. René de Vauquelin comprit que le moment suprême était arrivé.

Tout à coup Rochetonnerre s'élança, pareil à une panthère furieuse, tomba de tout son poids sur l'Indien, et le terrassa comme il aurait fait d'un enfant.

Avant que le sauvage eût pu jeter un cri, les mains robustes du comte lui serraient la gorge dans un étau de fer. Ses genoux puissants appuyés sur les reins du Peau-Rouge le clouaient sur le sol.

— Vite, vite, maintenant ! cria-t-il au lieutenant. Liez-le !

L'Ours-Maigre essayait de se dégager, mais ses muscles se contractaient inutilement, la force qui le maintenait demeurait inébranlable.

L'officier attacha solidement les membres de l'Indien et lui paralysa les bras et les pieds.

Alors le chasseur se releva.

Il poussa du pied l'Onontague, qui roula sur lui-même.

Quand l'Ours-Maigre fut couché sur le dos, le comte, tirant rapidement un de ses mocassins, le mit de force dans la bouche de son prisonnier.

Croisant ensuite ses bras sur sa vaste

poitrine, il jeta sur le sachem un regard dont rien ne saurait peindre la haine.

— Les yeux de l'Ours-Maigre sont-ils enfin ouverts ? demanda-t-il avec un ricanement sinistre. L'Ours-Maigre a-t-il compris que le soleil de demain ne se lèvera point pour lui ? Que feraient de lui maintenant les squaws de sa tribu ? Elles n'auraient plus qu'à raser sa tête, à lui mettre un outil dans la main et à l'envoyer travailler avec les esclaves. Elles n'auraient plus qu'à lui arracher le totem de la poitrine, à changer son nom et à l'appeler la Taupe-Aveugle, car l'Ours-Maigre est mort pour elles à jamais!... L'Onontague est maintenant plus vil qu'un chien. La nuit est longue. La Taupe aura le temps d'atteindre les prairies heureuses. Y trouvera-t-elle les félicités des hommes rouges ? Y jouira-t-elle, comme les braves, des triomphes de la chasse et de la guerre ? Entendra-t-elle le chant des guerriers saluer son arrivée ? Non, non ; la Taupe est aveugle, et elle ne sait point qui lui a jeté de la poussière dans les yeux.

Il y eut un moment de silence. Les yeux

de l'Ours-Maigre étaient injectés de sang et sortaient de leurs orbites. Sa face avait une expression démoniaque ; son cœur battait dans sa poitrine comme s'il eût voulu la briser. Ses mâchoires serraient avec frénésie le mocassin qui les tenait éloignées.

Le comte s'était approché de la crique pour laver la couleur qui couvrait son visage. Quand il eut achevé cette besogne, il revint se placer devant l'Onontague, et reprenant son accent sarcastique :

— Le Mohawk, dit-il, veut ouvrir les yeux à la Taupe-Aveugle. Ours-Maigre, celui que tu as pris pour un frère rouge était un visage pâle, il est devant toi. Sais-tu qui a pénétré dans ta tente malgré la vigilance de tes sentinelles ? Sais-tu qui a tenu ta vie à sa merci ? Sais-tu qui t'a jeté sur le sol comme un pappouse ? Sais-tu qui a vaincu à la course tes guerriers si fiers de leur vitesse ? qui a frappé d'aveuglement les yeux de tes meilleurs chercheurs de piste ? Regarde-moi bien ; ce visage pâle qui t'a bafoué, qui t'a battu, qui t'a défié, c'est moi ! J'ai fait plus. Écoute, et qu'au-

cune de mes paroles ne soit perdue pour toi.
Si la piste que je te fais suivre est longue,
tout y parle de tes crimes. Tes mains où je
vois encore le sang de tes victimes essaient
de briser leurs liens de fer. Vains efforts !
tu m'entendras jusqu'au bout. Quand j'aurai
cessé de parler, ton esprit prendra le chemin
des prairies heureuses. Le visage pâle avait
bâti son wigwam loin de sa tribu, dans la
grande prairie où vivaient les hommes
rouges. Le visage pâle alla vers eux, la
main ouverte et la loyauté sur la langue.
Il leur donna le nom de frères, il les nourrit
quand ils eurent faim, il les vêtit quand ils
eurent froid, il les guérit quand ils furent
malades, même quand leurs sorciers eurent
épuisé toutes leurs invocations. Une nuit,
les hommes rouges vinrent au wigwam du
visage pâle. Leurs faces étaient peintes de
jaune et de noir, ils avaient déterré la
hache de guerre, ils voulaient tuer l'homme
blanc, ils voulaient lui ravir sa squaw. Le
chef des hommes rouges était l'Ours-
Maigre. Le visage pâle se défendit comme
un lion, il mit en fuite tous ses ennemis, à

l'exception de quatre. Les cadavres de ces quatre guerriers gisaient à l'entrée du wigwam du visage pâle. Mais les hommes rouges revinrent. La paix avait été conclue entre les Indiens et les Français. L'Ours-Maigre craignait de marcher ouvertement contre l'homme blanc. Il savait qu'une fois découvert, son châtiment eût été exemplaire. Il paya des chiens indiens pour tuer son ennemi. Le visage pâle n'était point une taupe : il leur échappa. Une fois pourtant il tomba dans leurs pièges. Un Indien au visage blanc, à la langue de serpent et au cœur de chacal, s'embusqua derrière un arbre pour tirer sur lui. Il le livra à l'Ours-Maigre. Sais-tu ce que le chef des Onontagues a fait de son ennemi vaincu, garrotté, gisant sans défense à ses pieds ? Ai-je besoin de te le rappeler ? L'homme rouge a scalpé le chasseur qui n'avait pas cessé de vivre, et lui a enfoncé son couteau dans le cœur. Mais l'homme blanc a échappé à la mort. Le grand Manitou l'a sauvé, afin que le crime de l'Onontague fût expié. Le bras du visage pâle a recouvré ses forces. Trois des hommes rouges qui ont assisté à son supplice sont déjà tombés sous ses coups. Le visage pâle a murmuré à leurs oreilles que leur chef ne tarderait point à les rejoindre. L'heure est venue. Le visage pâle tient la vie du chef des Onontagues dans ses mains.

Le comte de Rochetonnerre se pencha sur son ennemi incapable de faire un mouvement, et sa voix profonde et sonore ajouta :

— Je suis le Buffle-Gris ! je suis le Supplicié-Vivant !

A ce moment la lune sortit des nuages, et son masque blafard encadré dans les arbres regarda tristement les trois personnages groupés auprès de la crique.

L'officier, debout, appuyé sur son rifle, était absorbé dans ses pensées. Une expression de douleur se peignait sur son visage. Il n'avait proféré aucune parole. On eût dit la statue du destin, solennelle et froide, assistant à l'accomplissement fatal d'événements écrits d'avance dans son livre d'airain.

L'Indien, étendu de son long, le visage
décomposé, les membres pantelants, les yeux
hagards, soulevait la tête, comme s'il eût
été attiré par une irrésistible fascination.

A deux pas du sauvage impuissant, la
forme herculéenne du comte, qui s'était
redressé. Une joie féroce rayonnait sur ses
traits. Les sillons creusés par la souffrance
semblaient avoir disparu, tant l'ivresse du
cœur était grande. Son crâne dépouillé de
chair offrait un aspect affreux.

— Oui, continua-t-il en scandant ses
paroles, je suis le Supplicié-Vivant ! C'est
moi qui ai tant de fois semé la ruine et la
mort dans ta tribu. Compte dans ta
pensée les guerriers qui ont, sur mon ordre,
pris la longue piste. Compte les wigwams
que j'ai rendus déserts. Le tour du grand
chef est venu ; il va mourir. Ce n'est pas
tout encore. Tu as cru que le jeune chef des
visages pâles que voici était ta dupe.
Taupe aveugle ! C'était lui au contraire qui
te jetait de la poussière dans les yeux ! Le
visage pâle n'est entré dans ton camp que
pour compter tes guerriers. Il sait main-

tenant quel est leur nombre, et avant que
sept soleils nouveaux se soient succédé, il
n'y aura plus dans la prairie aucun Onontague
pour pleurer le sachem. Guerriers, squaws,
pappouses, tous périront sous les coups des
visages pâles. Mais les morts trouveront
dans les prairies heureuses un esclave pour
les servir, et cet esclave sera l'Ours-Maigre,
celui qui fut le sachem redouté de la puissante nation des Onontagues !

Le comte de Rochetonnerre s'arrêta
comme pour mesurer la profondeur de la
blessure que faisait chacune de ses paroles
en tombant dans le cœur de l'Indien. René
de Vauquelin avait fait un pas vers lui. Cette
scène produisait sur l'âme sensible du jeune
homme une impression poignante. Il se
sentit tout à coup pris de miséricorde pour
le scélérat qui allait subir la juste expiation
de son forfait :

— Ami, dit-il avec hésitation, je crains que
notre longue absence ne soit remarquée;
nous sommes trop peu éloignés du village
pour ne pas devoir être surpris bientôt.

— Paix! tonna le comte, paix, vous dis-je.

J'entends ne pas être interrompu dans l'accomplissement de ma vengeance. Ne l'ai-je point attendue avec patience ? Et maintenant que je la tiens là, sous ma main, n'ai-je pas le droit de la savourer? Vous pouvez, si vous le voulez, poursuivre votre chemin. Une fois la bête morte avec son venin, je me rendrai à la caverne. Prenez les devants, je vous rejoindrai.

— Je resterai, répondit le lieutenant. Mais hâtez-vous, j'ai un vague pressentiment de nouveaux périls.

Le comte parut acquiescer.

— Chien d'Onontague, dit-il en se tournant vers le Peau-Rouge, écoute mes dernières paroles. Tu m'as dit un jour — et ces mots sont restés gravés en traits de feu dans ma pensée — que lorsqu'un guerrier est scalpé avant de mourir, le cœur d'un chien entre sous sa poitrine, et qu'il est condamné à servir dans les prairies heureuses d'esclave à ceux de ses frères qui sont morts en conservant leur chevelure. Tu n'auras point d'autre sort. Tu as vécu comme un chien, tu mourras comme un chien. Tu étais joyeux et souriant quand ton couteau entrait dans ma tête et faisait résonner les os de mon crâne, quand tes dents arrachaient ma chevelure. A mon tour de sourire ! Mon cœur bondit d'ivresse comme a fait le tien. Si tu n'étais point aussi lâche que méprisable, je t'ouvrirais la bouche, je te laisserais parler. Mais tes lèvres ne se rapprocheraient que pour implorer ma merci ou pour appeler tes guerriers à ton aide. Tu as eu confiance en moi, je n'en ai aucune en toi. Que le chef se prépare, mon couteau a soif de son sang.

Et levant l'arme terrible qui avait servi à le scalper lui-même, le Buffle-Gris la fit passer sous les yeux du Peau-Rouge.

L'officier détourna la tête et se boucha les oreilles. Le comte de Rochetonnerre saisit la chevelure de l'Ours-Maigre et décrivit le cercle fatal.

Un instant après, l'expiation avait eu lieu; le premier vœu du Supplicié-Vivant était exaucé.

La tête de l'Ours-Maigre retomba lourdement sur le sol.

En se débattant, le sauvage avait réussi

7***

à se débarrasser du mocassin qui le bâillon-
nait.

En même temps il avait poussé un cri
terrible. Ce cri avait eu un écho lointain.
René de Vauquelin ne s'était pas trompé.

— Alerte ! cria-t-il ; les Indiens !

— A gauche ! s'exclama le pionnier ;
à gauche ! je vous suis.

Et saisissant des deux mains son énorme
couteau, il l'enfonça dans le cœur de l'Onontague, le retira pour l'enfoncer et le retirer encore, et le passa ensuite tout sanglant dans sa
ceinture. Prenant alors son rifle par le canon,
il fracassa la tête du sauvage d'un formidable coup de crosse. Puis, brandissant en
signe de victoire le scalp de l'Indien, il s'é-
lança, plus rapide qu'une flèche, à la poursuite
de son compagnon, tandis qu'il entendait
derrière lui le piétinement confus des Peaux-
Rouges et leurs hurlements farouches.

Un silence de mort succéda presque
aussitôt à ces clameurs: les Indiens venaient
de retrouver le cadavre horriblement mutilé
du grand sachem, et la vue de son crâne
dépouillé de chevelure les avait pétrifiés.

# XI

## ŒIL-DE-SERPENT.

Serrés de près par les Onontagues, les deux compagnons dévorèrent l'espace. Le comte avait la certitude que s'ils pouvaient atteindre la caverne, leur salut était assuré. Il se promettait bien, quand même les Peaux-Rouges y auraient pénétré à sa suite, de leur barrer le passage ou de les entraîner dans la galerie, dont les gouffres compteraient bientôt de nouvelles proies. Il pouvait d'ailleurs, comme dernière ressource, recommencer l'œuvre sanglante du Démon des Tempêtes.

Toutefois, quelles que fussent les craintes légitimes des Français, ils conservèrent assez d'avance sur les sauvages pour arriver sains et saufs au lieu de refuge. Ils y passèrent deux nuits, autant pour prendre du repos que pour laisser aux Indiens le temps de se retirer. René de Vauquelin était d'avis que sa mission pouvait être considérée comme terminée, et que le moment était venu pour lui de rejoindre le corps de M. de Levis. Quant au comte de Rochetonnerre, après avoir longtemps réfléchi, il résolut d'accompagner le lieutenant.

— Il me reste, dit-il, à retrouver le lâche qui a dirigé le bras de l'Ours-Maigre. J'ai châtié l'instrument du crime, mais je ne veux pas mourir avant d'avoir châtié son auteur.

Quand le soleil du troisième jour descendit vers l'horizon, Horace de Rochetonnerre et René de Vauquelin se préparèrent à partir. Leurs poires à poudre et leurs sacs à balles bien garnis, et munis en outre de provisions de bouche, ils effectuèrent leur sortie. Tels ils avaient, au péril de leur vie, escaladé le rocher, tels ils descendirent la pente roide en courant les plus grands dangers. Toutefois, grâce à leur bravoure, grâce surtout à l'habileté du comte, après de nombreuses traverses ils parvinrent enfin au terme de leur voyage.

M. de Levis venait de se replier sur Montréal, où il avait rassemblé les débris des garnisons de la colonie. Depuis la mort glorieuse de Montcalm, la situation était regardée comme désespérée. Toutes les communications avec la France étaient coupées, et la famine sévissait, de mois en mois plus cruelle, épuisant peu à peu les dernières munitions. La cour de Versailles, où régnait alors Mme de Pompadour, était trop occupée de ses fêtes ou de ses difficultés avec l'Allemagne pour songer encore à cet établissement d'outre-mer, qu'elle ne pouvait du reste plus secourir faute de marine. M. de Levis ne voulut pourtant point abandonner le terrain sans faire un effort suprême. Il avait l'espoir de reprendre Québec.

Bien qu'il n'eût avec lui que 3,000 soldats et 2,000 Canadiens et sauvages, il avait confiance dans son étoile, et il comptait sur la vaillance de ceux dont il était l'idole.

Il n'ignorait pas les obstacles dont il était entouré. En effet, trois armées anglaises le pressaient de toutes parts, en avant, en arrière et sur ses flancs. Mais il se sentait encouragé dans son dessein, d'un côté par l'indomptable énergie de ses troupes, de l'autre par l'assurance que lui avait donnée le ministre de la marine d'expédier au Canada six bâtiments chargés d'hommes et de munitions.

L'hiver était plus rigoureux qu'en aucune autre année. Les eaux du Saint-Laurent étaient enchaînées dans les glaces, et il fallait attendre, pour commencer les opérations, que le printemps permît aux vaisseaux annoncés d'arriver.

On était à la fin d'avril 1760. Le général Murray, qui commandait l'armée anglaise à Québec, avait donné ordre à la population française d'évacuer la ville, afin d'éviter qu'il n'y eût un soulèvement contre lui, tandis qu'il en viendrait aux mains avec M. de Levis. Celui-ci, impatient d'en finir, venait de découvrir un moyen de s'approcher de la place.

A dix lieues environ en arrière de Québec, la rivière de la Chaudière, cours d'eau étroit et à peine praticable aux petits bâtiments, deverse dans le Saint-Laurent ses eaux tièdes, qui ouvraient à ce moment une brèche dans les glaces. On pouvait ainsi arriver au pied de la ville, tout en marchant sous le feu meurtrier de l'artillerie anglaise, échelonnée à moins d'une lieue de là. L'objectif de M. de Levis était ce même plateau d'Abraham où Wolf et Montcalm avaient péri. M. de Bourlamaque commandait l'aile gauche ; M. de Levis lui-même était à la tête de la droite.

La veille même du jour désigné pour la rencontre, René de Vauquelin et Horace de Rochetonnerre arrivèrent au camp des Français. Accueillis avec empressement, ils réclamèrent et obtinrent l'honneur de prendre part à l'expédition. Le lieutenant fut chargé de diriger les mouvements d'une compagnie d'éclaireurs, lancés prudemment en avant pour surveiller les intentions de l'ennemi et épier ses avant-postes. Horace de Rochetonnerre refusa de prendre un commandement. Il voulut se contenter de combattre sous les ordres de son jeune ami.

En attendant le moment du départ, René de Vauquelin s'informa de ce qu'était devenu François Brissot. Personne ne put lui donner de renseignements précis à cet égard. Tout ce que l'on savait, c'est qu'il avait quitté le corps de M. de Levis trois jours après le lieutenant.

D'autres racontaient qu'il avait voulu enlever M<sup>lle</sup> de Drucourt, la fiancée de René de Vauquelin, et l'on rapportait à cette occasion les circonstances dramatiques dans lesquelles s'était accomplie cette tentative heureusement demeurée sans succès. M<sup>lle</sup> de Drucourt habitait depuis peu de temps Montréal. Son père, ancien gouverneur de Louisbourg, s'y était retiré après la capitulation de cette place, si héroïquement défendue par M<sup>me</sup> de Drucourt elle-même, qui trois fois par jour montait sur les remparts et de sa main délicate allumait la mèche du canon. M. de Drucourt avait obstinément éconduit Brissot, dont il ne connaissait point toute la bassesse, mais pour qui il n'éprouvait aucune sympathie. Convaincu qu'il ne pourrait désormais parvenir à ses fins avec loyauté, Brissot n'avait pas reculé devant le crime. Une poignée d'Indiens et de métis, gens de sac et de corde, s'étaient laissés gagner par ses promesses. Ils avaient essayé de pénétrer la nuit dans la maison de l'ancien gouverneur. Mais M. de Drucourt, réveillé en sursaut, avait appelé ses gens à son secours, et malgré son grand âge, il avait, avec l'aide de sa femme et de sa fille et l'assistance de quelques domestiques, repoussé les bandits qui avaient pris la fuite. Les scélérats en se retirant avaient mis le feu à l'habitation. L'incendie avait été maîtrisé, et l'on n'avait eu à déplorer aucune victime.

Depuis ce moment, Brissot, que l'on accusait d'avoir soudoyé les incendiaires, et que l'on soupçonnait même d'avoir été blessé dans la lutte, se tenait caché. Là s'arrêtaient les indications que l'on pouvait fournir sur celui que les Indiens avaient surnommé Œil-de-Serpent. Ces indications, Horace de Rochetonnerre les reçut de son

8

ami avec la plus vive contrariété ; mais quelque difficile que parût, dans ces conditions, l'exécution de son projet, il l'abandonna moins que jamais.

Cependant la petite troupe, dirigée par René de Vauquelin, s'était mise en marche avant l'aube. On voulait surprendre les avant-postes anglais, les massacrer sur leurs pièces et ouvrir les portes de la ville aux deux corps d'armée de M. de Levis et de M. de Bourlamaque, avant que l'ennemi eût eu le temps de se reconnaître. Le plan était habilement concerté, et l'on pouvait compter sur la résolution de ceux qui avaient mission de l'exécuter. M. de Levis se trouvait heureux de rencontrer en cette circonstance son vieux compagnon d'armes, le comte Horace de Rochetonnerre, dont la renommée lui avait appris les récents exploits contre les Onontagues. Le général faisait même entrer pour une large part dans ses chances de réussite la présence parmi les éclaireurs de l'homme audacieux et rusé entre tous, qui pouvait mettre au service de la cause commune toute son expérience de la guerre de surprise. Aussi le comte avait-il été autorisé à agir de plein gré, sans même prendre conseil de son chef, le jeune René de Vauquelin. Rochetonnerre, pour répondre à cette confiance, avait demandé de pouvoir devancer les autres hommes d'une centaine de mètres.

Il venait de s'éloigner même au delà de cette distance, quand il entendit tout à coup dans les buissons, un peu à droite de la route, un craquement suivi d'un cri étouffé.

Presque au même instant un sauvage, le corps entièrement peint de couleurs menaçantes, vint rouler à ses pieds.

L'Indien qui était en embuscade, et qu'il était aisé à son costume de reconnaître pour un Iroquois, allié des Anglais, avait dû pencher la tête en avant pour mieux épier, et les branches auxquelles il se retenait s'étaient sans doute cassées sous son poids.

Rochetonnerre avait trop d'expérience de la vie des prairies pour ne pas comprendre que le Peau-Rouge était accompagné d'autres hommes, sauvages ou européens. Aussi

crut-il prudent de chercher un abri derrière
un arbre. A peine avait-il exécuté ce mouvement, qu'une balle passa près de lui. En
même temps l'Indien avait disparu.

Persuadé que le Peau-Rouge ourdissait
quelque trame avec les siens, le comte s'é-
tait replié en arrière. Une vingtaine d'Anglais et d'Indiens s'élancèrent à sa poursuite.
Une voix claire et ferme les dirigeait. Cette
voix, Horace de Rochetonnerre la reconnut
aussitôt : c'était celle de François Brissot.

Le comte eut néanmoins le temps de rallier sa compagnie. René de Vauquelin, instruit de ce qui se passait, donna l'ordre de
faire feu. La débandade de l'ennemi semblait inévitable. Mais l'homme qui commandait les Anglais avait sur eux un ascendant
irrésistible. A son ordre, ils se jetèrent sur
les Français.

Alors commença un combat corps à corps.
Rochetonnerre s'était précipité en avant, et
déjà sa main robuste s'appesantissait sur
l'épaule de Brissot, quand celui-ci leva son
pistolet et le déchargea à bout portant sur
son agresseur.

L'arme avait visé le cœur, la balle effleura l'épaule.

Brissot avait jeté son pistolet et tiré son épée. De son côté, Rochetonnerre, abandonnant son fusil, brandissait sa hache.

Le choc fut terrible. Brissot voulut parer le coup de son adversaire : la hache brisa l'épée, dont la poignée seule resta dans la main du traître.

Alors le comte, poussant une exclamation de triomphe, s'abattit comme une masse sur l'espion. Brissot était d'une force herculéenne ; mais les bras de Rochetonnerre l'emprisonnèrent comme dans un cercle de fer.

L'issue du combat ne fut pas longtemps douteuse.

Les Anglais et les Indiens, voyant leur chef prisonnier, avaient pris la fuite. L'un d'eux en courant tomba dans l'eau et, porté sur un glaçon, arriva au milieu de la garnison qui formait les postes avancés. Ceux-ci donnent l'alarme en reculant vers Québec.

Le général Murray sort avec quatre mille hommes. Les Français, entraînés par M. de

Levis et M. de Bourlamaque, accourent et les culbutent à coups de baïonnette, sans laisser au canon le temps de se faire entendre. Le combat acharné, rapide, prend des proportions homériques. Les Anglais laissent plus de mille hommes sur le terrain et perdent toute leur artillerie. Les Français les chassent devant eux, et se voient décimés à leur tour par la mitraille ennemie. En même temps l'assaut est donné.

Tandis que le gros de la troupe passait comme un torrent, Rochetonnerre et Brissot étaient demeurés au même endroit. René de Vauquelin n'avait point quitté le comte. Il craignait que la scène hideuse des Trois-Roches ne se renouvelât, et il était décidé à s'y opposer. Il savait que le Supplicié-Vivant traiterait l'espion comme il avait traité l'Onontague. Aussi, rechargeant promptement son fusil, il l'épaula au moment même où le comte allait terrasser son antagoniste. L'arme du jeune homme visait à bout portant la tête du traître. René de Vauquelin pressa la détente. Une détonation retentit, puis un cri d'agonie.

François Brissot s'affaissa inanimé dans les bras d'Horace de Rochetonnerre.

Le comte resta longtemps pétrifié.

Avoir pendant plus d'un an, le jour et la nuit, sans prendre aucun repos, sans reculer devant aucune fatigue, devant aucun péril, poursuivi avec l'acharnement et la ruse de l'Indien la plus légitime vengeance, et la voir à l'instant suprême échapper à jamais !

Il laissa tomber son ennemi, puis attachant sur ceux qui l'entouraient un regard où se lisait toute sa passion et sa rage, lentement il épaula son fusil.

— Quel est celui, s'écria-t-il d'une voix tonnante, qui a tué cet homme ?

Il y eut un long silence.

Presque tous avaient vu René de Vauquelin mettre fin à la lutte entre les deux adversaires, mais nul ne savait le sombre mystère qui pesait sur leurs destinées.

René de Vauquelin était pâle comme la mort. Il connaissait trop bien le caractère du comte pour ne pas s'attendre de sa part à un acte de désespoir. Il l'aimait trop d'ail-

8**

leurs, et il lui avait voué une trop grande reconnaissance pour vouloir se mesurer avec lui. Il se tut.

Horace de Rochetonnerre promena autour de lui un regard qui frappa d'effroi les plus courageux. Sa voix où vibrait un frémissement sinistre répéta lentement, en s'arrêtant sur chaque mot :

— Quel est celui qui a tué cet homme ?

Personne ne répondit.

Tout à coup un tremblement nerveux s'empara de la puissante charpente du vieillard. Ses genoux fléchirent. Un voile passa sur ses yeux. Il posa la main sur sa poitrine, comme pour l'empêcher de se briser.

— Dieu ne l'a pas voulu, dit-il d'une voix étouffée.

René de Vauquelin fit un pas vers lui.

— Non, mon ami, dit le jeune homme avec douceur, Dieu ne veut point que nous nous fassions justice. Il commande au contraire que nous pardonnions à nos ennemis, même à ceux contre lesquels nous avons les plus justes sujets de ressentiment.

A ce moment le corps de Brissot, jusqu'a-

lors demeuré inerte, eut un mouvement.
L'espion avait la mâchoire fracassée et baignait dans son sang. Mais son regard, où se lisait un profond repentir, se tournait vers le comte dont il semblait implorer la pitié.

René de Vauquelin aperçut ce regard et en saisit toute la signification. Aussi prenant le comte par la main et lui désignant son ennemi étendu sans défense et mourant :

— Comte, dit-il avec fermeté, il ne faut point que cet homme paraisse devant Dieu, la conscience chargée d'un crime. Si grande que soit la faute, la sincérité du remords l'efface. Comte, Dieu lui-même est miséricordieux. Il vous impose par son exemple un devoir auquel vous ne sauriez vous soustraire.

Une larme brilla sous la paupière d'Horace de Rochetonnerre. Il releva la tête et, sans proférer une parole, marcha vers François Brissot.

Celui-ci venait de faire un effort suprême pour se redresser. Le comte saisit la main qu'il lui tendait et la tint longtemps enfermée dans la sienne.

Un seul mot s'échappa à demi étouffé des lèvres sanglantes du moribond.

— Grâce !

Horace de Rochetonnerre ne résista point à cet appel d'une âme désespérée. Il mit un genou en terre et d'une voix grave, tandis qu'il se penchait sur Brissot :

— Que Dieu vous pardonne, dit-il, comme je le fais moi-même !

Un soupir de satisfaction s'échappa de la poitrine du moribond. Un éclair de joie passa dans ses yeux. Sa main se raidit. Sa tête retomba tout à coup lourdement en arrière. François Brissot était mort.

Au même moment une clameur effroyable se fit entendre dans la direction de Québec.

Voici ce qui s'était passé. M. de Levis avait ouvert le feu contre la ville. D'heure en heure il attendait les secours qui devaient venir de la France.

Les cris qui avaient frappé l'attention de Rochetonnerre et de Vauquelin étaient ceux des assiégeants et des assiégés. De part et d'autre, en effet, on venait d'apercevoir quelques vaisseaux à l'horizon. L'anxiété était peinte sur tous les visages. Auquel des deux partis en présence cette flotte allait-elle apporter le salut? Si c'était une flotte française, Québec était repris par nous ; sinon, M.de Levis était forcé de reculer, et le Canada était à jamais perdu pour la France !

Les deux armées restèrent pendant près d'une demi-heure en suspens, tant l'attention était absorbée par cet événement qui allait décider du combat.

Tout à coup les Anglais, officiers et soldats, montèrent sur les remparts, sans se préoccuper de nos troupes qui leur faisaient face. Ils poussaient des hourrahs en agitant leurs chapeaux. Les vaisseaux annoncés formaient l'avant-garde de la flotte anglaise.

M. de Levis brisa son épée, et suffoqué par la douleur, il tomba défaillant dans les bras de ses officiers. La France n'était vaincue que par elle-même. Les bâtiments envoyés par le ministre de la marine n'avaient quitté Bordeaux que le 12 Ils arrivèrent à l'entrée du Saint-Laurent, dans la baie des Chaleurs, quand la débâcle des glaces était achevée, laissant ainsi aux Anglais le temps de les précéder et de leur barrer le passage.

M. de Levis leva le siège de Québec et se retira sur Montréal, où il était décidé à attendre les Anglais et à mourir avec ses derniers braves plutôt que de se rendre. M. de Vaudreuil n'avait point l'âme aussi grande. Il capitula. M. de Levis ne voulut point l'imiter et se retira dans une île voisine avec 2,000 hommes, débris de son armée. Mais l'héroïque vaincu céda enfin devant les représailles qui menaçaient la colonie. Le 8 septembre 1760, il s'embarqua pour la France avec le peu d'hommes qui avaient survécu à la lutte. Ce même jour, le Canada devint colonie anglaise.

Horace de Rochetonnerre et René de Vauquelin n'eurent point l'humiliation d'assister à cette scène si déchirante pour le cœur français.

Au moment même où M. de Levis levait

le siège de Québec, les deux frégates françaises commandées par le père de René se
trouvaient aux prises avec les vaisseaux
anglais qui venaient d'arriver. La première
pensée du jeune officier, en voyant l'échec
inattendu éprouvé par nos troupes, avait été
de voler au secours de son père. A peine
s'était-il jeté dans ses bras qu'eut lieu l'a-
bordage. La mêlée fut affreuse. M. de Vauquelin et son fils refusèrent d'amener le
pavillon.

Horace de Rochetonnerre n'avait pu suivre son jeune ami. Epuisé par la lutte qu'il
avait soutenue contre Brissot et par l'émotion que lui avait causée la mort de l'espion, il avait dû ralentir sa marche. Lorsqu'il arriva en vue de Québec, il entendit
soudain une effroyable détonation.

C'était la frégate de M. de Vauquelin
qui venait de sauter avec tous ceux qui
étaient à bord. Le jeune officier avait mis le
feu aux poudres.

Le comte de Rochetonnerre resta longtemps privé de parole devant ce spectacle.
Puis, jetant un dernier regard sur l'endroit

où avait dû disparaître son vaillant compagnon, il regagna à pas lents la direction de la rivière Alleghany.

# SECONDE PARTIE

---

# LES COMPAGNONS DU DEVOIR

# I

## LA CAPTIVE.

Depuis le dernier échec de M. de Lévis et la signature du traité de Paris qui avait confirmé l'abandon définitif de la Nouvelle-France, il s'était formé, sur plusieurs points du territoire conquis par les Anglais, des associations mystérieuses, dont l'objet exclusif était de rétablir, grâce à un coup de main hardi, notre puissance perdue par l'incurie de la métropole, l'aveugle confiance de M. de Choiseul et les manœuvres criminelles de l'intendant Bigot et de ses nombreux complices.

9

Dans ces associations, dont les membres prenaient le nom de *Compagnons du Devoir*, étaient entrés tous les anciens colons français qui n'avaient accepté le joug britannique qu'avec contrainte et en attendant l'heure de le secouer. Cependant, comme les vainqueurs, fondant leur droit sur la conquête, exerçaient dans tout le Canada tombé en leur pouvoir un despotisme absolu, et sévissaient avec la plus cruelle rigueur contre toute tentative de résistance à leur autorité, les affiliés des sociétés secrètes s'étaient distribués en petits groupes, informés, d'époque en époque, par des émissaires, du progrès de leurs efforts communs. Ces émissaires, choisis de préférence parmi les femmes pour mieux déjouer la vigilance et détourner les soupçons des Anglais, avaient pour rôle de transmettre aux groupes isolés le mot d'ordre général, de leur communiquer les mesures à prendre, les entreprises à conduire afin d'assurer l'exécution du plan concerté par les chefs.

Tous les Compagnons du Devoir savaient qu'ils obéissaient à une direction unique, et bien qu'aucun d'eux ne connût même le nom de celui qui était l'âme de la conspiration, tous avaient dans son énergie, dans son audace, dans la sûreté de sa stratégie une foi inébranlable. Aussi bravaient-ils, sans jamais hésiter, les périls qui les entouraient, persuadés que dans cette communion intime d'aspirations, de sacrifices, d'héroïsme obscur et d'espérances secrètes, chaque acte de dévouement devait contribuer au salut et à l'affranchissement de la patrie.

On comprend néanmoins que, malgré la fidélité des partisans de cette cause sacrée, le silence ne fût point si bien gardé sur leurs projets et leurs opérations, qu'il n'en transpirât rien dans le camp des Anglais. Ceux-ci eurent peu à peu vent de ce qui se tramait contre eux, et pour écraser la rébellion à l'origine, ils eurent recours à la terreur. Des bandes armées, commandées par des hommes sans pitié, ayant mandat de juger sommairement, parcouraient la contrée, arrêtant sur le moindre indice tous ceux qui leur semblaient suspects, et les livrant à la mort, après un simulacre d'instruction. En même temps, des listes de proscription avaient été dressées, plusieurs têtes étaient mises à prix, et quiconque avait, dans la dernière guerre, donné des preuves de son attachement à la France, était d'avance désigné aux poursuites des sicaires britanniques.

Parmi ceux dont le courage et le patriotisme étaient ainsi qualifiés de crimes, figuraient l'ancien gouverneur de Louisbourg, M. de Drucourt, sa femme et sa fille. Obligés de fuir Montréal, après la capitulation, traqués de retraite en retraite, ils avaient été sur le point, à plusieurs reprises, de tomber entre les mains des Anglais. Ils savaient, qu'une fois saisis, ils n'avaient à compter sur aucune miséricorde. Accusés de haute trahison et condamnés à la peine capitale, ils erraient de localité en localité, se cachant le jour, marchant la nuit, et mourant de froid et de faim. Quelquefois, poussés par l'extrême besoin, ils frappaient en tremblant à la porte d'une habitation perdue dans la campagne et mendiaient, au risque d'être reconnus à leur accent français, un morceau de pain qu'on ne leur accordait pas toujours.

Rien n'était plus navrant que de voir ce vieillard presque octogénaire, courbé sous le poids des ans et des malheurs, et conservant encore, dans la fierté de son attitude, la marque de sa haute naissance et de son illustration; cette femme vaillante, dont l'héroïsme, demeuré proverbial dans toute la colonie, avait excité l'admiration même de la cour si frivole de Versailles, et dont le courage n'avait point faibli un moment sous les coups de l'adversité; cette jeune fille, fleur brisée presque aussitôt qu'épanouie, livrée au désespoir depuis la mort de René de Vauquelin, et, pour ne point ajouter aux souffrances de ses parents, dissimulant sous un sourire les tourments de son propre cœur.

Il y avait déjà plusieurs mois que les trois proscrits menaient cette vie de privations et d'angoisses, incertains de leur sort et se confiant à la Providence qui jusqu'à ce jour les avait protégés dans leurs incessantes

infortunes. La seule chose qui, avec l'aide
de Dieu, les soutînt au milieu de leur perplexité, c'était l'assurance de ne point être
oubliés de leurs compatriotes canadiens,
attendant comme eux le signal de la délivrance.

On eût dit, en effet, que chacun de leurs
pas, quelque soin qu'ils eussent d'en effacer
la trace, était connu des Compagnons du
Devoir.

Bien souvent il leur arrivait, au moment
de quitter la cabane où ils avaient reçu
l'hospitalité, de sentir une main presser la
leur et y glisser un billet, sans signature,
qui se terminait toujours par le même mot :
Courage ! Bien souvent aussi, ces messages
qu'ils retrouvaient d'étape en étape leur
faisaient entrevoir l'approche du salut.

Celui qui veillait ainsi sur eux, sans se
nommer, ne négligeait point de leur indiquer le sentier qu'ils avaient à choisir pour
ne pas s'égarer dans les forêts où, les ténèbres arrivées, ils poursuivaient leur
marche fugitive. Que de fois, s'ils n'eussent
eu ce guide dévoué, ils auraient couru le

risque de périr! Car les Anglais, sachant que les forêts étaient l'asile ordinaire des conjurés, les avaient enveloppées d'une étroite surveillance et y faisaient de fréquentes battues.

Échappés à toutes les embûches, grâce à son mystérieux protecteur, la famille de Drucourt était parvenue à atteindre la région de l'Alleghany, d'où elle espérait se diriger à longues journées sur les établissements français de la Louisiane. Depuis qu'elle avait quitté Montréal, elle avait vécu dans une anxiété de tous les instants, mais elle était demeurée constamment à l'abri.

Cependant, le vieillard, épuisé par la fatigue et le besoin, sentait chaque jour ses forces défaillir. Soutenu par sa femme et sa fille, dont les paroles et l'exemple lui donnaient une vigueur factice, il avait longtemps affronté avec elles tous les dangers sans jamais avoir aucune plainte, les trompant sur sa faiblesse physique, qui augmentait rapidement. Elles, de leur côté, n'osaient lui exprimer leurs craintes. Mais tandis qu'il s'appuyait sur leurs bras, elles éprouvaient un tressaillement et se regardaient avec douleur, comme pour se dire que le moment où la nature devait vaincre son énergie ne pouvait tarder d'arriver.

Une nuit qu'ils avaient franchi à pas lents et avec une difficulté beaucoup plus pénible que de coutume à peine un demi-mille, M. de Drucourt, lourdement appesanti des deux mains sur les épaules de ses compagnes, s'affaissa tout à coup. M<sup>lle</sup> de Drucourt et sa mère tombèrent à genoux auprès de lui.

L'air était froid, une pluie fine commençait à filtrer à travers la voûte formée par l'entrelacement des branches d'arbres et perçait les vêtements des proscrits en glaçant leurs membres. Quelques rares étoiles brillaient encore au firmament, et la lune, émergeant par moments des nuages qui s'épaississaient, projetait ses derniers rayons douteux sur ce triste tableau.

Les deux femmes étaient penchées sur le vieillard, cherchant, aux lueurs indécises qui éclairaient son visage, à lire sur sa physionomie ce que ses lèvres n'avaient plus la force de dire. Une pâleur effrayante se répandait sur ses traits et un ébranlement nerveux agitait tout son corps.

Mᵐᵉ de Drucourt et sa fille n'avaient point proféré une parole. Elles avaient prévu depuis plusieurs jours le malheur qui les frappait brutalement, au moment même où elles caressaient encore l'espérance d'être épargnées.

Instinctivement, elles avaient saisi chacune l'une des mains de leur compagnon d'infortune. Peu à peu elles sentirent, sans oser se communiquer leur impression, que cette main se refroidissait sous leur étreinte brûlante. Le vieillard attachait sur elles un regard fixe, et ses yeux arrêtés dans leurs orbites perdaient graduellement leur éclat.

Seules, au milieu de la forêt, dont elles ignoraient les chemins, au milieu de la nuit dont les ténèbres allaient s'augmentant, ne sachant où courir pour réclamer du secours dans leur détresse, épouvantées d'ailleurs et n'oubliant point qu'un simple cri pouvait éveiller l'attention des sentinelles anglaises postées peut-être à proximité, elles étaient en proie aux plus violentes angoisses. De grosses larmes roulaient sur leurs joues, le sang affluait vers leur cœur, et, dans leur désolation, elles suppliaient l'une et l'autre, par la pensée, le Ciel de les frapper tous les trois en même temps.

Tandis qu'elles étaient ainsi abîmées de douleur, et tout entières attachées à l'horreur de leur situation, elles n'avaient point aperçu que les broussailles environnantes s'étaient écartées sans bruit, et qu'un homme s'était avancé vers elles avec la plus grande précaution. Sa taille haute, quoique un peu voûtée, l'assurance de sa démarche, la fermeté de son geste annonçaient une nature décidée. Il s'était arrêté à quelques pas des proscrits et, les bras croisés sur la poitrine, il regardait en silence le spectacle de ce suprême accablement.

Le vieillard, depuis longtemps étendu inerte et sans connaissance, venait de faire un mouvement spasmodique. Un hoquet convulsif étouffait les sons dans sa gorge ;

il essayait vainement de se soulever ; ses mains se crispaient ; sa souffrance, rendue plus atroce sans doute par les derniers efforts de la pensée, creusait son visage de rides profondes, et son teint de moment en moment plus blême prenait un aspect sinistre.

M^me de Drucourt avait déposé un baiser sur ce front lentement envahi par les ombres de la mort. M^lle de Drucourt, la tête dans les deux mains, à demi tombée sur le moribond, comprimait ses sanglots.

Soudain un râle prolongé s'échappa de la poitrine du vieillard. M^me de Drucourt poussa un cri déchirant. La jeune fille, comme arrachée en soubresaut à la plus affreuse des rêveries, se redressa éperdue.

Au même moment son regard rencontra celui de l'étranger qui la contemplait. Il devina son effroi et d'un signe expressif lui fit comprendre qu'il partageait son affliction Puis, faisant quelques pas en avant de manière à pouvoir parler tout bas :

— Courage ! dit-il, en donnant à sa voix une inflexion significative.

M<sup>lle</sup> de Drucourt, mue par un élan spontané et hors d'elle-même, s'était précipitée vers lui en lui prenant les deux mains.

Elle demeura un moment anéantie, puis revenant à elle, d'un accent navré, elle ajouta:

— Sauvez, sauvez mon père !

L'étranger mit un genou en terre et, plaçant la main sur le cœur du vieillard, au bout d'un long silence, il dit avec une poignante émotion :

— M. de Drucourt a cessé de souffrir.

A cette parole qu'elles avaient jusqu'alors redouté de prononcer elles-mêmes, comme pour se faire encore illusion, les deux femmes s'étaient évanouies.

L'inconnu resta quelques instants absorbé dans ses réflexions. Il considérait le vieillard dont le visage avait repris une douce sérénité, et dont les yeux fixes semblaient exprimer l'inflexible courage d'une âme invaincue jusqu'à son dernier souffle. Il regardait aussi les deux malheureuses victimes de la proscription, désormais livrées à elles-mêmes, et ne pouvant plus compter, au milieu de leurs dangers sans nombre, sur le respect que commande la présence d'un homme aux cheveux blancs.

M^me de Drucourt fut la première à reprendre ses sens. En ouvrant les yeux, elle vit l'étranger debout devant elle et dans une attitude qui trahissait une vive anxiété. Il paraissait écouter avec une inquiète attention les bruits confus de la forêt. Le doigt posé sur les lèvres, la tête légèrement inclinée de côté, les paupières large ouvertes, les yeux immobiles, le front tendu, il s'efforçait visiblement de discerner, au milieu des plaintes du vent et des vagues rumeurs de la nuit, l'approche de pas qui devinrent bientôt assez distincts pour pouvoir les compter.

M^me de Drucourt s'était relevée et, saisissant la main de sa fille encore défaillante, elle l'avait entraînée avec une force irrésistible.

— Fuyons ! s'écria-t-elle affolée.

L'étranger l'arrêta d'un geste, et baissant la voix :

— Vous n'aurez point fait dix pas, dit-il, que vous serez découvertes. Ceux qui viennent vers vous sont des soldats. Leur marche cadencée ne laisse aucun doute à cet égard. Les fuir, c'est courir au-devant de la mort.

— Mais qui nous sauvera si nous restons ici ? interrompit la pauvre femme effarée, en soutenant la jeune fille qui se serrait contre elle avec terreur.

L'étranger ne répondit point, mais détachant de son doigt une bague dont le chaton en camée portait deux ancres entrecroisées, il la fit passer lentement sous les yeux de M<sup>lle</sup> de Drucourt.

Elle jeta un cri, puis, obéissant au sentiment qui remplissait son âme d'une joie inespérée et laissant déborder son cœur :

— M. de Rochetonnerre ! dit-elle, tandis que l'éclair de son regard annonçait le retour soudain de son courage.

— Parlez plus bas, je vous en conjure, dit l'étranger, et surtout ne prononcez pas ce nom ici.

M<sup>lle</sup> de Drucourt le regarda avec étonnement.

— Je savais bien, dit-il après une courte

pause, que vous reconnaîtriez ce souvenir, le seul que m'ait laissé M. de Vauquelin, et qu'il tenait, m'a-t-il répété souvent, de vous-même. Aussi l'ai-je gardé religieusement.

— Comment vous témoigner notre gratitude ? interrompit M^{me} de Drucourt. Car c'est bien vous, n'est-ce pas, monsieur le comte, qui depuis si longtemps nous servez de guide dans notre fuite ?

Le comte s'inclina en signe d'assentiment.

— Tout ce que j'ai pu faire dans ces circonstances, dit-il, vous le devez aux recommandations que m'a faites M. de Vauquelin peu de jours avant sa mort, en me remettant cette bague. « Je vous confie, me disait-il avec un accent de tristesse que je ne saurais oublier et comme s'il eût eu le pressentiment de sa fin prochaine, je confie au meilleur de mes amis ce que j'ai de plus précieux au monde. »

M^{lle} de Drucourt pleurait. Rochetonnerre, contraint de rouvrir une blessure si cruelle, s'arrêta, le cœur brisé par ses propres souvenirs.

— Achevez, Monsieur, nous vous en

prions, dit M^{me} de Drucourt. Quelque imminent que soit pour nous le nouveau péril
dont nous sommes menacées, j'ai l'assurance que nous vous devrons une fois de
plus notre salut..... Dieu n'a pas voulu que
M. de Drucourt tombât vivant entre les
mains de ses persécuteurs qui n'auraient eu
aucune pitié de son âge et lui auraient fait
subir un supplice plus effroyable encore
que ceux des Indiens dont ils ont appris
les cruautés pour les dépasser. Nous ne
sommes, nous, que de pauvres femmes,
mais nous craignions beaucoup moins la
mort pour nous-mêmes que nous n'étions
alarmées pour l'homme de bien qui vient
de nous être enlevé. Décidez donc, Monsieur,
ce qu'il nous reste à faire; nous vous obéi-
rons sans réplique.

— Il est prudent en effet, Madame, dit
Rochetonnerre, de prendre une résolution
immédiate. Écoutez : les pas des soldats se
rapprochent, déjà même le bruit de leurs voix
se fait entendre. Dans quelques moments
ils seront ici ; et comme il est probable
qu'ils battent la forêt de concert avec d'au-

tres mouvements des Anglais, nous n'avons point de temps à perdre pour nous dérober à leurs investigations.

Mᵐᵉ de Drucourt approuva d'un signe de tête la justesse de ces paroles.

— Vous ne pouvez, poursuivit le comte, demeurer ici, ni rester plus longtemps ensemble. Si dure que soit pour vous la nécessité de vous séparer dans les conditions présentes, votre sécurité même vous commande ce nouveau sacrifice. Moi-même, malgré ma ferme volonté de ne pas m'éloigner de vous lorsque j'ai vu que tout espoir de sauver M. de Drucourt était perdu, je suis contraint, pour ne point tomber avec vous dans un instant aux mains de nos ennemis, de choisir un chemin différent du vôtre.

Mˡˡᵉ de Drucourt pâlit.

— Ne craignez rien toutefois, dit-il. Je connais tous les sentiers de la forêt, et si vous n'oubliez aucune des précautions que je vais vous indiquer, j'ai la certitude que nous parviendrons à nous soustraire au danger.

Les deux femmes gardaient le silence. Elles attendaient qu'il leur désignât leur itinéraire.

— Écoutez donc, reprit-il, et gravez dans votre mémoire le tracé que vous aurez à suivre chacune de votre côté, sans en dévier d'un pas, quels que soient les obstacles qui puissent se présenter.

Il prit la main de M$^{me}$ de Drucourt, et comme il sentait que cette main ne tremblait point :

— Votre fermeté, Madame, dit-il, est pour moi le premier garant de notre réussite. Nous sommes ici au point de rencontre de trois routes allant en sens divers. Celle qui est là devant moi mène à l'Alleghany, et c'est sans doute de ce côté que se dirigeront les soldats. L'autre que nous avons à droite conduit au milieu de la forêt. C'est la plus sûre, car la dernière est sans issue. Je crains pourtant que ces trois chemins ne nous soient coupés....

— Mais alors ? interrompit vivement M$^{lle}$ de Drucourt.

— Notre situation serait, il est vrai, sans

remède. Seulement, si les chemins mêmes sont impraticables, nous pouvons ramper dans les broussailles, en attendant que nos ennemis, maintenant derrière nous, aient pris au contraire les devants. Il nous sera facile, dans ce cas, de les suivre à une certaine distance, car ils ne pourront croire que les routes explorées par eux un moment auparavant sont occupées par des proscrits dont la capture leur vaudrait une récompense considérable.

M<sup>lle</sup> de Drucourt eut un frémissement.

— Je parle de moi autant, sinon plus, que de vous-mêmes, continua le comte. Ma tête est mise à prix comme la vôtre. Je n'ai comme vous pour abri que la forêt, et j'ai moins de pitié à attendre que vous. Il y a dix jours j'ai été pendu en effigie à Québec.

— Je croyais, dit M<sup>me</sup> de Drucourt, que vous aviez renoncé à toute participation aux événements politiques et que, désespérant comme beaucoup d'autres de la libération de la colonie, vous attendiez, dévorant peut-être votre chagrin à l'écart, l'occasion de retourner en France.

Rochetonnerre ne pouvait considérer comme un reproche ces paroles auxquelles sa présence même en cet endroit opposait une si complète dénégation.

— Ce bruit, répondit-il avec calme et en souriant, je l'ai fait courir moi-même, espérant par ce moyen détourner l'attention. Mais, soit que mes véritables projets aient été trahis par imprudence ou par lâcheté, soit que la vigilance de nos ennemis ait dépassé mes prévisions, le secret qui était demeuré inconnu aux Anglais pendant plusieurs mois leur est révélé depuis deux semaines, et c'est pour cela qu'ils m'ont condamné au dernier supplice et cloué mon image au pilori.

— Ce secret, demanda M<sup>lle</sup> de Drucourt avec une curiosité qui partait d'un sentiment de profonde affection, puisqu'il n'en est plus un pour nos ennemis, doit-il demeurer ignoré de ceux qui souffrent avec vous ?

Le comte allait parler, mais les éclats de voix des soldats qui ne pouvaient tarder de se montrer au détour du sentier ouvert devant lui l'interrompirent brusquement.

— Par ici, par ici, dit-il rapidement et si bas qu'à peine les deux femmes purent l'entendre.

Et se laissant glisser à terre, des deux mains il écarta les broussailles avec tant d'habileté qu'aucun bruit n'accompagna ce mouvement si promptement exécuté.

—Suivez-moi, ajouta-t il en baissant la voix, et retenez votre souffle, car voici les Anglais !

A peine le comte de Rochetonnerre, M<sup>me</sup> de Drucourt et sa fille avaient-ils disparu, qu'une troupe d'hommes armés de fusils et de haches déboucha du sentier.

Ils s'arrêtèrent quelques instants indécis et prêtèrent l'oreille avec un redoublement d'attention.

— Si la pluie n'avait cessé, dit celui qui paraissait être le chef, j'aurais décidé de faire halte ici, car cet endroit me semble favorable pour un feu de bivouac.

— En effet, répondit un de ceux qui étaient pourvus de haches, ces broussailles seraient abattues d'un tour de main.

Le chef se consulta.

— Le jour n'est pas loin, dit-il, et la prudence nous commande de ne point trahir nos opérations. Il ne faut pas que les Compagnons du Devoir, s'ils rôdent dans les environs, se doutent du piège que nous leur tendons et où ils ne peuvent manquer de tomber.

A ce moment un bruissement d'herbes froissées se fit entendre autour d'eux.

Un des hommes épaula vivement son fusil et s'apprêta à faire feu dans les broussailles. Mais le chef abaissant l'arme avant que le soldat eût posé le doigt sur la gâchette, lui dit d'un ton sévère :

— Votre maladresse allait tout perdre. Donner l'éveil à ceux que nous voulons surprendre est le plus sûr moyen de faire de mauvaise besogne. Que chacun de vous se tienne donc pour averti et que rien ne se fasse sans mon ordre.

Les sept hommes qui composaient la ronde de nuit firent un geste de soumission.

— Et maintenant, ajouta le chef d'un ton bref, en avant et par file !

Les soldats se disposèrent à reprendre leur marche.

Tout à coup le bruissement de feuilles se répéta, accompagné d'un craquement de branches. En même temps la troupe demeura clouée sur place.

Le chef, d'un signe impérieux, imposa le silence.

Puis, montrant du doigt les broussailles :

— Quelques coups de hache là dedans, dit-il avec vivacité, en désignant deux hommes qui déjà avaient levé le bras pour exécuter le mouvement.

— Vous, continua-t-il en s'adressant aux autres, le rifle au poing et l'œil aux aguets !

Les deux soldats chargés de sonder le fourré s'étaient mis à l'œuvre.

Un instant après ils reparurent, portant plutôt qu'ils ne traînaient une jeune femme, les cheveux en désordre, les traits hagards, les mains et le visage ensanglantés.

C'était M^{lle} de Drucourt.

Ses vêtements s'étaient embarrassés dans les ronces pendant qu'elle rampait à la suite de ses compagnons, et l'effort qu'elle avait fait pour se dégager l'avait trahie.

Quelques-uns des soldats portaient des

torches dont le chef ordonna de raviver la flamme.

Quand la captive apparut aux Anglais, pâle, défaite, mais le regard fier et ferme, ils eurent une exclamation où l'admiration se mêlait à l'étonnement.

Mais le chef, se ravisant aussitôt :

— Vous n'étiez pas seule? interrogea-t-il avec rudesse.

M<sup>lle</sup> de Drucourt resta muette.

— Allez, commanda-t-il aux deux hommes qui avaient fait la capture, et faites diligence. Les autres, s'il en est, ne sauraient vous échapper.

M<sup>lle</sup> de Drucourt tressaillit. Le chef l'avait saisie brutalement par la main.

— Combien êtes-vous? fit-il en cherchant à la dominer par la terreur.

La jeune fille se contenta de fixer les yeux sur celui qui la questionnait. Non moins vaillante que sa mère, la certitude de ne pouvoir se soustraire à ses ennemis redoublait son courage.

Le chef, n'obtenant point de réponse, frappait du pied la terre. Il se sentait, au milieu de ses hommes armés, vaincu par cette femme sans défense, et le calme qu'elle opposait à ses menaces ne faisait qu'accroître sa colère.

— Qu'on lui lie les mains derrière le dos, s'écria-t-il avec rage, et qu'on veille sur elle, en attendant que les autres nous soient amenés.

Deux hommes s'avancèrent vers M<sup>lle</sup> de Drucourt, qui se laissa garroter sans prononcer une parole.

Le chef s'attendait à une lutte, à des supplications. Peut-être espérait-il profiter d'une résistance pour provoquer des révélations. Il fut déçu. M<sup>lle</sup> de Drucourt, dont la pâleur augmentait sous la pression des liens trop fortement serrés, contint sa douleur ; mais ses jambes fléchirent, un voile passa sur ses yeux : elle frissonnait.

Pendant ce temps, les deux soldats lancés à la poursuite des fugitifs étaient revenus à leur point de départ, et ils avaient annoncé qu'aucun indice ne leur avait révélé la présence d'autres suspects.

A cette nouvelle, un rayon de joie illumina les traits de M^{lle} de Drucourt. Ses compagnons étaient sauvés. Ils ne pouvaient l'abandonner. Ils allaient sans aucun doute s'occuper des moyens de la délivrer elle-même. Cette pensée n'était pas seulement une consolation. Elle connaissait la bravoure de sa mère. Elle savait les exploits du comte de Rochetonnerre. Tout lui disait qu'elle ne resterait pas longtemps prisonnière.

Tandis qu'elle se livrait à ses réflexions, le chef de la troupe avait jeté les yeux sur le corps de M. de Drucourt, resté exposé à l'endroit même où il avait succombé. Le visage du vieillard n'était pas décomposé. On eût dit que, protégé par la mort, il jetait par l'expression sévère de son regard un défi à ceux qui s'étaient emparés de sa fille.

Les soldats s'étaient groupés autour de lui, et pas un d'eux n'avait osé porter la main sur cette dépouille mortelle dont l'âme ne s'était pas si complètement détachée qu'elle n'en semblât demeurer la gardienne.

Il y eut un long silence.

Le chef restait indécis sur ce qu'il avait à faire. La ressemblance des traits du vieillard avec ceux de la captive était trop frappante pour qu'aucun doute pût exister dans son esprit sur leur parenté.

— Cet homme était votre père? dit-il à M^{lle} de Drucourt avec un accent qui commandait de répondre.

La jeune fille, craignant de voir profaner les restes de celui qu'elle avait tant aimé, et espérant sans doute qu'une prière fléchirait ses ennemis, fit un signe d'affirmation. Elle voulut parler, mais, sous l'empire de la désolation, elle éclata en sanglots.

— Qu'on forme un brancard avec des branches d'arbres, dit le chef avec rudesse; qu'on y dépose ce corps. Nous le transporterons au camp. Les officiers de la cour martiale sauront bien le reconnaître.

Puis, menaçant de son épée M^{lle} de Drucourt :

— Et ils parleront pour vous, ajouta-t-il avec colère, si vous persistez à demeurer muette.

L'ordre donné par le chef fut aussitôt exécuté. Deux hommes soulevèrent le corps du vieillard et le jetèrent sur le brancard improvisé.

L'aube blanchissait l'horizon.

— Nous avons déjà perdu trop de temps ici, acheva le chef courroucé. Au camp donc ! Qu'on double le pas !

Trois hommes prirent les devants, abattant les ronces qui encombraient le passage.

Derrière eux, M<sup>lle</sup> de Drucourt marchait aux côtés de deux soldats, qui tenaient la baïonnette au canon.

Le chef venait à la suite.

L'arrière-garde était représentée par ceux qui portaient le brancard.

## II

LE NAIN.

— Alerte ! Baissez-vous ! Plus bas encore !
Si nous sommes aperçus , nous sommes
perdus !

Quatre hommes se mouvaient rapidement
en longeant l'Alleghany au bas de la berge.
Le corps ployé en avant, ils paraissaient
apporter le plus grand soin à ne point trahir leur présence en cet endroit. Par moments, l'un d'eux se risquait à lever la tête
et, le regard fixé sur l'horizon, il cherchait
avec une visible préoccupation à découvrir
ce qui se passait dans la forêt voisine du
rivage.

Ils portaient tous le même costume, et
leur allure indiquait tout d'abord leur pro-

9***

fession. Le rifle à la main, le couteau de chasse passé dans la ceinture, ils avançaient prudemment, faisant beaucoup de chemin en peu de temps, sans avoir l'air de changer de place.

Leurs traits offraient une singulière similitude. Tous avaient une physionomie rude, des yeux pleins de flamme où se lisait une volonté indomptable, des membres musculeux dont chaque mouvement accusait une audace incapable de reculer devant le péril, quel qu'il pût être.

Il n'était pas difficile de reconnaître, à leur allure et à leur équipement, qu'ils faisaient partie des aventuriers, alors si nombreux dans cette région, accoutumés à vivre sur les confins de la civilisation, trouvant leur existence dans la chasse, et ne se montrant que de loin en loin dans les villes ou dans les villages un peu peuplés.

Parmi ces quatre rôdeurs de frontières, il y en avait un qui attirait particulièrement l'attention. Il avait à peine cinq pieds de haut, les jambes torses et une grosse tête pour ainsi dire rivée sur les épaules, le cou paraissant complètement absent. Sa figure, aussi énergique que celle de ses compagnons, était extrêmement mobile, et ses paupières éraillées, bordées d'un ourlet rouge, laissaient constamment à découvert deux yeux méchants et haineux. Sa lèvre sans pli, que n'avait jamais dû effleurer un sourire, avait l'expression du dédain autant que de la colère concentrée. On se sentait, rien qu'à le voir, en présence d'une nature hargneuse, ne supportant aucune résistance et n'admettant rien qui vînt d'autrui.

De fait, il avait toujours la menace et l'invective à la bouche. Aussi eût-il été le plus intraitable des compagnons, si ceux dont il partageait les expéditions ne s'étaient habitués à laisser les tempêtes, qu'il soulevait le plus souvent sans raison, se calmer d'elles-mêmes. C'est qu'ils avaient en lui, au fond, un ami sûr, dévoué à la mort, et d'une adresse expérimentée.

Chose étrange ! Cet être, mal fait au physique comme au moral, était l'idole de ceux qui, associés avec lui, ne pouvaient plus se passer ni de ses bourrasques ni de ses services. Toutefois, au premier abord, on ne se rendait pas exactement compte du rôle utile qu'il pouvait remplir dans une troupe de gens toujours sur le qui vive, et forcés par leur métier même de courir plutôt que de marcher, soit en poursuivant les animaux sauvages, soit pour échapper aux Indiens et aux Anglais qui leur avaient déclaré une guerre sans merci; les uns les considérant comme les violateurs de leurs territoires de chasse, les autres comme les plus redoutables des Compagnons du Devoir.

Le personnage difforme qui occupait une place si marquée parmi eux semblait en réalité peu propre à tenir son rang. La difficulté de sa marche était de nature à l'obliger à rester en arrière et aurait dû le détourner des entreprises aventureuses. Mais il avait plus qu'aucun autre la passion de l'inconnu ; il ne se sentait vivre que dans l'immensité de la prairie, et d'ailleurs il avait des qualités précieuses qui compensaient largement les inconvénients de son caractere et de sa personne.

Au tir il était sans rival. Nul ne possédait

un coup d'œil plus perçant, nul ne savait avec une entente plus consommée tous les artifices du pionnier, nul n'était plus au fait des ruses ourdies par les Peaux-Rouges, des embûches dressées par les soldats et les autorités britanniques. Nul enfin n'envoyait avec une assurance plus invariable une balle à son but, et personne ne se souvenait qu'il eût jamais trouvé son maître sous le rapport de la hardiesse autant que de l'habileté.

Ses trois compagnons le tenaient en sérieuse estime, et il leur en eût coûté d'être séparés de lui. Son ton bourru, ses accès de violence n'exerçaient sur eux aucune influence, et son calme, en admettant qu'il l'eût retrouvé jamais, les eût plus étonnés que son humeur noire les importunait. Ils paraissaient néanmoins avoir sur lui un certain empire, car, tout en étant accablés de ses sarcasmes et de ses traits injurieux, ils ne pouvaient faire aucun pas sans l'avoir à leur suite.

C'étaient trois hommes dans la force de l'âge, vigoureusement bâtis et dominant de toute la hauteur de leur taille le nain rabougri qui se traînait en apparence derrière eux.

Celui qui marchait à leur tête semblait chargé de diriger leurs mouvements.

— Alerte ! disait-il rapidement, mais si bas qu'à peine on pouvait percevoir le son de sa voix, taisez vous ! Si nous sommes aperçus, nous sommes perdus.

En même temps il se couchait presque à plat ventre, et du geste commandait aux autres de l'imiter.

Tous s'effacèrent et, le cou tendu, les yeux à fleur du rivage, ils attachèrent leur regard sur la lisière de la forêt.

— Plus bas encore! commanda celui qui servait de guide. Plus bas, vous dis-je !

— On dirait qu'il n'y a que toi à écouter ici, grommela le nain en roulant des yeux furibonds.

— Paix! fit celui qui avait parlé le premier. Les voici !

Tout à coup un homme s'élança de la forêt, et, franchissant avec une vitesse prodigieuse l'espace qui le séparait de la berge, il se précipita vers l'endroit où les quatre aventuriers se trouvaient réunis, comme s'ils lui eussent donné rendez-vous à cette même place.

Le nain, sans prendre garde aux recommandations de ses compagnons, s'était dressé debout et dépassait la berge de toute la tête.

— Le Buffle-Gris ! fit-il avec un sourd grognement.

Il n'avait pas achevé cette exclamation que Rochetonnerre tombait au milieu d'eux, haletant, épuisé par la course qu'il venait de fournir.

— Alerte ! alerte ! commanda-t-il à son tour.

Les quatre compagnons eurent un mouvement qui indiquait leur soumission à la volonté du comte.

Il leur fit signe de s'étendre de leur long.

Tous obéirent, et le nain lui-même, contre sa coutume, s'abstint de répliquer.

Cependant trois hommes armés, marchant l'un à la suite de l'autre à peu de distance, venaient de sortir de la forêt. Ils

jetaient autour d'eux des regards scruta-
teurs. Leurs gestes, leur allure marquaient
clairement qu'ils craignaient quelque surprise.

Ils étaient depuis un moment en vue,
quand une femme, les cheveux dénoués et
pendants en désordre sur ses épaules, les
mains attachées derrière le dos, la tête
penchée sur la poitrine, s'avança derrière
eux, accompagnée de deux autres soldats,
l'air menaçant, le doigt sur la détente de
leur fusil, prêts à faire feu au premier mouvement que ferait la captive pour se dérober
à leur surveillance.

Un septième personnage, qu'à son costume
et à ses insignes il était aisé de reconnaître
pour un sous-officier de l'armée anglaise
du Canada, suivait la troupe d'un pas dé-
libéré.

Enfin deux hommes portant une civière
où reposait un cadavre fermaient la marche.

Ils défilaient en silence sous les yeux des
aventuriers, ne se doutant guère qu'ils
étaient épiés de si près, mais se tenant néanmoins sur leurs gardes.

Bien qu'il cédât à l'autorité du comte,
le nain avait peine à tenir en place.

— Quel splendide coup de fusil ! dit-il,
en faisant mine de viser la tête du sous-
officier.

Un geste de Rochetonerre réprima cette
intention :

— Il faudrait être fou pour leur donner
l'éveil, ajouta-t-il avec reproche.

— Mais, objecta le nain, nous ne pouvons
laisser échapper une si belle occasion de
faire parler nos rifles...

— Nous les suivrons en longeant la
berge.

— Elle va en diminuant et cessera bientôt
de nous cacher.

— Elle nous cachera tant qu'il le faudra
pour mettre à exécution nos projets.

— Mais...

— Paix encore, insupportable brouillon !
Ayez des yeux et des mains, pas de langue.

— Mais.....

— Paix donc ! commanda sévèrement le
comte, il y va de la vie de cette femme et
peut-être aussi de la nôtre.

10

En même temps, il fit signe au nain de demeurer immobile, tandis que d'un second geste, non moins prompt, il mettait les trois autres en devoir de ramper en aval de l'Alleghany.

Les Anglais, de leur côté, poursuivaient leur chemin parallèlement dans le même sens. Il était manifeste qu'ils voulaient avec la captive passer l'eau à un endroit guéable qui leur était probablement connu et vers lequel ils paraissaient se diriger en toute confiance.

N'ayant perçu aucun bruit de pas depuis leur sortie de la forêt, ils semblaient plus rassurés, et les trois qui marchaient à la file en éclaireurs s'étaient rapprochés et causaient à voix assez haute pour pouvoir être entendus de Rochetonnerre et de ses compagnons.

— La capture nous vaudra certainement une grosse récompense, disait l'un des soldats.

— L'homme mort doit avoir été quelque personnage influent de l'ancienne administration française, fit observer un second.

La noblesse de ses traits ne vous a-t-elle point frappés?

— Et la fierté de la jeune femme, qui est évidemment sa parente? repartit le troisième. Avez-vous remarqué comme elle bravait nos menaces?

— Bravades inutiles! reprit celui qui avait parlé d'abord. Si l'on n'avait craint de ne point toucher la somme promise pour toute arrestation dans la forêt, on l'aurait évidemment fusillée sur place.

— On la fusillera dans quelques heures, dit sentencieusement le plus farouche des trois.

— Il est certain que, garrotée et gardée comme elle l'est, il lui est impossible d'échapper à la mort qui l'attend.

— Pauvre femme! dit le plus jeune des interlocuteurs.

Les deux autres haussèrent les épaules et allaient railler leur camarade de sa sensiblerie, quand un ordre du chef commanda de faire halte.

Le nain, toujours protégé par l'escarpement de la berge, n'avait perdu aucune des paroles qui venaient de se prononcer. Pré-

cédé de ses compagnons, il avait continué
de ramper en avant, de manière à se
trouver constamment à la hauteur des trois
Anglais qui ouvraient le cortège.

A peine furent-ils arrêtés que, se tournant
vers Rochetonnerre avec une mimique expressive, il lui témoigna qu'un événement
décisif allait se passer.

— Ils s'orientent ? dit le comte.

— Non.

— Ils savent donc exactement le chemin
qu'ils ont à prendre ?

— Parfaitement.

— Qui vous le dit ?

Le nain grogna sourdement.

— Moi, fit-il, avec impatience. Est-ce ma
faute si vous êtes sourds comme des pots ?

— Sourds ? Qu'est-ce à dire ?

— Vous n'entendez donc point leur conversation ?

Rochetonnerre eut un sourire.

— Je conviens, mon brave Toby, que
vous seul avez ce privilège.

— Alors, pourquoi ne pas me croire ?

— Qui met en doute vos paroles ?

— Vous.

Et en lançant cette accusation, le nain roulait des yeux terribles.

— Calmez-vous, Toby, nous viderons cette querelle plus tard. Ce n'en est pas le moment maintenant. Sachons seulement d'une manière exacte ce que vont faire les Anglais.

— Sachons plutôt ce que nous allons faire nous-mêmes?

— Pourquoi?

— Parce que, je vous l'ai déjà dit, la berge va en s'abaissant, et que là-bas, à vingt pas devant nous, il n'y aura plus moyen de nous mettre à l'abri.

— Nous n'en aurons bientôt plus besoin. Ils vont passer la rivière à l'endroit guéable que vous désignez, n'est-il point vrai?

— Oui.

— Dans un quart d'heure?

— Plus tôt même.

— Soit, attendons et demeurons cachés le plus longtemps possible.

La troupe des Anglais avait formé le cercle pour délibérer.

A les voir gesticuler et étendre le bras dans diverses directions, il était aisé de comprendre qu'ils n'étaient point absolument d'accord sur leur itinéraire.

Certes, il eût été facile à Rochetonnerre et à ses compagnons de profiter de l'occasion pour faire feu sur le groupe, et il est certain que plusieurs des soldats eussent été mis hors de combat. Mais cette action précipitée aurait irrémédiablement ruiné les projets du comte. Les Anglais, surpris à l'improviste, n'auraient point manqué d'exercer, tout d'abord, leur vengeance sur la jeune fille, et voyant qu'elle pourrait leur être enlevée, ils l'auraient mise à mort sur-le-champ. Il fallait à tout prix empêcher ce malheur, et tomber sur eux à l'instant même où ils se croiraient le plus en sûreté.

La réalisation de ce plan n'était pour le moment point chimérique. Si les Anglais se décidaient à passer l'Alleghany à gué, les compagnons de Rochetonnerre n'avaient qu'à bien saisir le moment propice pour les disperser et mettre la captive en liberté.

Ce coup de main, quelque audacieux qu'il

fût, pouvait réussir à la condition d'agir avec promptitude.

D'ailleurs, les forces étaient de part et d'autre à peu près égales, et Rochetonnerre avait l'avantage de l'attaque.

— Vont-ils ainsi délibérer toute la journée ? demanda Toby, qui commençait à perdre patience.

— Sur quoi porte leur discussion ? interrogea le comte.

— Toujours sur le même point. Les uns prétendent qu'il faut pousser plus loin, les autres au contraire veulent obliquer à gauche; le chef est indécis.

— Cette discussion ne saurait se prolonger.

— Qu'en savez-vous ? Et s'il leur plaît de bivouaquer là ?

— Nous ferons comme eux.

— Vous ai-je dit le contraire ?

La conversation des Anglais était devenue très animée. Les éclats de leurs voix parvenaient distinctement aux oreilles des compagnons du comte. Rochetonnerre, dont l'ouïe, affaiblie par l'âge, était moins perçante, avait une certaine peine à saisir la suite des paroles !

— Pouvez-vous me rapporter ce qu'ils disent ? fit-il en prenant vivement la main de Toby.

— Si je le puis ! repartit aigrement le nain, et pourquoi ne le pourrais-je point ? Que l'on se taise ici rien qu'une minute.

Personne n'avait parlé.

Les compagnons de Toby se regardèrent en souriant, mais la situation était trop critique pour engager avec lui la moindre contestation.

Il y eut un silence général.

Toby releva la tête avec un mouvement d'orgueil et prenant un air d'importance :

— C'est de nous qu'ils parlent, fit-il avec mystère.

— De nous ?

— Ne voyez-vous point qu'ils dirigent leurs regards de ce côté ?

— Eh bien ?

— Ne devinez-vous point à leurs gestes qu'ils se demandent où nous sommes embusqués ?

— Ils savent donc que nous les guettons ?

— Non, mais ils s'en doutent. Dans tous les cas, ils doivent avoir connaissance de nos desseins.

— Sur quoi fondez-vous cette présomption ?

— Ce n'est pas une présomption, mais une certitude.

Le nain appuya ces derniers mots d'un haut-le-corps qui dénotait son mépris pour le peu de perspicacité de son interrupteur.

Rochetonnerre, accoutumé à ce sans-façon, eut l'air de ne point s'en apercevoir.

— Encore une fois, dit-il, sur quoi vous basez-vous ?

— Sur leurs propres paroles.

— Ils disent ?

— Que nous suivons leur piste. Mais tous ne sont pas du même avis. Le chef, lui, croit que nous longeons, à une certaine distance d'ici, l'autre bord de l'Alleghany, et que nous venons à leur rencontre.

— Et c'est-là l'objet de leur discussion ?

— Du moins en partie. Ce qui les divise, c'est la résolution à prendre...

18*

Toby allait poursuivre ses explications, mais une exclamation bruyante partie du groupe des Anglais l'interrompit brusquement et lui fit prêter l'oreille.

— Ils vont aux voix, dit-il après quelques moments de muette observation.

— Les avis sont donc partagés ?

— Oui. Les uns veulent rentrer dans la forêt et gagner le camp par un chemin de traverse, plus long mais plus sûr.

— Et les autres ?

— Les autres soutiennnent qu'il faut passer le gué.

— L'emportent-ils ?

— De beaucoup.

— Ils vont donc arriver sur nous ?

— Pas le moins du monde, ils prendront par la forêt.

— Mais alors ils nous échappent ! exclama le comte qui ne pouvait modérer son impatience.

— A vos rifles, mes enfants ! ajouta-t-il d'un ton nerveux et saccadé.

— Que personne ne bouge, commanda Toby.

Rochetonnerre eut un geste de colère.

— Qui donc ordonne ici ? fit-il avec un accent impérieux.

— Moi ! fit le nain. Et sans attendre la réplique, laissant tomber son fusil, il se laissa glisser jusqu'au bas de la berge, pour remonter presque aussitôt à sa place, les mains pleines de gros cailloux qu'il venait de ramasser au cours de l'eau.

— Qu'allez-vous faire ? demanda le comte intrigué.

— Vous ne pouvez donc voir sans parler ? grommela Toby.

Il venait de reporter précipitamment sa main droite en arrière, et, frappant vigoureusement sa cuisse d'un coup sec, il avait lancé une des pierres dans l'espace. Le projectile passa par-dessus la tête des Anglais et alla tomber à une centaine de mètres derrière eux en produisant un sifflement.

La chute du caillou ne pouvait manquer d'éveiller l'attention des soldats. Les voix s'arrêtèrent, et par un mouvement instinctif tous les yeux se tournèrent vers le même

endroit. Évidemment on devait s'attendre à
un danger imminent.

Cependant, comme la sauvegarde personnelle est toujours en pareille circonstance la plus prompte conseillère, tous,
hommes et chefs, s'étaient prudemment
repliés sur le massif d'arbres qui était à
proximité, et chacun avait cherché un abri
contre l'attaque supposée.

Les Compagnons du Devoir constatèrent
en même temps un fait d'une haute importance.

La captive était seule demeurée à la place
qu'elle occupait précédemment et restait
exposée aux coups.

Cette tactique était facile à saisir.

En obligeant sous menace de mort la
jeune fille à leur servir de rempart, les
Anglais voulaient sans doute intimider
leurs ennemis invisibles.

Ils ne prévoyaient point que ce stratagème
allait en réalité servir leurs adversaires.

Rochetonnerre comprit en effet tout de
suite le grand avantage qu'il pouvait tirer
de l'isolement de la jeune prisonnière.

— Admirablement joué, dit-il en prenant avec reconnaissance la main de Toby.

— Quand je vous disais, fit le nain avec autorité.

Le moment était à l'action.

Les Anglais ne pouvaient tarder à revenir de leur erreur. Il est vrai que Toby avait lancé un second caillou, tombé au même endroit que le premier. Mais ce n'était là qu'un artifice passager, dont il fallait profiter sur-le-champ, sinon la situation pouvait changer de tournure.

Rochetonnerre n'hésita point.

Il savait que, seul parmi ses compagnons, il pouvait avoir assez d'influence sur M<sup>lle</sup> de Drucourt pour la décider à accomplir un acte de suprême énergie. Or, il n'y avait pas une minute à perdre.

La jeune fille, debout, le visage tourné vers l'Alleghany, le regard machinalement porté devant soi, sans fixer aucun objet particulier, semblait ne rien comprendre à ce qui se passait.

Elle avait obéi sans réplique à ses gardiens, persuadée du reste qu'il lui eût été

impossible de se soustraire à leur surveillance.

Il s'agissait d'attirer son attention, sans
éveiller les soupçons des Anglais.

Cette dernière condition ne pouvait être
réalisée qu'au prix d'une grande prudence
unie à un coup d'audace.

Rochetonnerre comprenait en outre que
toute réflexion prolongée aggravait le
péril.

Il n'y avait qu'un moyen de précipiter les
choses, c'était de se montrer; mais il y avait
aussi à courir le risque d'être vu par les
Anglais et de perdre ainsi tout le bénéfice
de l'embuscade.

Toutes ces pensées traversèrent en même
temps l'esprit du comte.

Mais il eut vite pris son parti.

Se dressant debout, la tête et les épaules
émergeant complètement de la berge, il
agita vivement la main pour inviter la jeune
fille à avancer, puis il se laissa retomber,
attendant le résultat de sa manœuvre.

Elle ne réussit qu'à demi. M<sup>lle</sup> de Drucourt n'avait aperçu que fort vaguement la

rapide apparition. Toutefois, il était manifeste, à son premier mouvement de surprise,
qu'une nouvelle tentative pouvait avoir une
meilleure issue.

Le comte n'eut aucune peine à voir ce
qui lui restait à faire.

Il répéta le mouvement qu'il venait d'exécuter.

Cette fois, M<sup>lle</sup> de Drucourt le reconnut
parfaitement. Elle eut un cri de joie, et
portant le corps brusquement en avant, elle
fit un pas vers l'Alleghany.

La situation était perplexe.

De même que les Compagnons du Devoir
avaient les yeux attachés sur la jeune fille,
de même les Anglais ne perdaient rien de
la scène qui se jouait.

Rochetonnerre avait exactement mesuré
du regard la distance qui séparait M<sup>lle</sup> de
Drucourt des hommes postés derrière les
arbres, et l'espace qu'elle avait à franchir
pour atteindre le bord de la rivière.

Il avait calculé aussi le nombre de pas
qu'elle pouvait faire avant que les soldats
fissent feu sur elle.

Il la laissa donc pendant cinq ou six secondes poursuivre sa course. Puis, s'élançant d'un bond au haut de la berge, d'une voix de tonnerre, il cria :

— Couchez-vous, je vous en supplie, et ne faites plus aucun mouvement.

En même temps, pour donner plus de force à son injonction, il abaissait la main avec un geste expressif et énergique.

A peine avait-il intimé cet ordre, aussitôt exécuté, qu'une double décharge se fit entendre. Deux balles passèrent en sifflant au-dessus de M$^{lle}$ de Drucourt et allèrent s'enfoncer dans le sol.

Cependant le nain avait son idée. Tandis que Rochetonnerre méditait un moyen de sauver la jeune fille, Toby, sans prendre conseil de personne, avait ramassé son fusil et rampé en avant, de manière à s'écarter de ses compagnons, à une distance de plusieurs mètres. Cela fait, il avait lancé dans la direction de la captive une des pierres qu'il avait gardées dans la main. Puis, par un mouvement aussi rapidement exécuté que conçu, il avait épaulé son rifle.

Ce qu'il avait prévu arriva. Un des Anglais, attiré par la chute de la pierre, avança
instinctivement la tête et le haut du buste
pour se rendre compte des faits. Toby guet-
tait sa proie. Accoutumé à tirer juste sans
viser, il profita de la seconde où il avait l'ennemi au bout de son arme et fit feu.

Un cri atroce répondit à la détonation.

L'Anglais, atteint au milieu du front,
tomba lourdement sur le sol.

— Et d'un, fit le nain triomphant en tirant son couteau pour orner d'une nouvelle
entaille la crosse de son rifle déjà chargée de
nombreux témoignages de la même nature.

La diversion provoquée par l'astucieux
Toby n'avait pas seulement pour but de
mettre hors de combat l'homme qui venait
de payer son imprudence de la mort. Le nain
voulait aussi faire croire aux ennemis qu'ils
avaient à se mesurer à forte partie. En effet,
les Anglais ne pouvaient calculer le nombre
de leurs adversaires que par la distance exis-
tant entre le point où le comte s'était fait voir
et celui d'où était parti le coup qui avait frappé
un des leurs. Or, cette distance étant assez con-

sidérable, ils se persuadaient naturellement que leurs assaillants avaient sur eux le dessus.

Courageux autant que leurs adversaires, ils se préparèrent à une lutte à outrance.

M<sup>lle</sup> de Drucourt, en suivant le conseil de Rochetonnerre, n'avait fait qu'échapper un moment au péril qui la menaçait. Étendue de son long, la face contre terre, complètement immobile, elle était entre deux feux, exposée à la vengeance des Anglais, et en même temps aux balles de ceux qui les combattaient.

Toutefois, elle était assez éloignée de ses gardiens pour rester à l'abri de leurs coups, à moins qu'ils ne fissent une sortie.

Telle ne paraissait point être leur intention. Ils semblaient comprendre qu'il fallait avant tout user de ruse. Aussi y eut-il une suspension d'hostilités pendant quelques moments.

De part et d'autre on se consultait.

Les Compagnons du Devoir avaient cru jusqu'alors que la jeune fille ne pouvait être aperçue par les Anglais de l'endroit où ceux-ci étaient cachés.

En effet, par suite des ondulations du terrain, la captive se trouvait protégée. Un pli du sol formait derrière elle une espèce de rempart, peu élevé à la vérité, mais suffisamment sûr. Malheureusement en tombant elle n'avait pu serrer ses vêtements, privée qu'elle était de l'usage de ses mains liées derrière le dos. Le bas de sa robe demeuré visible aux Anglais leur servait de point de mire.

Cette circonstance pouvait lui être fatale. Plusieurs coups de fusil tirés dans cette direction par les soldats en donnèrent la certitude.

Les balles des Anglais se perdirent. Aussi renoncèrent-ils à leur premier dessein d'atteindre directement leur prisonnière. Ce ne fut que pour recourir à un expédient qui paraissait avoir plus de chances de succès.

Ils se mirent en devoir d'aplanir le sol, de manière à frayer à leurs balles un passage jusqu'à M$^{lle}$ de Drucourt.

Pour aboutir à ce résultat, il fallait une expérience consommée et une rare sûreté de coup d'œil. Les Anglais montrèrent qu'au-

cune de ces qualités ne leur faisait défaut.

Ils envoyèrent d'abord une balle à fleur
de terre qui s'enfonça à quelques pouces au-
dessous de la surface du sol. Une autre balle
suivit aussitôt la même trajectoire avec une
précision mathématique. La force de propul-
sion des deux projectiles était telle qu'on
pouvait prévoir l'issue de la tactique. Il
était manifeste que quinze ou vingt balles
se succédant ainsi sans dévier de la même
ligne ouvriraient en peu de temps un
sillon assez large pour mettre la jeune
fille hors de défense et rendre sa perte
assurée.

Rochetonnerre assistait à cette manœuvre
sans trouver le moyen de la conjurer.

Si M$^{lle}$ de Drucourt n'avait point été
garrotée elle eût pu réparer la brèche faite
derrière elle avec assez de rapidité pour
déjouer le projet des Anglais. Il eût suffi
pour cela de l'en avertir. Mais ses liens
paralysaient ses mains.

Le comte, blême de rage, allait peut-être
prendre une résolution héroïque, se préci-

piter vers la captive, l'emporter dans ses
bras sous la pluie de balles qui serait évidemment partie du massif.

Mais Toby devança ce dessein. Depuis
quelques secondes il avait le regard fixé sur
le pli de terrain que les Anglais s'effor-
çaient de niveler. Le nain avait machinalement rassemblé devant lui une série de
cailloux plats affectant la forme de galets.

A mesure qu'une balle des Anglais enle-
vait une portion du sol, un galet lancé avec
une dextérité merveilleuse vint prendre
la place nivelée.

La riposte suivait l'attaque. Le mal à
peine causé était aussitôt réparé.

Rochetonnerre eut un cri d'admiration.

Cependant ce jeu ne pouvait s'éterniser.

Profitant d'un instant de répit laissé par
les Anglais, le comte se redressa, et d'une
voix que le danger rendait encore plus
vibrante :

— Avancez en rampant ! cria-t-il à M^{lle} de
Drucourt.

La jeune fille, sans se soulever, et en
appuyant fortement les pieds sur le sol, se

déplaça assez pour disparaître complètement à la vue des Anglais.

Ceux-ci, perdant leur point de mire, comprirent l'inutilité de poursuivre leur projet.
Quelques balles lancées vers l'endroit où se
tenait Toby donnèrent la preuve de leur
déception.

Aussi longtemps que les deux groupes
ennemis conservaient leurs positions res-
pectives, cette menace était vaine. Mais les
Anglais, soit qu'ils voulussent frapper un
coup décisif, soit qu'ils eussent compté sur
la rapidité de leurs mouvements, résolurent
d'opérer un changement de front, en diminuant la distance qui les séparait de leurs
adversaires et de la captive. Ils avaient
pour cela à quitter leur abri et à chercher
un nouveau refuge derrière les arbres plus
rapprochés de l'Alleghany.

Quelque prompte que fût l'exécution de
cette conversion, l'un des soldats n'eut pas
le temps de se dérober. Au moment où il
atteignait l'arbre qu'il avait en vue, il tomba
frappé en pleine poitrine.

Les Anglais, réduits à cinq, eurent un

moment d'hésitation. Ils sentaient que la lutte devenait inégale.

Aussi voulurent-ils en finir.

Deux d'entre eux, le chef et l'un de ceux qui avaient capturé la jeune fille, se décidèrent à risquer une dernière tentative pour mettre à mort M^lle de Drucourt.

N'était-ce point elle qui était la vraie cause du trépas des deux braves qu'on venait de perdre ? N'était-ce point elle qu'il fallait immoler à la vengance commune ?

La jeune fille gisait sur le sol, attendant avec anxiété le sort qui lui était réservé.

Les deux Anglais, se laissant glisser à terre, et tenant leur fusil d'une main, tandis qu'ils s'aidaient de l'autre pour se rapprocher de la captive, parvinrent à échapper à l'attention des Compagnons du Devoir. Bientôt le chef découvrit la chevelure éparse de M^lle de Drucourt. Vivement, il se redressa et il épaula son fusil.

A ce moment, un rayon de soleil vint tomber sur le canon de l'arme ; le miroitement de l'acier mit en pleine lumière le bras recourbé du sous-officier en détachant

entièrement son profil. Oubliant, dans son
impatience de viser à coup sûr, le danger
qu'il courait lui-même, il se pencha en
avant. A peine eut-il remarqué son imprudence, qu'une double détonation partit
de l'Alleghany.

Le chef tomba foudroyé.

En même temps une voix hargneuse cria
à pleins poumons :

— On ne peut donc pas me laisser faire
ma besogne tout seul !

C'était Toby qui, hors de lui, faisait mine
d'étrangler celui des Compagnons du Devoir
dont le coup était parti en même temps que
le sien.

Il n'y avait point à répondre. La colère
du nain, ne trouvant pas d'aliment, cessa
tout à coup.

D'ailleurs son attention était attirée par
d'autres événements. Les Anglais, en perdant leur chef, avaient été frappés de terreur. Toute chance de reprendre la captive,
de se venger sur elle, de blesser ou de tuer
un de leurs assaillants, leur échappait visiblement.

Le seul parti qu'il leur restât à prendre
était de battre en retraite. Ils s'y rési-
gnèrent.

Les Compagnons du Devoir ne se soucniè-
rent point de poursuivre les fuyards.

Rochetonnerre avait couru vers M<sup>lle</sup> de
Drucourt, il l'avait relevée, et d'un coup de
couteau il avait tranché ses liens.

Toby et les trois autres sauveurs de la
jeune fille avaient suivi de près le comte.

M<sup>lle</sup> de Drucourt avait saisi avec effusion
les mains de son libérateur.

— Ma mère? demanda-t-elle presque
aussitôt.

— M<sup>me</sup> de Drucourt doit être en lieu sûr,
si, comme je n'en doute point, elle a suivi
mes indications et mes conseils. Nous la
rejoindrons bientôt.

Un regard où se peignaient tous les sentiments d'une âme noble et pure remercia
le comte.

— Il nous reste, dit Rochetonnerre, un
devoir à remplir.

Et désignant la civière où reposait le corps
de M. de Drucourt, abandonné par les

Anglais dès le commencement du combat :

— Nous ne pouvons laisser ici celui devant qui nous avons à nous incliner avec vénération, dit-il d'une voix émue.

Le nain n'avait point parlé, mais une grosse larme roulait dans ses grands yeux fauves.

— Comte de Rochetonnerre, dit-il, j'ai fait ma part de besogne aujourd'hui. Je demande pour récompense qu'on me permette de conduire avec mes amis cet homme de bien à sa dernière demeure.

— C'est à Toby, dit le comte en s'adressant à M<sup>lle</sup> de Drucourt, que nous devons la victoire et votre délivrance.

Et il rapporta en peu de mots tout ce qui venait de se passer.

La jeune fille eut un geste de reconnaissance.

— On a fait son devoir, grogna Toby. Et après ?

— Ce brave Toby est en fureur, parce que tout le monde le félicite de son sangfroid.

Ce compliment de Rochetonnerre ne reçut pour accueil de la part du nain qu'un haussement d'épaules témoignant à la fois de son dédain pour la louange et de son indifférence à l'approbation.

— Toby n'a du loup que la peau, continua le comte. L'offre qu'il vient de nous faire nous en donne l'assurance.

Le nain ne répondit point.

— Cette offre, poursuivit Rochetonnerre, nous l'acceptons de grand cœur. Le corps de M. de Drucourt ne saurait être sous meilleure garde.

— Où comptez-vous le transporter ? demanda M<sup>lle</sup> de Drucourt d'une voix entrecoupée de sanglots.

— A cinq ou six milles d'ici en aval de l'Alleghany, repartit le nain. C'est là qu'est le petit cimetière réservé par nous à ceux des nôtres qui sont morts pour la patrie. M. de Drucourt y reposera au milieu de héros.

M<sup>lle</sup> de Drucourt s'était approchée de la civière. Elle s'agenouilla et, imprimant un long et dernier baiser sur le front de son père, elle demeura longtemps plongée dans une muette consternation.

Cependant le soleil dardant ses feux sur la forêt et le rivage annonçait le milieu du jour.

— Le temps presse, dit enfin le comte en arrachant la jeune fille à sa désolation. Nous ne saurions rester ici plus longtemps. Les Anglais qui nous ont échappé ont dû rejoindre leur camp. Dans une heure peut-être ils reviendront ici avec des renforts.

Les Compagnons du Devoir s'étaient rangés auprès de la civière. Deux d'entre eux la soulevèrent. Un troisième prit place à quelques pas en arrière. Toby alla se poster à la tête.

— A bientôt, leur dit le comte, tandis qu'ils se mettaient en marche. Que personne ne manque au rendez-vous convenu. Nous touchons à l'heure de l'affranchissement !

## III

Lentement, la petite troupe conduite par Toby s'éloigna en descendant le cours de l'Alleghany. Rochetonnerre suivit longtemps du regard ses vaillants compagnons. Quand ils eurent disparu, il revint à la situation. M^{lle} de Drucourt était restée sans mouvement à l'endroit même où elle venait de dire le suprême adieu à son père. Le comte aurait voulu respecter son silence ; mais la gravité des circonstances lui commandait de prendre des mesures pour échapper à un nouveau péril.

Aussi se tournant vers la jeune fille, d'une voix émue il lui dit :

— Nous subissons, Mademoiselle, une

10***

cruelle destinée. La France a eu dans la
main ce merveilleux continent, le plus riche
qui soit sur le globe terrestre. Elle l'a laissé
insoucieusement échapper. Dieu lui avait
confié la mission de présider ici à l'établissement d'un monde nouveau. Elle s'en est
montrée indigne. Elle a accumulé fautes sur
fautes. Livrée à la mollesse, oubliant tous
ses devoirs, à l'héroïsme fécond de ses
enfants elle a répondu par l'indifférence.
Ce crime, car il n'en est point de plus grand,
c'est nous qui en portons la peine. Victimes du sort dont nous n'avons cessé de
conjurer les coups, nous ne savons s'il est
pour nous un lendemain. Heureux les
morts! Ceux-là du moins ont cessé d'être
témoins des hontes de la patrie! Ceux qui
survivent les pleurent, mais ils envient leur
tombeau.

Il se tut, suffoqué par la poignante amer-
tume de ses pensées.

M<sup>lle</sup> de Drucourt avait placé sa main dans
la sienne sans la retirer.

— Dieu ne veut point, dit-elle, que nous
perdions courage. Ceux qui ne souffrent

point, ceux qui n'ont à soutenir aucune lutte ne sauraient avoir ni légitime orgueil, ni sainte ambition. Plus âpre est la tâche, plus glorieuse la récompense.

Ces paroles, dites avec fermeté, allèrent jusqu'au cœur de Rochetonnerre. Il contemplait avec émotion la fière créature qui lui reprochait son abattement à lui, le coureur des bois, aguerri à tous les maux.

Une légère rougeur colora ses traits.

— J'accepte la leçon, dit-il. Elle est sévère mais juste. Oui, c'est devant soi qu'il faut regarder. Le passé ne doit être pour nous qu'un enseignement, non un motif de désespoir. Il reste encore de grandes choses à accomplir. Les épreuves augmentent, d'ailleurs, à mesure qu'on est plus proche du but. Hier encore, je doutais. Aujourd'hui, je crois, je crois ardemment, parce que vous me soutenez dans ma foi.

— Cette confiance dans l'avenir, je la dois à mon père, dit la jeune fille. Jusqu'à la dernière heure de son existence, il n'a élevé aucune plainte contre la fatalité! Il marchait dans la voie que lui traçait la Pro-

vidence, certain de bien faire en poursuivant
sa route sans murmurer. La fatalité, m'a-
t-il dit souvent, est un mot vide de sens.
Ceux-là seuls qui ne croient pas ont peur d'elle.
Ils sont aveugles et la lumière leur fait mal.

— M. de Drucourt, interrompit le comte,
était un de ces caractères hauts et fiers que
le malheur n'abat point mais grandit. Son
souvenir restera ineffaçable dans le cœur des
Français du Canada. Sa valeur survit dans
votre âme; vous ne pouviez démentir ni son
exemple ni celui de votre mère, si intré-
pide, si admirable dans son dévouement et
son abnégation.

— Ma mère a depuis sa jeunesse cherché
le sacrifice, le Ciel a largement exaucé ses
vœux. Je n'ai qu'un désir, c'est d'être écoutée
comme elle.

La physionomie de la jeune fille s'était
transfigurée. Une flamme étrange brillait
dans ses yeux. Sa voix calme mais péné-
trante produisait sur le comte une impression qu'il ne pouvait définir. Il se demandait
comment, aidée par tant d'enthousiasme,
de zèle invincible, la France avait succombé.

— M^me de Drucourt, dit-il enfin, connaît nos projets. Avant de me séparer d'elle, je lui ai en peu de mots découvert le secret de mes espérances. Ce secret ne doit point être caché pour vous. L'une et l'autre, vous pouvez aider à la réussite de mes plans. M^me de Drucourt s'y est engagée. Je sais d'avance que votre concours ne sera pas moins généreux.

Le comte s'arrêta un moment. M^lle de Drucourt tenait les yeux fixés sur lui. Machinalement, il promena autour de lui un regard inquiet, comme s'il eût craint d'être épié, puis, baissant la voix :

— Nous avons perdu le Canada, dit-il, mais il nous reste la Louisiane. Si les Anglais nous ont pris la vallée du Saint-Laurent, nous conservons celle du Mississipi. Ceci peut sauver cela.

— Je crois vous comprendre, observa vivement M^lle de Drucourt; un incendie allumé à la Nouvelle-Orléans pourrait se propager jusqu'à Québec.

— Un incendie ou un mouvement politique qui éclaterait avec la même violence serait étouffé par les Anglais dès qu'il atteindrait la frontière du Canada.

— Comment alors intéresser la Louisiane à notre salut ?

— En y établissant le foyer d'une conspiration. Beaucoup de ceux qui ont émigré d'ici ont trouvé un refuge là-bas. Autant que les Français neutres qui, restés dans le Bas-Canada, n'ont fait qu'enfoncer plus profondément dans leur cœur la haine de la domination britannique, nos frères abrités sous le drapeau national encore planté sur les murs de la Nouvelle-Orléans méditent la délivrance de la patrie vaincue.

— Étendre les ramifications d'un si gigantesque complot réclame peut-être autre chose que l'œuvre des hommes.

— Oui, celle de Dieu et du temps. Mais Dieu vient en aide à qui s'aide soi-même. L'œuvre du temps s'abrège par la volonté et l'activité.

— Souvent le désaccord des volontés paralyse l'action.

— Il n'y a point d'action sûre sans unité de volonté.

— Vous voulez dire que là où il y a plusieurs chefs, il ne saurait y avoir qu'un complot stérile.

— Précisément. Mais le complot des Canadiens n'a point à craindre cet écueil.

— Ce complot existe donc ?

— Non seulement il existe, mais toute la trame en est ourdie avec une absolue entente. Partout, comme l'araignée tend sa toile, il a disposé ses fils solidement attachés. Dans ce vaste réseau répandu sur tout le territoire conquis par nos ennemis, les Anglais, endormis dans leur sécurité, se trouvent enveloppés. Quand ils s'éveilleront, il sera trop tard.

— Me suis-je trompée en devinant que ce complot ne peut avoir d'autre chef que vous-même ?

— M^{me} de Drucourt et vous, devez être les seuls à le savoir. Toute ma force est dans le mystère qui plane parmi les conjurés mêmes sur l'auteur de l'entreprise. J'ignore si les Anglais ont quelque soupçon à ce sujet. La condamnation par contumace que j'ai subie à Québec pourrait le faire

supposer. J'ai néanmoins quelque indice de
l'exagération de ces craintes. La cour martiale qui a prononcé contre moi la peine de
mort ne m'a accusé que de connivence avec
certaines tribus indiennes demeurées fidèles à la France. Mon secret n'est donc pas
trahi. S'il peut être gardé jusqu'à demain,
le Canada sera libre.

— Demain?

— Oui. Au signal que je donnerai, cinq
mille hommes avertis déjà isolément et éche-
lonnés sur la frontière se lèveront en masse.
A la même heure, dans tous les centres du
Canada, à Québec, à Montréal, à Louisbourg, les Français restés attachés à leur
indépendance, et il n'en est point d'autres à
part les lâches, courront aux armes. Partout,
sur la cime des monts, au faîte des édifices, de
distance en distance, sur les routes, des feux
allumés en même temps annonceront que la
patrie est debout. Le mot d'ordre, transmis
avec la rapidité de l'éclair, sera exécuté
sans pitié : point de quartier aux Anglais!
Paris et Londres apprendront avec stupéfaction la nouvelle des Vêpres Canadiennes!

M<sup>lle</sup> de Drucourt frémit. Elle eut comme une vision où se déroulait l'horrible tableau des massacres. Elle cacha vivement son front dans ses mains comme pour échapper à ce spectacle.

Le comte remarqua son émotion, et pour détourner ses pensées :

— Nos mesures sont si bien concertées, dit-il, qu'il n'y aura peut-être ni lutte, ni sang versé. Si l'on parvient à temps à mettre la main sur les dépôts d'armes, à cerner les postes, à réduire les garnisons à l'impuissance, à séparer les chefs de leurs soldats, nous ne rencontrerons qu'une résistance insignifiante.

— Dieu veuille qu'il en soit ainsi, dit la jeune fille ! Le sang, même répandu pour une cause légitime, ne saurait produire une moisson profitable.

— Nous ne voulons point la mort de nos oppresseurs. Nous n'avons qu'un dessein : secouer leur joug. Eux seuls porteront la responsabilité du malheur qu'ils auront causé. Tout dépend, du reste, de la promptitude de l'action.

— D'où partira le signal ?

— De l'endroit où M^{me} de Drucourt nous attend.

— Cet endroit est-il éloigné ?

— A quarante-cinq milles d'ici au delà de la forêt.

— Alors nous n'avons aucun instant à perdre pour nous remettre en route.

— Cette route est longue et semée de dangers. La forêt est occupée non seulement par les Anglais, mais par les Indiens. Les pièges de ceux-ci ne sont pas moins redoutables que la vigilance de ceux-là.

— Ne connaissez-vous point tous les artifices de la Prairie ?

— Sans doute. Mais deux obstacles se dressent devant moi et me semblent presque insurmontables.

— Ces obstacles, quels sont-ils ?

— Le premier, c'est qu'en veillant sur moi-même, je ne puis perdre un instant de vue votre salut, qui m'est aussi précieux que celui de la patrie.

M<sup>lle</sup> de Drucourt eut un mouvement d'é-
tonnement.

— Doutez-vous de mon obéissance? dit-
elle avec une légère contrariété.

— N'est-ce point, repartit le comte, pour
m'avoir obéi que vous venez de tomber entre les mains des Anglais, et le péril que
vous avez couru ne vous donne-t-il pas le
droit d'en craindre le retour?

La jeune fille laissa tomber sur son interlocuteur un regard de reproche.

Rochetonnerre comprit sa pensée.

— Pardonnez-moi, dit-il, je ne suspecte
ni votre courage, ni votre résolution. Mais
je crains que, brisée comme vous l'êtes déjà
par tout ce que vous avez éprouvé aujour-
d'hui, les douze lieues que nous avons à
parcourir et que nous avons à faire en
grande partie dans la nuit, ne soient pour
vos forces physiques un surcroît trop pesant
de fatigue?

— Vous oubliez, Monsieur le comte, dit
la jeune fille avec tristesse, que je ne suis
plus depuis un an qu'une pauvre proscrite,
pourchassée toujours et sans trêve par nos

ennemis. N'ai-je point depuis un an appris à vaincre ces fatigues de la marche, qui eussent en effet écrasé naguère la fille du gouverneur de Louisbourg, lorsqu'elle ignorait combien le malheur accroît l'énergie?

Rochetonnerre n'insista point.

— Vous me parliez, dit M<sup>lle</sup> de Drucourt, d'un autre obstacle?

Le comte porta la main vers sa poitrine.

— J'ai peur, dit-il, que mes propres forces ne me trahissent. La blessure que m'a faite là l'Indien qui m'a scalpé n'a point cessé de me causer d'atroces souffrances.

— Vous comptez avec le hasard. Pourquoi serait-il contre vous? Ne vous a-t-il point servi jusqu'ici ? N'avez-vous pas échappé à des dangers plus grands que tous ceux qui peuvent encore vous attendre ?

Le comte garda le silence. Absorbé dans ses réflexions, il n'avait point écouté les dernières paroles de la jeune fille. Que lui importait d'ailleurs sa sauvegarde personnelle? Quels liens propres l'attachaient encore à la vie? Ses deux enfants, qu'il avait laissés au fort Duquesne, après la mort de leur mère, avaient disparu, enlevés par les Anglais, sans qu'il eût jamais retrouvé leur trace. Ses biens avaient été pillés, confisqués, vendus à l'encan. Sa tête était mise à prix. Que lui en coûtait-il dans ces conditions de braver la mort en face ? N'était-ce point au contraire un devoir impérieux pour lui, qui n'avait plus rien à compromettre, pas même sa personne, de verser, s'il le fallait, la dernière goutte de son sang pour arracher sa patrie aux Anglais ? Pouvait-il d'ailleurs, lorsqu'il allait parvenir au but, perdre à de funestes hésitations des heures si rigoureusement mesurées ? Ne fallait-il point, écartant toute autre considération, n'avoir devant les yeux que la liberté de la patrie, cette grande idée à laquelle il avait déjà tout sacrifié ? Et si dans cet âpre combat où il n'avait à chercher qu'une victoire désintéressée, si cette victoire même lui échappait, quel reproche aurait-il à adresser à la Providence qui lui aurait fait le même destin que celui du Grand vaincu ?

En proie à cette obsession, Rochetonnerre passait en revue les chances qui lui restaient de mener jusqu'au bout sa périlleuse entreprise. Le sort du Canada allait se décider irrévocablement. La partie était de celles qu'il faut gagner. Une fois le succès atteint, une ère nouvelle s'ouvrait pour les colons délaissés par la métropole. Libres de leurs actions, affranchis non seulement de la tyrannie britannique, mais de la protection française plus funeste encore, ils pouvaient sous un gouvernement autonome, sous des lois élaborées avec sagesse, obéies avec amour, donner promptement un immense développement à cette société naissante, dont les éléments étaient l'union et la volonté. Quels fondements plus solides pouvait-on désirer pour asseoir un édifice capable à la fois de résister aux tourmentes civiles et aux agressions étrangères? Quel rôle plus glorieux pour un homme ardent et probe que celui de poser la première pierre de cet édifice, de le voir avec le concours de tous peu à peu s'élever majestueusement et imposer le respect au vieux monde? Certes, il eût été difficile d'attendre une plus haute récompense de tant d'efforts et de persévérance.

Pourtant un événement imprévu pouvait traverser des plans si savamment combinés. Dans ce nombre presque incalculable d'affiliés, étrangers les uns aux autres, sans communication directe avec les chefs du complot, ne recevant eux-mêmes que par voie détournée les instructions de leur chef suprême, quelle certitude avait-on de l'inébranlable fidélité de tous ? Qui pouvait assurer qu'à l'heure décisive un traître, séduit par l'or britannique, ne dévoilerait point ce qu'il savait du secret commun ? Si faible que fût l'indice fourni à l'ennemi, ne suffirait-il pas à tout ruiner ?

Il n'y avait qu'un moyen de prévenir la trahison, c'était d'agir sans tarder. Rochetonnerre en était arrivé à cette conclusion, quand une voix rude l'arracha à ses rêveries.

Il leva les yeux et vit un homme vêtu d'un costume étrange déboucher de la forêt et s'avancer vers eux à pas lents.

# IV

Le comte avait saisi son couteau. M$^{lle}$ de Drucourt interrogeait avec une scrupuleuse attention l'allure et la mise de l'inconnu.

Grand, osseux, taillé abruptement comme à coups de cognée, il marchait insoucieux, les bras ballants, imprimant à son corps le déhanchement d'un promeneur harassé mais indifférent.

Couvert d'une peau de bête épilée en plusieurs endroits et laissant à nu le cuir par larges plaques, les jambes enveloppées de longues guêtres montant jusqu'au-dessus du genou, boueuses, déchirées, il avait un air misérable qui inspirait plus la pitié que la crainte.

Ses traits étaient sans expression. On y lisait un mélange de frayeur et d'abêtissement avec tous les signes d'une nature brute et insensible. Sa tête carrée, lourde, mal plantée sur les épaules, disparaissait entièrement sous une énorme forêt de cheveux roux. A peine entrevoyait-on l'étroit contour de son front petit et fuyant. Ses deux yeux gris, inquiets, se cachaient sous leurs paupières demi-fermées, fébriles et clignotantes. Sa face terreuse était sillonnée de raies noires et sales formées par la poussière et la transpiration.

Il n'avait point d'autre arme qu'un grand couteau de chasse qu'il tenait négligemment ouvert à la main, la pointe baissée. Une besace de toile paraissant bien garnie lui pendait sur le dos.

Lorsqu'il ne fut plus qu'à quelques pas du comte et de la jeune fille, il fit un salut machinal.

Rochetonnerre l'avait inspecté des pieds à la tête.

L'impression produite par cet examen ne fut point de nature à commander la réserve.

11*

L'inconnu ne paraissait ni dangereux, ni agressif. Ce fut lui qui parla le premier.

— Bonjour à tous, dit-il en français avec un léger accent britannique.

Cet accent était celui des paysans établis dans le voisinage des possessions anglaises.

Rochetonnerre répondit par un geste de bienvenue.

— Un temps superbe, n'est-il point vrai? continua l'étranger, voulant évidemment engager la conversation.

Le comte murmura quelques paroles d'assentiment.

— Un peu chaud, poursuivit le paysan, mais excellent pour la marche.

Cette seconde invite fut mieux accueillie.

— Vous semblez las? demanda M<sup>lle</sup> de Drucourt, que le ton naturel de l'inconnu avait rassurée.

— En effet j'ai couru plusieurs heures.

— Vous étiez donc poursuivi?

— Oui.

— Par qui?

— Par les Indiens.

— Vous avaient-ils pris?

— Je cours plus vite qu'eux.

Habitué à toutes les ruses de la Prairie et rendu défiant par l'expérience, Rochetonnerre observait la physionomie du paysan, et dans l'inflexion de sa voix, dans le mouvement de ses yeux, il cherchait à découvrir ce que ses paroles avaient de sincère ou de caché.

L'inconnu subissait cette inspection sans trouble, et pas un de ses traits n'indiquait qu'il eût à s'en préoccuper.

M<sup>lle</sup> de Drucourt avait continué son interrogatoire.

— Vous n'êtes pas de cette contrée? dit-elle.

— Hé non, ma chère âme, et plût à Dieu que je n'y eusse jamais mis le pied!

— Pourquoi donc?

— Parce que je n'aurais pas eu à subir les mauvais traitements qui m'ont fait prendre la fuite.

— Quels mauvais traitements?

— Je travaillais la terre à cent lieues d'ici aux abords de Québec. Le fermier me battait. J'en avais les chairs en lambeaux.

-— Vous le méritiez peut-être ? dit Roche-tonnerre avec sévérité.

Le paysan eut un geste d'effroi.

— Me voudriez-vous du mal, vous aussi ? dit-il d'une voix larmoyante.

— Je vous fais donc peur ?

— Non, oui. J'ai peur de tout le monde.

— Et c'est pour cela que vous pendez vos jambes à votre cou ?

Mlle de Drucourt eut un sourire.

— Les Indiens qui vous pourchassaient étaient-ils nombreux ? questionna le comte.

— Je ne sais. Je n'ai point osé regarder derrière moi.

— Êtes-vous sûr au moins de les avoir sur vos talons ?

— Sûr, non. Mais on ne saurait être trop prudent.

Le paysan avait ramené sa besace sur sa poitrine. Il l'ouvrit et en tira un gros chan-teau de pain et un quartier de venaison sèche.

— Vous paraissez bien pourvu de provi-sions ? lui dit Mlle de Drucourt.

— On prend ses précautions. Qui marche a faim et soif.

Il prit son couteau et se coupa une large tranche de pain.

— Votre appétit excite le nôtre, dit le comte. Nous ne sommes point aussi bien partagés que vous.

— A votre disposition, fit l'inconnu en tendant sa besace.

Rochetonnerre y plongea la main à deux ou trois reprises et ramena de quoi faire un repas substantiel.

L'étranger avait pris un ton plus familier.

— Vous étiez en chasse? dit-il.

Le comte jugea inutile de dissimuler.

— Nous allons, dit-il, à une résidence qui est à quarante-cinq milles d'ici.

Le paysan eut un brusque mouvement de tête, qu'il réprima aussitôt. Un clignement d'yeux imperceptible souligna la confidence.

Rochetonnerre avait continué de parler sans prendre garde à ce jeu de physionomie.

— Nous n'avons pas cru devoir nous charger de provisions, comptant nous reposer et nous restaurer en route. Mais la chaleur nous a plus abattus que nous ne l'avions supposé. La collation que nous venons de prendre avec vous est venue bien à point.

— Service pour service, dit l'inconnu. J'ai plus de vivres que vous, il est vrai, mais moins de moyens de défense. Votre rifle que voilà, le sac à balles et la poire à poudre qui pendent à votre ceinture vous mettent à même de tirer quelque gibier au passage et de tenir les Indiens à distance. Je n'ai point cet avantage, et, ma besace vidée, je serai fort en peine de la remplir.

— En effet, répondit M<sup>lle</sup> de Drucourt. Mais il y a peut-être un remède à cela.

L'inconnu écarquilla les yeux. Il semblait avoir attendu la proposition qu'on allait lui faire.

Mais le comte, prévenant l'élan de la jeune fille :

— Vous ne nous avez pas encore dit qui vous êtes? demanda-t-il au paysan en lisant attentivement dans ses yeux.

— Le nom d'un homme fait peu de chose,

répondit sentencieusement l'inconnu. Ses actions seules pèsent dans la balance.

— Encore faudrait-il connaître ces actions.

— Ne vous ai-je point dit que j'avais fui la ferme de mon maître pour échapper à ses mauvais traitements? Vous avez là toute ma confession. Quant à mon nom, quel intérêt aurais-je à vous le cacher : je m'appelle Richard Péan ; à la ferme on me donnait le sobriquet de Dick le Rouge.

— Vous êtes Français?

— Mon accent un peu anglais pourrait faire supposer le contraire. Je suis le fils d'un capitaine aide-major de l'ancienne armée de Québec. Mon père est reparti depuis plusieurs années pour la France. Les événements m'ont obligé à entrer en condition.

Rochetonnerre écoutait sans perdre de vue la physionomie du narrateur.

M^lle de Drucourt l'interrompit :

— Le nom de Péan ne m'est pas inconnu, dit-elle en passant sa main sur son front comme pour recueillir ses souvenirs. M. de

Drucourt connaissait tous les officiers de l'armée du Canada.

— M. de Drucourt? fit l'étranger avec étonnement.

— C'était mon père, dit la jeune fille en essuyant les larmes qui montaient à ses yeux.

Rochetonnerre ne cessait d'étudier les traits du paysan. Il n'y découvrit rien qui motivât la suspicion.

— Que comptez-vous faire? interrogea-t-il enfin avec un intérêt marqué.

— Je ne sais, repartit Péan. Je marche au hasard; si je rencontre une ferme, j'y demanderai de l'ouvrage. Si l'on me refuse, à la grâce de Dieu.

La conversation semblait prendre une autre direction. Le paysan la ramena brusquement à son point de départ en questionnant à son tour :

— Vous-même, dit-il avec une curiosité habilement dissimulée sous l'indifférence du ton et geste, où allez-vous? Par où voulez-vous prendre?

— Nous traverserons la forêt, répondit

le comte, qui ne se croyait déjà plus tenu à garder la réserve.

— Vous suivrez donc le chemin que je viens de faire?

— Peut-être.

— Mais, juste ciel! si vous faites cela, vous êtes perdus.

— Comment cela?

— N'ai-je pas répété que la forêt est remplie d'Indiens?

Le comte se recueillit.

— Richard Péan ou Dick le Rouge, comme vous voudrez, dit-il au bout de quelques instants, la peur vous rend probablement visionnaire. Vous avez pris les arbres de la forêt pour autant d'Indiens, et à chaque mouvement des branches, à chaque bruissement de feuilles vous avez tâté vos os.

Le paysan eut un éclat de rire qui ressemblait au hennissement d'un cheval et dont les échos se répétèrent au loin.

Le comte le regarda sévèrement.

— Je ne vous conseille point, dit-il, de vous laisser aller à ces explosions de gaieté.

— Pourquoi?

— Parce que c'est la plus sûre manière de donner l'éveil aux Indiens qui vous mettent la fièvre dans l'âme.

— On se taira, fit Richard Péan, sans laisser paraître aucune humeur.

Rochetonnerre consulta M<sup>lle</sup> de Drucourt du regard.

— A cette condition, dit-il au paysan, nous pouvons vous faire une offre.

M<sup>lle</sup> de Drucourt, qui avait déjà eu la même pensée, fit un signe d'assentiment.

Le paysan eut un plissement de lèvres. Ses yeux rentrèrent profondément dans leurs orbites. Son front se déridait.

— Quelle offre? demanda-t-il.

— Seul et sans armes dont vous puissiez utilement vous servir, vous êtes réellement en danger. Avec nous, ce danger est moins grand.

— Avec vous?

— Oui. L'accord est simple à faire. Vous nous donnerez une part de vos vivres. Nous vous prendrons sous notre protection.

Le paysan semblait hésiter.

. M<sup>lle</sup> de Drucourt crut comprendre ses scrupules.

— Nous sommes deux en effet, dit-elle; quoique femme, je puis, en cas de besoin, avoir mon rôle dans la défense.

: — Va donc, répondit Péan avec le geste d'un homme qui prend une grande résolution.

On se mit en marche.

Rochetonnerre crut toutefois devoir prendre certaines précautions.

— Prenez les devants, fit-il avec un accent où le commandement perçait sous la prière.

Le paysan obéit. Il précéda de quelques pas le comte et la jeune fille, écartant et brisant les ronces et les branches qui barraient le chemin, et laissant ainsi ses deux compagnons peu à peu se reposer entièrement sur lui.

La route se poursuivit sans incidents jusqu'à la tombée de la nuit. Les trois voyageurs arrivèrent à un petit cours d'eau qui serpentait à travers la forêt, et décidèrent d'y faire halte, au besoin d'y camper.

L'air était devenu sensiblement plus froid. M<sup>lle</sup> de Drucourt, quoique endurcie à l'intempérie, grelottait sous ses vêtements légers. Elle avait passé son bras sous celui du comte, qui la sentait trembler.

— Un feu de branches va vous ranimer, dit-il.

— Faire du feu ! dit le paysan en se retournant vivement. Y songez-vous ? Les Indiens vont tomber sur nous, au premier flocon de fumée qui nous trahira. On voit bien que vous n'avez pas l'habitude de vous garer des Peaux-Rouges.

— Peut-être autant que vous.

— Ah !

Cette exclamation de Dick le Rouge fut proférée d'une façon si étrange que le comte fit un mouvement en arrière, comme s'il eût marché sur un serpent. En même temps, il vit passer un éclair dans les yeux du paysan.

Pour la seconde fois, Rochetonnerre se demanda s'il n'y avait pas lieu de se défier de cet homme en apparence inoffensif, au fond sans doute sournois et cachant probablement son jeu sous des airs hébétés. En fait, cet homme d'où venait-il, où allait-il? Son récit présentait bien quelque vraisemblance, mais ce récit pouvait être un adroit tissu de mensonges. Il y avait donc à le surveiller.

Le feu fut préparé en quelques instants et allumé. Le comte l'avait disposé lui-même, et, suivant les usages de la Prairie, il avait fait entasser tout autour un écran de branches et de broussailles, de manière à n'en rien laisser voir aux alentours.

M<sup>lle</sup> de Drucourt s'était couchée, enveloppée dans une couverture que Dick le Rouge, en homme à précaution, avait prise avec lui. Accablée de fatigue et épuisée par toutes les secousses de la journée, la jeune fille ne tarda point à s'endormir d'un profond sommeil.

— Avez-vous l'intention de veiller toute la nuit? demanda le comte au paysan.

— Je ne sais, dit Péan avec indifférence.

— Vous n'êtes donc pas fatigué?

— Si fait, mais je ne me sens encore aucune envie de dormir. Cela viendra peut-être.

— Vous avez pourtant marché longtemps ?

— Oui. Mais vous-même, n'avez-vous point fourni une longue course ?

— Sans doute, seulement j'y suis plus habitué peut-être que vous.

— Eh ! eh ! à la ferme je n'avais pas mal de besogne.

Le paysan s'était rapproché de Rochetonnerre.

— Dites-moi, reprit-il après un certain silence, avez-vous jamais entendu parler des Compagnons du Devoir ?

— Quelquefois, oui ; mais pourquoi cette question ?

— On dit qu'ils ont une association puissante, et qu'une fois enrôlés parmi eux, on est à l'abri de tout besoin.

— On dit cela ?

— Oui. Quelques ouvriers de la ferme étaient des leurs. C'est d'eux que je tiens ce renseignement.

— Et ils vous racontaient ?

— Que tout nouvel adepte est bien accueilli.

— Mais à quel titre vous présenteriez-vous ?

— Ils cherchent de bons tireurs.

— Et vous remplissez cette condition?

— Eh! eh! prêtez-moi votre rifle rien qu'un instant. Je vous montrerai ce que je sais faire.

Le comte, déjà mis en éveil, ne céda point à cette invitation.

— Il fait trop sombre maintenant, dit-il, attendez jusqu'à demain.

Le paysan n'insista pas.

— Soit, dit-il. J'ai eu quelques occasions de tirer. Les travaux de la ferme n'empêchent point de tuer çà et là quelque oiseau. Puis, j'ai eu à me défendre contre les Indiens.

Et ramenant adroitement l'entretien sur son premier terrain :

— On dit que les Compagnons du Devoir obéissent à un chef mystérieux?

— Vous paraissez bien instruit.

— A la ferme il y avait beaucoup d'ouvriers. On y apprenait bien des nouvelles.

Le comte était de plus en plus intrigué.

— Ce chef mystérieux, poursuivit Dick le Rouge, est, paraît-il, un homme redoutable aux Indiens non moins qu'aux Anglais.

— Vous a-t-on dit son nom?

— Jamais, seulement on me l'a dépeint.

— On le connaissait donc?

— Il n'est secret si bien tenu qui ne soit révélé par quelque imprudence, comme il n'y a si bonne cuirasse qui n'ait son défaut.

— Et sous quels traits vous a-t-on-représenté le chef des Compagnons du Devoir?

Le paysan avait pris le bras de Rochetonnerre et, le regardant en face, à la lueur de la flamme basse qui se projetait sur le visage du comte :

— Sous quels traits? demanda-t-il naïvement.

— Oui.

— Ma foi, je ne puis m'en dédire, sous des traits assez semblables aux vôtres.

— Aux miens?

Une seconde fois Richard Péan regarda fixement le comte de Rochetonnerre.

— On vous aura induit en erreur, dit celui-ci, en cherchant à donner à ses paroles une expression naturelle.

— Peut-être, dit le paysan avec insouciance.

Il se laissa retomber lourdement en arrière.

— Le sommeil me prend, dit-il. Bonsoir.

Et, sans plus de cérémonie, il tourna le dos à son interlocuteur, étira ses membres et demeura bientôt immobile. Un ronflement sonore semblait indiquer qu'il était endormi.

Cependant le comte n'avait point perdu de vue les gestes de son compagnon. Il changea de place et alla s'asseoir de l'autre côté du paysan pour l'observer plus sûrement. Il le vit ouvrir et fermer rapidement les paupières, comme pour s'assurer que personne ne l'épiait.

Etait-ce une de ces précautions accoutumées et presque instinctives chez tous ceux qui parcourent la prairie ?

Etait-ce au contraire un nouveau motif de suspecter la bonne foi de l'étranger?

Rochetonnerre n'osait encore se prononcer. Il y avait en effet dans tout l'extérieur du paysan un tel air de franchise, que la

ruse paraissait absolument étrangère à ses
actes.

Il y avait évidemment à ne point se livrer
à lui, et Rochetonnerre se promit de faire
part de ses soupçons à M^{lle} de Drucourt,
dès qu'elle serait réveillée. Quant à lui, il ne
songeait point à dormir. Il avait pris l'habitude de passer plusieurs nuits sans sommeil. A vrai dire, il ne se sentait pour le
moment menacé d'aucun danger, mais il
poussait d'ordinaire la circonspection à l'extrême, et l'étrange allure du paysan lui commandait de ne pas s'abandonner entièrement
à la sécurité. Il résolut donc d'attendre le
retour du jour, à la place qu'il s'était choisie.
Ramassé sur lui-même, la tête portant sur
les genoux, les jambes un peu écartées, les
mains serrées contre le corps, il paraissait,
lui aussi, profondément endormi ; mais son
regard allait et venait, et rien de ce qui se
passait autour de lui ne lui échappait.

Il vit le paysan changer plusieurs fois de
position, il l'entendit murmurer quelques
paroles inintelligibles. Richard Péan rêvait-
il ? ou bien simulait-il le sommeil ?

Les heures se passèrent. A l'aube, M<sup>lle</sup> de Drucourt était debout.

— Ce repos vous aura fait le plus grand bien, dit le comte en la saluant.

— Il me permettra d'achever la route, fit-elle avec gaieté.

Il fallut secouer le paysan pour l'avertir qu'il était temps de repartir.

Richard Péan se frotta longuement les yeux, bâilla à plusieurs reprises, et finit par se lever.

Sa besace contenait encore assez de pain et de venaison pour satisfaire l'appétit des trois voyageurs.

Le repas terminé, on s'apprêta à se remettre en route.

— Vous m'aviez promis de me laisser essayer votre rifle ? dit nonchalamment le paysan. Vous sembliez hier mettre en doute mon habileté.

Cette persistance ne fit qu'ajouter aux soupçons du comte.

— Vous choisissez mal, dit-il, le lieu et le temps pour faire cette expérience.

— Pourquoi donc ?

— Parce qu'un coup de fusil peut nous trahir plus sûrement que ne l'eût fait notre feu de bivouac.

— Vous craignez peut-être que je ne fasse un mauvais usage de votre arme?

Rochetonnerre avait en effet une certaine appréhension, mais il ne voulait point la laisser paraître. Il tenait au reste à savoir tout de suite ce qu'il avait à penser de cet homme.

— Choisissez votre but, dit-il, mais faites vite, car nous avons hâte de reprendre notre route.

Le paysan fit une centaine de pas et alla s'arrêter au pied d'un grand arbre à écorce lisse. Il y fit une entaille assez profonde et enleva un morceau d'écorce de deux pouces de diamètre.

Puis revenant au comte :

— Tirez le premier, dit-il.

Rochetonnerre épaula son rifle, visa un instant et lâcha la détente. La balle s'enfonça dans l'arbre juste au centre de l'aubier mis à nu.

— Eh ! eh ! s'exclama Dick le Rouge.

Voilà un coup de maître. Je me dis battu d'avance.

Il reprit le fusil des mains du comte, et comme celui-ci lui tendait la poire à poudre, il rechargea l'arme avec une visible maladresse, visa dix ou douze fois, et enfin fit feu. Il manqua le but d'au moins un mètre.

Au moment où le coup partait, il avait couru vers l'arbre pour voir où il l'avait touché. Machinalement il avait emporté le fusil et passé le sac à balles et la poire à poudre dans sa ceinture.

Rochetonnerre l'observait sans perdre son sang-froid.

Il le vit chercher sur l'arbre la trace d'une seconde balle, puis recharger le fusil.

Qu'allait-il se passer ?

Richard Péan rapporta l'arme au comte, d'une manière toute naturelle.

Rochetonnerre se demanda s'il devait encore soupçonner l'étranger.

Le paysan attendait.

— Voulez-vous que nous recommencions? fit-il.

Le comte sourit.

11***

— Cette expérience suffit, répondit-il, nous n'avons ni temps ni poudre à perdre.

— Soit, dit Péan, je voulais seulement prendre une seconde leçon.

— Nous verrons plus tard. En route maintenant.

Ils avaient marché depuis une demi-lieue quand le comte jeta les yeux sur la batterie de son fusil. Il vit que la gâchette avait été tordue. Ce ne pouvait être là un accident.

Rochetonnerre saisit son couteau d'une main crispée. Il aurait pu frapper le paysan qui marchait devant lui. Il se ravisa.

A peine la petite troupe avait-elle fait un demi-mille de plus, que Richard Péan s'affaissa subitement.

M^{lle} de Drucourt, obéissant à un sentiment de compassion, courut à lui.

— Êtes-vous blessé ? dit-elle avec émotion.

— Non, répliqua le paysan avec la rudesse ordinaire au malade, je me sens mal.

— Qu'avez-vous ? demanda le comte qui flairait quelque piège.

— Oh ! rien, du moins peu de chose. Faites halte un instant.

— Nous sommes malheureusement au milieu de la forêt, continua M<sup>lle</sup> de Drucourt, et loin de tout secours.

Le paysan avait enfoncé l'une de ses mains dans la poche de son vêtement de peau.

— Du secours? dit-il d'une voix qui feignait la faiblesse. Attendez.

Et retirant vivement sa main, il la porta à ses lèvres et fit entendre un long sifflement.

Rochetonnerre se précipita vers lui.

— Si vous répétez ce bruit, dit-il avec colère, je vous tue comme un chien.

Le malade se redressa, et d'un bond il fut sur ses jambes.

En même temps il fit partir un second coup de sifflet, plus prolongé que le premier.

— Traître ! s'écria le comte, vous allez payer votre audace de la vie.

Il dirigea le canon de son rifle sur la poitrine du faux paysan.

Le coup ne partit point.

— Malédiction !

A ce cri énergique, Richard Péan répondit par un ricanement.

— Vous ferez bien de changer de rifle, dit-il.

Rochetonnerre avait saisi son fusil par le canon. La crosse levée en l'air, il marcha sur Dick le Rouge. Celui-ci se tenait en garde, le couteau au poing.

— Buffle-Gris ! hurla-t-il, il reste encore des frères de l'Ours-Maigre.

Le comte ne répondit point, mais, brandissant sa massue, il allait assommer son adversaire.

Au même moment, des cris féroces ébranlèrent la forêt.

— Les Indiens ! s'écria Rochetonnerre. Nous sommes vendus. Au large !

Et passant le bras autour de la taille de M^{lle} de Drucourt, il l'emporta en se jetant dans un chemin de traverse.

# V

LE RAVIN.

Ce fut, pendant un quart de mille, une course désespérée.

Comme une bande de loups acharnés à poursuivre leur proie, les Indiens, guidés par Dick le Rouge, s'étaient précipités sur les pas des fugitifs.

Rochetonnerre, supportant tout le poids de la jeune fille dont les pieds effleuraient à peine le sol, dévorait l'espace avec une rapidité vertigineuse.

Heureusement, il connaissait les détours de la forêt.

Joignant la ruse à la vitesse, il passait de fourré en fourré, évitant la route battue, décrivant une courbe irrégulière, parfois revenant en arrière, et par cet ensemble de stratagèmes ininterrompus déroutant la sagacité de ses ennemis.

Il savait qu'à environ un mille de l'endroit où Dick le Rouge avait jeté le masque il y avait dans la forêt un espace assez vaste, entrecoupé de ravins et de hauteurs, et plus propre que tout autre à fournir un abri.

Il dirigea sa course de ce côté.

M<sup>lle</sup> de Drucourt semblait douée d'une force surnaturelle. Elle s'était peu à peu dégagée de l'étreinte de son compagnon, et tantôt le tenant par la main, tantôt lui laissant toute la liberté de ses mouvements, elle le suivait hors d'haleine, mais puisant dans le danger une énergie invincible.

Tout en courant, Rochetonnerre avait retiré la charge de son fusil. Cette opération fut longue et difficile. Lorsqu'elle eut réussi, il rechargea son arme avec soin.

De temps à autre il regardait derrière lui pour mesurer l'avance qu'il avait sur les Peaux-Rouges. Ceux-ci avaient graduellement ralenti leur course, maintenant entre eux une certaine distance et comptant sur

l'épuisement des forces de la jeune fille pour
s'emparer d'elle et du comte sans coup
férir.

Il était visible que leur dessein bien arrêté était de prendre les fugitifs vivants.
Ils ne tiraient point sur eux, ne leur en-
voyaient aucune flèche et se bornaient à les
lasser.

Rochetonnerre eut bientôt deviné leur
tactique.

— Êtes-vous fatiguée? demanda-t-il vivement à M^{lle} de Drucourt sans ralentir
le pas.

— Non.

— Courage donc !

Ils étaient arrivés au bord d'un précipice.

C'était une ouverture béante, empêchant
brusquement le passage, mais trop large
pour la franchir.

Rochetonnerre regarda au fond du
gouffre.

Une pente roide descendait à vingt pieds
au-dessous du sol.

A mi-chemin de la pente un quartier de
rocher faisait saillie.

Le comte d'un coup d'œil calcula son élan.

Puis, soulevant M^lle de Drucourt avant même qu'elle s'en fût aperçue, d'un bond prodigieux il tomba avec elle sur le rocher.

Ce saut périlleux avait été si bien exécuté que la jeune fille n'éprouva aucune secousse.

Rochetonnerre, d'aplomb, dévala avec son précieux fardeau le reste de la pente.

Ils atteignirent le bas du précipice. Le terrain y était comparativement plus uni.

Côte à côte ils poursuivirent leur fuite.

Les hurlements des sauvages, répercutés dans le gouffre, ressemblaient aux grondements du tonnerre et aux éclats de la foudre.

Le comte et la jeune fille levaient par moments la tête. Ils pouvaient voir alors la horde des Peaux-Rouges, gesticulant, vociférant, les menaçant par des signes effrayants.

D'instant en instant un Indien se montrait au bord du ravin et faisait mine de s'élancer. Mais il reculait presque aussitôt, avouant par ses exclamations l'impossibilité de ne point se briser le crâne, en sautant sur le rocher.

Dans leur impuissance de rejoindre les fugitifs, les Peaux-Rouges ne songeaient pas à faire usage de leurs armes.

Rochetonnerre se crut un moment complètement à l'abri.

Ce ne fut qu'une illusion de courte durée. Il vit bientôt un des sauvages, couché à plat ventre, se laisser glisser lentement sur la pente du ravin. Tout à coup le Peau-Rouge tournoya sur lui-même et descendit comme s'il eût été poussé par une force surhumaine.

En un clin d'œil il fut au bas du ravin.

Il demeura immobile.

Les autres Indiens, qui s'étaient groupés au bord du précipice, poussèrent de sinistres lamentations.

Quelle ne fut point leur surprise en voyant, presque aussitôt, le hardi Peau-Rouge se dresser debout, tâter rapidement ses membres et s'élancer sur les pas du comte et de la jeune fille.

C'était une ruse de guerre.

Aux cris des Indiens, Rochetonnerre et sa compagne s'étaient retournés.

Le comte vit tout de suite qu'il fallait attendre le sauvage de pied ferme ; il pria M<sup>lle</sup> de Drucourt de se tenir aussi près que possible derrière lui, et faisant brusquement volte-face, il déchargea son rifle sur l'Indien.

Pour la première fois depuis qu'il courait la Prairie, Rochetonnerre manqua son but.

Le Peau-Rouge était un homme de haute taille, fortement charpenté et annonçant, par la vigueur de ses muscles, une force herculéenne.

Il leva son tomahawk, le soupesa, visa froidement la tête de Rochetonnerre, puis imprimant à l'arme redoutable un balancement, il la laissa brusquement échapper de sa main.

Le comte n'avait pas prévu cette agression. Le tomahawk, lancé avec une sûreté mathématique, lui eût inévitablement brisé le crâne, s'il ne s'était baissé au moment même où l'Indien lâchait le terrible projec-

tile. La hache effleura en sifflant l'épaule
de M<sup>lle</sup> de Drucourt, et alla s'abattre à trois
cents pas plus loin contre un rocher où la
violence du choc la brisa en mille éclats.

Le sauvage ne se laissa pas émouvoir
par cette déception. Il tira de sa ceinture
son énorme couteau et se mit en défense.

— A mon tour, s'écria le comte.

Et donnant vivement son rifle à la jeune
fille, il bondit, le couteau levé, sur son ennemi.

Ce fut pendant quelques instants un combat homérique. Les deux armes s'entrecho-
quaient violemment en lançant des étin-
celles. Le Peau-Rouge et l'homme blanc,
également habiles, également forts, portaient et paraient tour à tour des coups
furieux.

La lutte dura plus d'un quart d'heure.

Les deux adversaires avaient rapproché
pied à pied la distance qui les séparait.

A la fin, ils jetèrent leurs armes comme
de commun accord et s'enlacèrent. On eût
dit le groupe des gladiateurs antiques. Les
muscles saillaient sous l'effort, les veines

se gonflaient, les faces étaient enflammées, les yeux injectés de sang sortaient de leurs orbites. Pas un cri ne s'échappait de leurs lèvres.

M^{lle} de Drucourt était demeurée pétrifiée. Elle comprenait que de l'issue de ce combat dépendait son propre sort. Le sauvage vainqueur serait en effet sans pitié pour elle comme pour le comte.

Un moment, elle vit Rochetonnerre chanceler et poussa une exclamation d'effroi.

Mais le comte n'avait fait que s'archouter.

Tout à coup il lâcha prise et fit un bond en arrière.

C'était une feinte longuement calculée.

L'Indien s'était baissé pour ramasser son couteau.

Rochetonnerre ne lui laissa pas le temps de se redresser.

Comme une panthère il se jeta sur lui et le renversa.

En même temps il lui appuya, comme eût fait une masse de fer, son pied sur la gorge, et lui arracha son couteau qu'il lui planta entre les épaules.

La plaie béante laissa échapper un gros jet de sang.

Le sauvage fit un soubresaut, mais il était maintenu, et le pied du comte qui lui pesait sur la gorge l'étouffait.

Il eut un accès de spasme, battit lourdement l'air des jambes, souleva violemment sa tête à deux ou trois reprises, puis demeura inerte.

Rochetonnerre ne bougea point avant d'avoir la certitude que son adversaire était mort.

M^lle de Drucourt se jeta dans les bras de son sauveur.

— C'est la seconde fois que je vous dois la vie, dit-elle.

Le comte se dégagea de son étreinte.

— Hâtons-nous, dit-il ; les autres Peaux-Rouges ont dû suivre celui-ci.

La jeune fille voulut repartir. Mais ses jambes fléchissaient. Un frisson glaçait son corps. Elle resta comme paralysée.

— Je ne puis faire un pas, cria-t-elle égarée.

Le comte la soutint.

— Appuyez-vous sur moi, dit-il, nous marcherons comme nous pourrons.

Epuisé lui-même par l'effort prodigieux qu'il venait de déployer, Rochetonnerre se traîna péniblement pendant quelques instants.

Cependant de nouveaux périls étaient imminents.

On entendait au loin les hurlements des Indiens, et il n'était pas difficile de reconnaître à leurs cris de rage qu'ils cherchaient le moyen de rejoindre leur proie.

Ces hurlements et ces cris avaient une signification particulière pour le comte.

Il y découvrait sans peine les plans projetés par ses ennemis.

Chacune de leurs exclamations trahissait en effet leur pensée.

C'est ainsi qu'en suivant la direction des sons, leur intensité, leur différence de puissance, leur unisson ou leur désaccord, il put annoncer d'instant en instant ce qu'ils méditaient et décidaient.

— Ils viennent de descendre la pente du ravin, dit-il à M<sup>lle</sup> de Drucourt qui demeurait suspendue à son bras, presque défaillante.

— Les voici parvenus au bas, ajouta-t-il un instant après.

La jeune fille ne répondit point.

— Ils sont dix, quinze, peut-être vingt... Ils partent... Ils approchent...

M<sup>lle</sup> de Drucourt, sous l'empire de la fiè vre, tremblait comme une feuille. Sa force morale succombait sous la faiblesse physique.

Rochetonnerre ne savait que résoudre.

Les pas des Indiens devenaient plus distincts, leurs voix plus éclatantes.

— Rester ici plus longtemps, c'est attendre la mort, dit-il d'un accent désespéré. Dans quelques minutes les sauvages nous auront rejoints. Toute résistance sera inutile.

— Que faire ? demanda M<sup>lle</sup> de Drucourt.

— Fuir, s'écria le comte, fuir sans hésiter une seule minute.

— Mais comment ?

Sans prendre l'avis de la jeune fille, Rochetonnerre l'avait saisie par la taille, soulevée et hissée sur son épaule.

Ensuite, rassemblant toutes ses forces, il s'élança en avant.

Il fallait non seulement prendre l'avance sur les sauvages, mais regarder prudemment devant soi, pour ne point heurter un obstacle dans cette course affolée.

Le lit du ravin suivait, à partir du rocher où s'était brisé le tomahawk du Peau-Rouge, une ligne parfaitement droite. Les Indiens, une fois le rocher atteint, auraient les fugitifs en vue. La situation deviendrait alors plus périlleuse. Les sauvages persisteraient-ils dans leur poursuite ? Ne renonceraient-ils point à prendre leurs ennemis vivants ? Ne lanceraient-ils point sur eux leurs flèches ou leurs tomahawks ?

Il était évident que le dénoûment de la lutte était proche.

Rochetonnerre le sentait, et, sans rien laisser paraître de son émotion, il souffrait d'être à la merci de la fatalité.

Homme de cœur, il ne pouvait songer sans effroi au péril que courait avec lui la malheureuse jeune fille, dont la destinée avait été déjà si cruelle.

Mais, si vive que fût son anxiété sous ce rapport, une pensée plus poignante l'obsédait. Ne tenait-il point dans ses mains, à lui seul, le sort de la patrie, et la balle ou la flèche d'un sauvage ne pouvait-elle point en une seconde briser toutes les espérances fondées sur l'action commune des Compagnons du Devoir, dont il était le chef?

Toutes ces réflexions se croisaient dans son cerveau. Il voyait le but à atteindre, but suprême, où l'attendaient tous ceux qui avaient silencieusement lutté avec lui depuis la défaite de M. de Lévis, et dans le même moment la réalité, faisant irruption dans le rêve, le ramenait à l'affreuse situation contre laquelle il se débattait.

Pendant qu'il subissait ces angoisses, il courait, sans savoir ce que lui réservait l'instant d'après.

Tout à coup il aperçut à droite, dans la masse de terre escarpée qui formait l'une des parois où s'encaissait le ravin, une large solution de continuité.

Il en était séparé d'une centaine de mètres.

Dévorer cet espace, avant d'être aperçu par les sauvages, afin de voir le parti à tirer de cet accident de terrain, tel était le problème à résoudre, problème capital, puisqu'il pouvait changer en un clin d'œil la face des choses.

Rochetonnerre avait déjà franchi plus d'un quart de mille. Il haletait. De temps à autre il portait sa main restée libre à sa poitrine, où sa blessure lui causait d'atroces souffrances.

M^lle de Drucourt avait peu à peu recouvré ses sens et ses forces. Il eût pu la déposer à terre et accélérer ainsi sa fuite en l'entraînant. Mais toute halte, n'eût-elle été que d'un instant, pouvait être fatale.

Ce qui rendait sa course encore plus difficile, c'est que de la main même qui soutenait la jeune fille il avait à porter son rifle.

Cependant les cris des Indiens devenaient plus menaçants.

Le comte ne se dissimula point qu'ils touchaient au rocher.

Il aspira l'air à pleins poumons.

Une clameur épouvantable ébranla la forêt.

Les sauvages venaient de tourner le rocher.

Ils avaient entrevu au loin la silhouette .des fugitifs.

Ce n'était qu'une vision.

Au même moment, Rochetonnerre se jetait de côté et prenait le chemin de traverse pratiqué par les pluies dans le ravin.

Ce chemin, par une pente douce, ramenait au milieu de la forêt.

Les fugitifs émergèrent rapidement du gouffre.

M^{lle} de Drucourt avait sauté à terre.

— Vous ne pouvez, dit-elle, supporter plus longtemps cette fatigue au-dessus de toute force humaine.

— Nous reposer est impossible, répondit le comte vivement. Insensé que j'étais de croire à la bonne foi de ce traître !

— J'y ai cru moi-même, fit la jeune fille, et ce sont mes paroles bien plus que les vôtres qui nous l'ont fait prendre pour guide.

— J'aurais dû être plus circonspect : un novice n'aurait pas commis cette faute impardonnable.

— N'est-elle point réparée?

— Peut-être, si les Indiens ne se doutent pas de notre stratagème.

— Comment s'en douteraient-ils?

— Ils ont la vue perçante, et leurs yeux, accoutumés à chercher la piste de l'ennemi, tomberont sur la nôtre.

— Sommes-nous loin de l'endroit où nous attend ma mère ?

Le comte s'orienta.

— A vingt milles, dit-il.

— Vingt milles? Cette distance peut-être parcourue en six heures.

— Oui, si nous n'avons point à ralentir nos pas.

La jeune fille pâlit.

— Hélas ! dit-elle, j'ai bien peur de ne pouvoir vous suivre. Mieux vaudrait m'abandonner ici.

— Vous abandonner? Y songez-vous ? Quand nous sommes entourés de dangers si nombreux.

— Je le sais. Mais qu'importe le salut d'une pauvre femme ?

— Vous oubliez que j'ai pour devoir de vous défendre.

— Un plus grand devoir vous appelle. Dieu me demande peut-être le sacrifice de ma vie pour assurer le succès de votre entreprise. Puis-je hésiter à obéir?

— Ce sacrifice, en supposant qu'il puisse devenir un jour nécessaire, ne l'est point maintenant.

M<sup>lle</sup> de Drucourt voulut répondre, mais les paroles expirèrent sur ses lèvres. Un horrible concert de hurlements, de vociférations, de jappements, d'aboiements, venait d'attester que les Indiens avaient retrouvé la piste des fugitifs.

Le comte avait tressailli.

La jeune fille lut dans sa physionomie bouleversée toute l'affreuse vérité.

— Perdus ! dit-elle en levant vers lui ses yeux pleins de larmes.

Rochetonnerre avait poussé une exclamation de rage.

Tout à coup son visage s'éclaircit.

Tandis que la jeune fille lui parlait, son regard errait avec anxiété aux alentours, comme s'il eût cherché quelque abri.

— Non, dit-il lentement, nous ne sommes point perdus ; seulement armez-vous de courage.

— Qu'est-ce à dire ?

— Puisque vous ne pouvez courir, il faut rester ici.

— Rester ici ? Mais les cris des Indiens annoncent leur approche ?

Le comte eut un geste décisif.

— Nous allons nous séparer, dit-il d'une voix qui tremblait, quelque effort qu'il fît pour maîtriser ses sentiments.

La jeune fille baissa la tête avec résignation.

— Rassurez-vous, ajouta-t-il vivement. Il ne s'agit que d'une séparation de quelques heures, sinon de quelques instants. Je ne vous abandonne point. Mais j'ai besoin d'être seul pour exécuter l'idée que je viens de concevoir. Si mon plan réussit, nous n'aurons plus rien à craindre.

M<sup>lle</sup> de Drucourt lui tendit la main avec fermeté.

— Je suis prête à tout, dit-elle.

Le comte l'avait entraînée un peu à l'écart, et lui désignant du doigt un épais fourré de broussailles, où le regard le plus perçant ne pouvait pénétrer, il lui fit signe de s'y glisser.

Sans prononcer une parole, elle pressa fébrilement la main de son compagnon et obéit.

Ce n'était point chose facile. L'entrée du fourré était presque impraticable. Les ronces et les épines lui déchiraient les mains et lui labouraient le corps. Quelques gouttes de sang perlant sur une branche en donnaient la preuve. Cependant elle resta muette. Enfin, après plusieurs tentatives infructueuses, elle réussit. A l'intérieur du fourré, il y avait assez de place pour s'accroupir.

Le comte avait suivi tous les mouvements de la jeune fille, en gardant lui-même un profond silence.

Quand elle eut disparu, il fit le tour du fourré, prenant le plus grand soin de ne

pas s'en approcher, et effaçant successivement chacun des pas qu'il faisait.

Persuadé que l'œil le plus exercé ne dé-
couvrirait point la présence de la jeune fille
en cet endroit, il fit un bond prodigieux, de
manière à se trouver à dix mètres du fourré.
Puis élevant la voix :

— Attendez mon retour ! cria-t-il, et ne
vous levez point, quoi que vous entendiez
et quoi qu'il arrive.

— Comment saurai-je que vous êtes là ?

— Je parlerai. N'oubliez point mes recommandations. Ne craignez rien. Adieu.

— Adieu.

Cette dernière parole, où la jeune fille
mettait toute son âme, avait une expression
lugubre.

Rochetonnerre l'entendit à peine.

Il était déjà loin.

# VI

L'AIGLE-CHAUVE.

Presque au même moment où se passaient ces événements, le nain Toby arpentait la forêt dans une autre direction. Son rifle négligemment jeté sur l'épaule, il se baissait de temps à autre, comme s'il eût cherché des simples. Il avait l'allure insouciante et semblait ne se préoccuper en rien de ce qui l'entourait ou de ceux qui pouvaient, amis ou ennemis, l'épier. Par instants il abaissait les branches qui gênaient sa marche ou les cassait brusquement, si elles résistaient au premier effort. Sous des dehors pacifiques il était d'une humeur plus noire que de coutume. Quelquefois il s'arrêtait net et murmurait entre les dents des paroles sans suite.

— Peut-on être fou à ce point ? Il aurait dû être arrivé depuis deux heures. Se jeter sottement dans la gueule du loup !

Il secoua la tête, frappa la terre du pied, y enfonça successivement ses talons, puis continua sa promenade solitaire sans achever sa pensée.

Un peu plus loin il demeura de nouveau en arrêt.

— Voyons, c'est insensé. Quel besoin de l'emmener ? Ah ! les gens dévoués ! Les Indiens l'auraient-ils pris ? Dans ce cas, il aura vendu chèrement sa vie. Mais non, c'est impossible.

Il porta la main à la tête et se tira machinalement les cheveux.

— Il aura pris le chemin le plus long, voulant prendre le plus sûr. C'est évident. Puisqu'il n'était pas seul, il n'aura point voulu s'exposer.

Il fit mine de repartir et resta cloué sur place.

— Calculons bien. C'est cela. Il aura pris le sentier qui mène au cœur de la forêt. Soit ; mais après ?

Il fit plusieurs pas saccadés, en balançant le bras avec colère.

— Enfin, il n'y a de sot dans tout cela que moi. Pourquoi les ai-je laissés partir ?

Il ralentit graduellement ses mouvements.

— Mais j'en verrai la fin. Non que je me soucie d'eux. Qui tire le vin le boive ! S'il est assez niais pour fermer les yeux quand la forêt fourmille de Peaux-Rouges, tant pis pour lui. Encore faudrait-il savoir ? Hein ?

Il porta la tête en avant et flaira bruyamment.

— De la fumée ? Qui donc fait du feu ici ?

Il promena les yeux dans tous les sens, pivota sur lui-même et finit par apercevoir un léger nuage qui montait lentement au-dessus de la forêt.

Changeant aussitôt d'attitude, il se glissa sans bruit d'un arbre à l'autre, avançant progressivement, bien qu'il parût attaché au sol.

Quelques instants plus tard, il découvrait par une éclaircie un grand feu de branches.

Près du feu un Indien était accroupi, la tête penchée sur la poitrine et immobile.

Le sauvage dormait.

— Qu'on me dise encore que le monde n'a pas perdu la raison, maugréa Toby. Voilà un Indien qui se livre au sommeil en plein jour et n'a pas souci de la balle que je puis lui loger dans la tête.

Il fit semblant de viser le Peau-Rouge. Puis relevant son arme :

— Non, cela sortirait de nos usages.

L'Indien, dont la tête alourdie par le sommeil allait et venait, perdit tout à coup l'équilibre et tomba la face contre terre. Réveillé par le choc, il se redressa, interrogea les alentours, puis n'entendant, ne remarquant rien, reprit sa posture.

Le nain eut le temps de voir le Peau-Rouge de face.

— Un Huron, dit-il à part lui. Un Huron, seul, en cet endroit. Voici qui est plus étrange encore. Si c'était l'Aigle-Chauve !

Celui qu'il désignait ainsi avait dans toute la région des Grands-Lacs une réputation proverbiale de bravoure, d'adresse et de loyauté. Allié des Français, il leur avait rendu d'immenses services, soit en combattant avec eux, soit en leur apportant le concours de nombreux guerriers de sa tribu. Les Compagnons du Devoir l'avaient eu souvent pour guide dans leurs expéditions, et toujours ils avaient constaté sa sincérité. Toby lui était particulièrement attaché.

Le nain, excité par la curiosité, s'était rapproché. Quand il ne fut plus qu'à vingt pas du sauvage, il mit deux doigts de chaque main dans sa bouche et souffla fortement dans ce chalumeau improvisé.

L'Indien s'était levé ; il avait rejeté la tête en arrière, et ses grands yeux noirs lançaient des éclairs.

Toby ne s'était point trompé.

— L'Aigle-Chauve ! dit-il ; c'est bien lui.

Et reprenant son jeu, il donna un nouveau signal.

Le sauvage accourut sans hésitation.

— L'homme rouge n'attendait point ici son frère blanc, dit-il gravement.

— En effet, fit le nain. Mais le Grand-

Esprit a mis mon frère sur mes pas. L'Aigle-Chauve peut m'être utile aujourd'hui comme autrefois.

Le Huron écoutait.

— L'homme rouge était à la poursuite de quelque piste ? demanda Toby.

L'Indien fit un signe négatif.

— Les castors bâtissent leur digue aux environs ?

Le Peau-Rouge accentua la dénégation.

— L'homme rouge a-t-il un secret que son frère blanc ne puisse connaître ?

— Le cœur de l'homme rouge est ouvert. Libre à son frère d'y lire. L'Aigle-Chauve a choisi la forêt pour demeure. Comme le daim, il fuit les wigwams des visages pâles. Il a cessé de fumer le calumet de paix, depuis que les Longs-Couteaux ont pris les territoires de chasse de sa tribu.

— Mon frère rouge aura marché toute la nuit, continua Toby ; le daim lui-même a besoin de repos. Mais pourquoi l'Aigle-Chauve dort-il ainsi sur le chemin, quand tout est en mouvement autour de lui ?

— L'Aigle-Chauve ne dort plus, fit l'Indien avec un sourire. Il a rencontré le Castor-Blanc, et son cœur est réjoui.

Le nain, en s'entendant appeler par ce nom que lui donnait le sauvage, avait eu un mouvement de satisfaction. C'est que ce nom rendait hommage à ses qualités : Toby n'était pas seulement bourru, il était vaniteux.

L'Indien avait repris sa place auprès du feu. Toby restait debout.

— C'est une grave imprudence, dit-il, d'allumer du feu en plein jour. Il n'y a donc point de Peaux-Rouges dans ce voisinage?

— Il y en a plus qu'il n'y a d'étoiles au ciel, répondit le sauvage en prenant amicalement la main de son interlocuteur.

— Et l'Aigle-Chauve ne craint point d'ête surpris ?

Le nain appuya ces paroles d'un éclat de rire.

Le Huron fronça le sourcil ; sa lèvre se plissa avec dédain.

— L'Aigle-Chauve ne craint rien, dit-il fièrement. Il méprise les Iroquois et toutes les tribus alliées avec eux. Il dort sur leurs territoires de chasse, auprès de leurs wigwams ; il scalpe leurs guerriers, leurs squaws, leurs pappouses, partout où il les rencontre. Personne ne scalpera sa chevelure à lui.

Pour la seconde fois le nain éclata de rire.

— L'Aigle-Chauve oublie que son nom même le garantit contre cet accident.

L'Indien parut ne point comprendre ce jeu de mots.

— L'Aigle-Chauve, dit-il, a la vue perçante, ses pieds sont agiles.

— L'Aigle-Chauve est un grand guerrier, reprit Toby avec une certaine emphase, pour corriger l'impression désagréable produite par sa plaisanterie ; l'heure n'est pas venue pour mon frère rouge de chasser dans les prairies heureuses.

L'Indien répondit à cet éloge par une exclamation qui traduisait son contentement.

— Puisque mon frère rouge, dit Toby, n'a point de piste à poursuivre lui-même, qu'il me vienne en aide pour retrouver celle que je cherche.

Le Huron s'était levé ; il agita vivement la tête ; sa physionomie extrêmement mobile trahissait sa curiosité.

Le nain prit un ton confidentiel.

— Le Buffle-Gris, dit-il, doit être tombé dans une embuscade. Les Onontagues, qui ont juré de venger l'Ours-Maigre, l'auront surpris.

— Les Onontagues ou les Longs-Couteaux ?

— Peut-être les uns et les autres.

— Comment le sauver ?

Cette question posée par le Huron s'adressait autant à lui-même qu'à Toby.

Le nain piétinait avec rage. Sa parole était brève, ses yeux roulaient pleins de haine.

— Le sais-je, moi ! dit-il en répondant à l'interrogation de l'Indien. La forêt est vaste. Où l'y trouver avec cette femme ?

— Une squaw ? demanda le sauvage intrigué. Le Buffle-Gris est accompagné d'une squaw ?

— Ne l'ai-je point dit ?

Le Huron hocha soucieusement la tête.

— Cette squaw , se hâta de répliquer

12**

Toby, est une âme vaillante. Elle a le cœur d'un guerrier. Son père était un grand chef des Français, que nous avons conduit hier au champ où reposent nos morts.

Le Huron eut un geste d'impatience.

— Le Castor-Blanc, dit-il, parle au lieu d'agir.

-- Mais que faire ?

— Chercher la piste ?

— Où ?

L'Indien, qui jusqu'à ce moment était resté presque froid, tressauta, et gesticulant de tous ses membres :

— Ogh ! cria-t-il. Mon frère blanc ne sait donc plus où il a perdu le Buffle-Gris ?

Le nain rapporta point par point ce qui était arrivé jusqu'au moment où il avait quitté le comte et la jeune fille.

— L'Aigle-Chauve a compris, fit le sauvage avec un signe d'intelligence. Le Buffle-Gris et sa compagne ne sauraient être loin d'ici. Ils auront cherché un refuge dans le ravin. Le Buffle-Gris est brave. Il n'aura pas reculé devant la descente.

— Si nous prenions cette direction ?

questionna Toby avec d'autant plus de vivacité que le reproche du sauvage l'avait froissé.

Le Huron fit un signe affirmatif.

Ils partirent en courant.

Une demi-heure après, ils étaient au bord du précipice.

Le regard de l'Indien plongea avidement dans le gouffre.

— Les traces sont nombreuses, dit-il avec un air de profonde réflexion.

— Descendons, répliqua le nain. Nous verrons mieux de près.

Ils se couchèrent de leur long, et imprimant à leur corps une forte impulsion, ils roulèrent jusqu'au bas du ravin.

Le Huron fut le premier debout. Il étudia avec minutie la forme des empreintes, les mesura, les compara. Il se fut bientôt rendu compte du nombre des Peaux-Rouges qui avaient passé par là.

— Vingt, vingt-deux, murmurait-il à mi-voix, tandis qu'il poursuivait ses investigations.

Toby vérifiait de son côté.

Tout à coup le sauvage et le Canadien se heurtèrent violemment la tête.

Le Huron eut une exclamation étrange.

— Qu'y a-t-il? fit le nain en colère.

L'Indien désigna silencieusement du doigt plusieurs taches de sang, marquées sur le sol. La terre, piétinée avec force, montrait qu'un combat avait eu lieu en cet endroit.

C'était là, en effet, que Rochetonnerre avait lutté corps à corps avec le Peau-Rouge.

Le Huron s'était agenouillé pour lire plus attentivement ces témoignages dont rien ne lui échappait.

Des paroles entrecoupées s'échappaient de ses lèvres à mesure qu'il complétait ses découvertes.

— Traces d'Indien — traces d'homme blanc — combat — Indien terrassé — tué. — Homme blanc en fuite, là, là, là, pied du Buffle-Gris.

Et le sauvage suivait en bondissant chacune des indications.

Le nain demeurait stupéfait et émerveillé.

Cette sagacité du Peau-Rouge avait, en effet, quelque chose de surnaturel.

— Et la femme? demanda Toby, après un instant de silence.

Le Huron montra l'endroit où M$^{lle}$ de Drucourt était restée spectatrice de la lutte.

— C'est bien cela, avoua le nain. L'empreinte des pas est plus légère. Les pieds ont reposé sur le sol en appuyant doucement.

Il se baissa pour reconnaître le chemin suivi par la jeune fille.

Cette piste était assez visible. Seulement elle se trouvait brusquement interrompue.

Le Huron eut un sourire en voyant son embarras.

— Ogh! dit-il, le Castor-Blanc a des yeux de taupe. Il ne voit point que le Buffle-Gris a porté la jeune squaw.

Le nain dut confesser son inexpérience.

— L'Aigle-Chauve a raison, dit-il, je ne suis qu'une taupe stupide.

Le sauvage avait changé d'allure. Au lieu de marcher, il avait pris le trot. Toby sautillait à sa suite, visiblement humilié dans son amour-propre.

12***

Au bout d'un quart de mille, le Huron tomba en arrêt.

— Trace perdue, dit-il avec contrariété.

Toby regarda à terre. Les pas s'y croisaient en tous sens.

— Mais ces empreintes ? interrogea-t-il, sans oser décider.

— Le Buffle-Gris n'est pas venu ici, répondit le sauvage avec autorité.

Et, prenant la main de son compagnon, il lui fit remarquer que les pas allaient et venaient, se mêlaient confusément, attestant qu'il y avait eu discussion parmi les Peaux-Rouges sur la route à prendre.

— Hommes rouges dispersés, achevat-il en saccadant ses mots.

— Pourquoi ?

— Pour retrouver la piste.

Le Huron avait rebroussé chemin. Tout à coup il poussa un cri. Ses yeux venaient de tomber sur l'ouverture pratiquée dans le ravin. Il y courut.

Toby était demeuré un peu à l'écart. Les gestes de l'Aigle-Chauve le rappelèrent.

Le Huron lui fit voir, dans le sol humide,

la marque de deux talons, dont l'un, porté en arrière et profondément enfoncé, indiquait qu'on avait pris un point d'appui. Plusieurs autres traces de pas figuraient tout autour, mais elles étaient moins distinctes et annonçaient moins d'efforts.

Il était manifeste que les fugitifs avaient remonté la pente. La forme particulière du pied de Rochetonnerre, déjà discernée une première fois par le sauvage, se reproduisait régulièrement de distance en distance.

Le Huron avait repris le trot. Le nain, se piquant au jeu, ne se laissait pas devancer.

Ils se retrouvèrent bientôt dans la forêt.

L'Indien suivait, sans s'égarer, la trace du comte, maintenant parfaitement distincte pour lui.

Après avoir fait un demi-mille, il s'arrêta de nouveau. Le corps incliné, les mains levées à hauteur de la ceinture, la tête immobile, les yeux fixes, les traits contractés, les lèvres fortement serrées, il écoutait.

Il venait d'atteindre le fourré où M^{lle} de Drucourt s'était séparée de Rochetonnerre.

Les pas des Peaux-Rouges faisaient voir qu'ils n'avaient point pris garde aux broussailles.

Mais l'Aigle-Chauve avait le regard plus exercé que la plupart des Indiens.

Il ne lui fut pas difficile de reconnaître que le Buffle-Gris s'était tenu à distance du fourré, qu'il en avait fait le tour avec précaution, et que la jeune fille s'en était approchée.

Il y avait là un stratagème. Lequel?

Le Huron mit avec la plus grande précaution le pied sur l'empreinte des pas de M^{lle} de Drucourt, et suivit scrupuleusement la direction qu'elle-même avait prise.

Il se trouva ainsi auprès du fourré.

Il écarta tout doucement les branches.

Les gouttelettes de sang qu'y avait laissées la jeune fille n'échappèrent point au regard investigateur du sauvage.

Soudain le Huron eut un geste de désappointement.

— Ogh! dit-il avec humeur. La jeune squaw cachée ici est partie.

Le nain recula.

— Partie ! dit-il furieux. Où?

— Les Onontagues ne l'ont point prise dans ce fourré, reprit l'Aigle-Chauve.

En même temps il continuait d'interroger la piste.

Il découvrit que le Buffle-Gris, en s'éloignant du fourré, avait ralenti le pas. Il devina que ce n'était là qu'une manœuvre.

En effet, un peu plus loin, les traces montraient que le comte avait pris la course.

A quelques centaines de mètres du fourré, l'Indien constata un autre fait : il reconnut que les Peaux-Rouges s'étaient séparés et avaient abandonné la piste. L'Aigle-Chauve et Toby tombèrent tout de suite d'accord sur la signification de cet indice. Évidemment les Onontagues avaient dû si bien retrouver la trace du Buffle-Gris, qu'ils ne s'étaient plus souciés de surveiller sa marche.

Ce qu'il y avait de certain, c'est que poursuivis et poursuivants n'étaient pas séparés par une grande distance.

Le Huron continuait son étude du sol.

Un moment, son visage, jusqu'alors assombri, s'éclaira.

— Il leur a échappé ici, dit-il, en faisant remarquer que le comte avait précipité sa fuite.

Le nain ne pouvait se lasser d'admirer d'un côté l'étonnante perspicacité de son compagnon, d'autre part l'effort surhumain mis en œuvre par Rochetonnerre pour ne point tomber au pouvoir de ses ennemis. Il alla même jusqu'à oublier que tout cela se rapportait en réalité au passé, et comme s'il eût été, à ce moment même, témoin des événements accomplis :

— Alerte ! alerte ! cria-t-il. Ah ! je voudrais voir l'Onontague en état de lutter de vitesse avec le Buffle-Gris.

Le Huron le rappela à la situation.

— Ici, dit-il avec calme, la course a été encore plus rapide.

— Dites effrénée, diabolique, fit Toby avec enthousiasme. Le Buffle-Gris n'a point de rival.

De fait, le comte avait dû faire appel à toute son énergie pour gagner l'avance sur ses adversaires. On voyait clairement qu'il avait d'abord mesuré ses forces, et que la vitesse de sa course accrue successivement avait fini par dépasser toute idée.

L'Aigle-Chauve et le nain avaient aussi remarqué, depuis longtemps, la présence d'un homme blanc parmi les poursuivants. Tout doute à cet égard était impossible. Les traces des deux Européens étaient parfaitement reconnaissables. Le pied du comte laissait une empreinte petite, régulière, un peu rentrée en dedans. L'autre, au contraire, était lourde, large, jetée fortement en dehors.

— Reconnaissez-vous ce pied? demanda Toby, en montrant la trace distincte de celle du comte.

L'Indien fixa longtemps les yeux sur l'empreinte.

— Dick le Rouge, fit-il après un silence de plusieurs minutes.

Le nain fit signe qu'il ne comprenait point.

— Dick le Rouge, reprit le sauvage, est un serpent qui se cache sous les fleurs. C'est un Canadien qui a trahi son pays. Il a fait un pacte avec les Longs-Couteaux que vous appelez les Anglais. Il leur a vendu ses frères. Il s'est engagé à les leur livrer. Le Buffle-Gris est du nombre. Pour mieux le prendre, il s'est lié avec les Onontagues, qui ne pardonnent point le meurtre de l'Ours-Maigre.

— Le Buffle-Gris n'a fait que précipiter l'expiation d'un crime et le châtiment d'un scélérat.

— Le Castor-Blanc a raison. Mais les Onontagues ne respirent que la vengeance. Le Buffle-Gris a tué l'Ours-Maigre. Le sang appelle le sang.

— Et Dick le Rouge?

— Pour servir ses propres rancunes, ou plutôt pour toucher la récompense promise par les Anglais, il a mis sa main dans celle des Onontagues.

Le nain tenait la tête baissée.

— Les traces se brouillent ici, dit-il vivement.

— Ogh, reprit indifféremment l'Aigle-Chauve, les Peaux-Rouges n'ont pas rattrapé le Buffle-Gris. Que mon frère blanc regarde bien ; le Buffle-Gris est revenu sur ses pas.

— En effet, mais pourquoi ?

— N'avait-il pas à rejoindre la jeune squaw ?

— C'est juste. Mais comment aura-t-il devancé les hommes rouges ?

— Comment eût-il dérouté un homme blanc ?

— En se rapprochant de la rivière pour y entrer.

— Que mon frère le Castor aille donc de ce côté.

Le Huron, tout en parlant, avait poursuivi sa course. Il arriva, quelque temps après, à un cours d'eau vers lequel le comte de Rochetonnerre avait visiblement dirigé sa fuite.

— Je vais passer de l'autre côté, dit précipitamment Toby, pendant que mon frère rouge explorera la rive où nous sommes.

L'Indien secoua la tête.

— Le Buffle-Gris n'est pas allé au delà, fit-il avec dérision. La jeune squaw était derrière lui. Il sera ressorti par ici.

Le sauvage était si sûr de ce qu'il avançait, qu'il ne voulut point permettre à Toby de passer l'eau.

Ils examinèrent minutieusement la berge.

A peine eurent-ils fait une douzaine de pas, qu'ils virent de nombreuses traces de mocassins. Il était clair que les poursuivants étaient entrés dans l'eau, puis revenus sur leurs pas.

— Le Buffle-Gris a bien effacé sa piste, fit le sauvage avec joie.

— Comment la retrouver nous-mêmes ?

Le Huron ne s'arrêta point à cette difficulté. Convaincu de l'impossibilité de recourir aux investigations ordinaires pour obtenir un résultat sérieux, il fit usage de la stratégie qu'il avait déjà employée à l'approche du ravin. Il s'occupa moins de retrouver la piste même que de découvrir l'endroit où le comte avait pu quitter le cours d'eau sans danger et reprendre le chemin du fourré.

L'Aigle-Chauve était trop au courant des artifices de la Prairie pour ne pas se dire que le fugitif avait marché dans l'eau pendant plusieurs milles, et qu'il ne devait en être sorti qu'après avoir eu la certitude d'avoir éconduit ceux qui le poursuivaient.

Étant donné que le point où la jeune fille avait trouvé un abri se trouvait en deçà de celui où le Huron et Toby étaient maintenant en observation, il était à présumer que le comte, après avoir poursuivi assez longtemps sa route dans l'eau, avait fait volte-face, et était revenu à son point de départ ou à peu de distance de là.

Ce raisonnement adopté, le sauvage et le nain descendirent lentement la berge et scrutèrent place à place les empreintes des pas qui y étaient restées plus ou moins visibles.

Ils marchèrent ainsi pendant un demi-mille sans rien percevoir qui pût fixer leurs soupçons.

Toby, toujours jaloux de son compagnon, avait pris les devants.

— Voici la trace, cria-t-il tout à coup.

L'Indien jeta les yeux sur l'endroit indiqué. Il fit un geste d'incrédulité.

Un arbre renversé par quelque ouragan plongeait dans l'eau. Brisé sans avoir été déraciné, il avait dû donner à Rochetonnerre l'idée de se suspendre au tronc et de se rapprocher ainsi, par bonds successifs, du rivage. Puis le comte avait pu se hisser sur l'arbre, faire un saut et s'enfoncer dans la forêt.

C'était l'avis de Toby. Ce n'était pas celui de l'Aigle-Chauve.

— Ce stratagème, dit l'Indien, n'aurait pas trompé les hommes rouges. Il était trop naturellement indiqué.

Ce qui prouvait la vérité de cette assertion, c'étaient les empreintes mêmes de mocassins qui avaient foulé le sol aux environs.

Cependant la présence de l'arbre avait pu inspirer quelque plan au Buffle-Gris.

L'Aigle-Chauve, sans communiquer sa pensée à Toby, avait sauté sur le tronc et suivi l'arbre jusqu'à ce que l'eau lui mouillât la pointe des pieds. Alors il s'arrêta et s'inclinant sur l'onde à demi transparente :

— Que mon frère blanc, dit-il, regarde attentivement.

En même temps il désignait du doigt le fond de l'eau.

Le nain distingua le vague contour d'un pied humain. Toute empreinte proprement dite avait disparu par suite du charroi de la vase, mais une simple ligne fine, à peine perceptible, dessinant la forme du pied, subsistait.

L'Aigle-Chauve parut satisfait de cette constatation.

— Les hommes rouges, dit-il, n'ont pas vu les choses de si près.

Toby était en extase.

— Par le ciel! fit-il, mon frère me fait rougir de mon ignorance. L'Aigle-Chauve suivrait sans peine la piste d'un oiseau dans l'air.

Le Huron n'avait point entendu ce compliment. Il continuait ses recherches.

— Le Buffle-Gris est sorti plus loin, reprit-il en escaladant rapidement la berge.

La rive opposée du cours d'eau était presque entièrement masquée sous d'épaisses broussailles. Certes, plus d'un ennemi eût pu se tenir là aux aguets et

surveiller l'Indien et le nain. Mais l'Aigle-
Chauve ne prenait à cet égard aucune précaution. Il savait, du reste, qu'il n'était pas
menacé. Les sauvages poursuivaient le
Buffle-Gris. Ils ne se doutaient pas qu'ils
étaient poursuivis eux-mêmes. En supposant qu'ils s'en fussent aperçus, ils n'auraient pas changé leur manœuvre, car ils
étaient trop nombreux pour avoir à s'inquiéter de deux hommes, si habiles ou si
bien armés que ces hommes eussent été de
leur côté.

L'Aigle-Chauve fit deux remarques impor-
tantes : la première, c'est que le Buffle-Gris
avait une avance assez considérable sur les
poursuivants; la seconde, c'est que ceux-ci
avaient sans doute pris le change, et qu'ils
le supposaient sur l'autre rive.

Au moment où Toby allait lui faire part
de certaines observations, l'Indien plaça
l'index de la main droite sur ses lèvres, et
appuyant l'autre main sur sa tête, il fit
signe qu'il fallait garder le silence

# VII

LE CANOT.

Le soleil commençait à descendre sous
l'horizon ; ses rayons mourants tamisaient
à travers le feuillage des arbres comme une
buée de pourpre et d'or. L'Aigle-Chauve,
pareil à une statue inondée de lumière, se
tenait à quelques pas de Toby. Le nain
avait suspendu sa marche. Il regardait le
Huron, attendant avec anxiété ce qui allait
se passer.

Lentement le sauvage se pencha en
avant. La main toujours levée pour avertir
son compagnon de ne point bouger, il fit
quelques pas, mais si prudemment que pas
un bruissement de feuille morte ne trahit
ses mouvements. Tout à coup il se laissa

couler à terre et sembla concentrer toutes ses facultés dans la fixité de son regard. Un moment après il se redressa et fit signe au nain d'avancer.

Toby obéit. Sur la berge, au ras de l'eau, un canot indien gisait, la quille renversée. Taillée avec habileté dans l'écorce d'un chêne, l'embarcation aux formes sveltes paraissait hors d'usage depuis longtemps.

Les deux compagnons, attentifs et muets, examinèrent le canot pendant plusieurs minutes, sans se communiquer leurs impressions.

Soudain l'Aigle-Chauve partit d'un éclat de rire. Ses contorsions bizarres et prolongées annonçaient une joie inespérée.

— Ogh! dit-il comme pour répondre à une question prévue, les hommes rouges ne sont plus que des taupes aveugles.

Le nain allait parler, mais l'Indien le prévint par une pantomime accompagnée de monosyllabes lancées d'une voix gutturale :

— Là! là! là! là!

En même temps il tenait le bras étendu dans la direction du canot.

Un second éclat de rire non moins expressif que le premier accentua son contentement.

Toby passait parmi les Compagnons du
Devoir pour l'un des pionniers les plus
accomplis de la région des Grands-Lacs.
Personne n'eût osé rivaliser avec lui sous
le rapport de l'habileté et de la ruse. Personne n'avait comme lui le regard perçant
et prompt, l'ouïe exercée à discerner les
bruits les plus divers et les plus lointains.
Le nain avait conscience de cette supériorité et la faisait valoir. Mais, quelque grande
que fût sa vanité, quelque haute estime
qu'il eût de sa personnalité, il ne pouvait
s'empêcher en ce moment d'avouer, à part
lui, qu'il avait un maître dans l'Aigle-
Chauve. Le Huron lisait, en effet, dans les
signes invisibles de la forêt comme s'il eût
eu sous les yeux un livre ouvert, aux caractères parfaitement distincts.

— Taupes aveugles ! répétait le sauvage
en réitérant ses marques d'hilarité.

Toby ne se rendait pas exactement compte
du motif de ces exclamations. L'Indien s'en

aperçut à la fin et fit cesser son incertitude.

— Le Buffle-Gris est sorti là, dit-il.

Cette phrase isolée n'avait qu'une signification vague. Cependant le nain la compléta par ses investigations personnelles. Tout autour du canot, le sol spongieux et humide était défoncé sous des pas encore aisément visibles. Parmi ces pas, il était facile de distinguer ceux de Rochetonnerre. Toby, en les considérant minutieusement, découvrit que le comte avait dû venir en cet endroit après les Peaux-Rouges. Au lieu d'être suivi par eux, il avait donc marché lui-même à leur suite. Comment expliquer ce fait? Les gestes de l'Aigle-Chauve lui prouvèrent que l'Indien avait déjà percé ce mystère.

— Que mon frère le Castor regarde sous le canot, dit-il.

Le nain souleva l'embarcation en hissant la poupe sur ses épaules. Il vit alors qu'un homme avait été étendu dessous. C'était évidemment Rochetonnerre qui s'était par ce stratagème dérobé à ses ennemis. L'empreinte des pieds creusée dans le sol ne permettait pas d'en douter.

Cependant Toby n'était pas absolument convaincu.

— Comment se peut-il faire, s'écria-t-il, que le Buffle-Gris ait eu l'audace de se cacher là, tandis que vingt Peaux-Rouges, ivres de sang, tournoyaient autour de lui? Comment me faire admettre qu'aucun d'eux n'ait eu comme nous l'idée de chercher sous la barque?

L'Aigle-Chauve eut un sourire.

— Ogh! dit-il avec ironie, mon frère le Castor ne peut donc lire sur ces traces comment les choses se sont passées?

Et promenant successivement le doigt d'une place à l'autre, l'Indien refit, sans parler, toute la scène, telle qu'elle avait dû se passer en réalité.

Il montra le comte apercevant dans sa course la barque gisant sur la berge, puis s'arrêtant au milieu de l'eau pour s'assurer du profit à tirer de cette découverte. Il indiqua ensuite comment Rochetonnerre, persuadé que le canot était là depuis long-

temps hors de service, s'était prudemment
approché de la rive, puis était sorti de l'eau,
en enfonçant à dessein ses pieds dans le sol
détrempé . Il fit voir enfin la manœuvre,
à la fois hardie et sûre, employée par le
Buffle-Gris pour donner le change aux
Peaux-Rouges. Le comte, après avoir fait
une trentaine de pas sur la berge, avait
brusquement fait volte-face et était revenu
au bord de l'eau, en affectant visiblement
de ne pas effacer sa piste. Toutefois, au lieu
d'entrer résolûment dans l'eau, comme l'a-
vaient cru les sauvages, moins sagaces que
l'Aigle-Chauve, il n'avait fait que l'effleurer
rapidement pour revenir aussitôt en arrière,
en ayant soin de marcher à reculons et de
poser avec une exactitude mathématique
le pied sur les empreintes déjà faites. Il était
ainsi arrivé jusqu'à proximité du canot,
qu'il avait soulevé en étendant le bras et
sans changer de position. Il avait constaté
la possibilité de se glisser dessous sans
laisser soupçonner qu'on l'eût déplacé. Un
moment après, avec une dextérité à peine
concevable, il s'était logé sous la barque,

l'avait doucement fait retomber sur lui, et ramené sur lui-même, les jambes levées, le dos portant seul sur le sol, il avait attendu l'approche des Indiens.

Ceux-ci n'avaient point tardé à se montrer. Celui qui marchait en tête avait tout d'abord couru au canot, et déjà il allait le renverser, quand les autres, attirés par les empreintes des pas, arrêtèrent son mouvement. A quoi bon inspecter le canot, puisque la trace du fugitif était si reconnaissable ? Or, cette trace indiquait qu'il avait précipité sa course. On n'avait donc point un instant à perdre pour le rejoindre. Aussi tous s'étaient élancés dans la direction qu'il devait avoir prise. A peine avaient-ils été hors de vue, que le Buffle-Gris s'était redressé ; supportant le poids de la barque sur ses épaules, il s'était jeté de côté, avait remis le canot exactement en place, puis, choisissant pour placer le pied la trace même des sauvages, il avait regagné la forêt.

L'Aigle-Chauve avait donné ces explications à Toby, sans oublier aucun détail. Sa pantomime, plus expressive, plus fidèle,

plus rapide que n'eût été la parole, avait
retracé chacun des gestes du comte. Le jeu
de sa physionomie avait dépeint toutes les
angoisses du vaillant pionnier.

— Ogh ! dit enfin l'Indien, tandis que son
visage inondé de joie trahissait sa vive satisfaction, le Buffle-Gris est sauvé ; les
hommes rouges ne sauraient retrouver sa
piste.

— Le Buffle-Gris a joué là sa vie, dit
Toby, beaucoup moins content que son
compagnon. Il eût suffi qu'un des Peaux-
Rouges eût jeté un coup d'œil sous le canot,
rien qu'en passant, pour perdre non seulement le meilleur de nos amis, mais aussi
la plus sainte des causes.

Le Huron fit signe qu'il ne comprenait
pas.

— C'est aujourd'hui, à la tombée de la
nuit, continua mystérieusement le nain,
que doit se décider le sort du Canada. Cette
nuit même, quand les garnisons anglaises,
livrées au premier sommeil, auront laissé
aux sentinelles gagnées par la conspiration
la garde des forts et des postes, le signal

doit être donné et transmis de place en place par les feux d'appel. En quelques heures le Canada français sera debout. Au même moment l'armée, organisée dans la Louisiane, franchira la frontière. Et c'est à ce moment suprême que le chef de cette vaste et glorieuse entreprise expose avec lui tous ceux que lui seul peut et doit mettre en mouvement !

Le Huron avait écouté cette révélation d'un air stupéfait.

— Mon frère le Castor, dit-il gravement, oublie que le Buffle-Gris a le cœur d'un lion, le regard d'un aigle et les pieds d'un daim.

Mais le nain, poursuivant sa pensée, trépignait d'impatience.

— Où est-il enfin ?

L'Aigle-Chauve répondit à cette exclamation en portant la main vers l'endroit où se trouvait le fourré qui avait servi de refuge à M<sup>lle</sup> de Drucourt.

— Suivons donc sa trace, fit Toby, qui perdait tout sang-froid. Les heures marchent. Tout est perdu sans remède s'il n'arrive point au rendez-vous cette nuit.

Les ténèbres devenaient plus épaisses, et l'Aigle-Chauve éprouvait déjà une certaine difficulté à distinguer les pas du comte.

— Vous verrez, dit Toby, de plus en plus irrité, que tous nos efforts seront impuissants. Nous serons bientôt forcés d'attendre le lever du soleil pour continuer notre marche.

— L'Aigle-Chauve voit la nuit comme le jour, dit le Huron avec calme. Que mon frère le Castor ne parle point comme une squaw ! L'Aigle-Chauve ne s'arrêtera pas avant d'avoir retrouvé le Buffle-Gris.

Ces paroles, dites presque avec indifférence, produisirent sur le nain l'effet de l'huile jetée sur le feu. Il ne se possédait plus, et tout son corps, bras, tête, épaules, avait des contorsions qui manifestaient sa rage.

— L'Aigle-Chauve, s'écria-t-il furieux, ne peut voir la piste, il ne peut donc la suivre.

L'Indien ne s'émut point de ce démenti.

— L'Aigle-Chauve, reprit-il sans rien perdre de son assurance, n'a pas besoin de voir la piste. Il la connaît, elle ne peut lui échapper.

Ces derniers mots furent prononcés d'un ton si net et si ferme que Toby n'osa point contrarier davantage son guide. Il avait d'ailleurs en lui la plus absolue confiance. Il n'ignorait pas que le sauvage connaissait tous les détours de la forêt, et il avouait que la piste de Rochetonnerre était maintenant plus facile à suivre, puisque le comte n'avait plus les Onontagues derrière lui.

Aussi le nain ne fit-il aucune objection quand l'Aigle-Chauve se remit en marche.

Le Huron, en agissant ainsi et en insistant auprès de Toby pour ne point remettre leurs recherches communes au lendemain, avait du reste les raisons les plus graves.

Il était sûr d'abord que le comte avait ralenti sa course. Rochetonnerre était en effet trop prudent pour ne point user de précaution jusqu'au dernier moment. Il avait dû se dire que les Onontagues, avertis par Dick le Rouge de la présence du Buffle-Gris dans la forêt, ne renonceraient point à

l'espoir de s'emparer de lui, une fois qu'ils
s'étaient lancés à sa poursuite. C'eût été
pour la tribu de l'Ours-Maigre un triomphe
que d'attacher le Supplicié vivant au poteau
de torture et de venger le sachem massacré
sous le chêne foudroyé des Trois-Roches !

L'Aigle-Chauve obéissait aux mêmes réflexions en persistant dans son entreprise.
L'Indien fondait ce calcul sur plusieurs
données acquises par les événements et par
les confidences de Toby.

En premier lieu, le comte avait dû s'occuper de rejoindre la jeune fille. Ensuite il ne
pouvait avoir d'autre but que de gagner
avec elle le plus rapidement possible le
camp établi sur la frontière de la Louisiane
et servant de premier poste avancé pour
surveiller la frontière maintenant anglaise
du Canada.

Attendre le comte au passage, tel était
tout le plan du Huron, et le seul moyen de
le réaliser, c'était de faire diligence.

Il pressait le pas, trottant et courant, suivi
à une certaine distance par Toby, qui avait
fini par se lasser et se trouvait dans la né-

cessité de reprendre haleine de moment en moment.

Vers minuit, ils atteignirent un carrefour.

Le Huron fit halte. Le nain l'imita.

— Que mon frère le Castor plante ici son wigwam, dit-il en riant. Nous n'irons pas plus loin.

Toby ne se fit point prier. Il s'étendit de son long. Le sauvage s'assit auprès de lui.

Un instant après, le nain était profondément endormi.

L'Aigle-Chauve demeurait immobile, mais son regard sondait les ténèbres.

Il était depuis quelque temps en observation, quand le roulement du tonnerre se fit entendre. Quelques minutes plus tard, de larges éclairs serpentèrent dans la forêt. A leur lueur le sol était redevenu visible.

Tout à coup l'Indien poussa une exclamation formidable qui réveilla le nain en sursaut.

A vingt pas de lui, il venait d'apercevoir les traces évidemment récentes de nombreux mocassins. Un second éclair lui avait montré, un peu plus loin, la piste du comte et de la jeune fille.

Comment les Peaux-Rouges, après avoir été si habilement déroutés par le comte, l'avaient-ils retrouvé ?

Le Huron était en présence d'un mystère que toute son acuïté d'intelligence ne pouvait cette fois pénétrer.

Un fait était incontestable : c'est que les fugitifs étaient serrés de près par leurs ennemis, et que le comte et sa compagne pouvaient être rejoints par les Onontagues avant d'atteindre le camp.

# VIII

LE RETRANCHEMENT.

L'Aigle-Chauve demeura longtemps plongé dans une muette réflexion. L'approche du péril était manifeste. Le comte, au moment même où il se croyait le plus en sûreté, avait dû tomber dans une embuscade. Les Peaux-Rouges n'avaient feint d'abandonner la piste que pour mieux la reprendre. Quel secours le Huron et le nain allaient-ils pouvoir apporter aux fugitifs? En supposant qu'ils pussent les rejoindre avant l'instant décisif, leur aide serait-elle efficace? Ne courraient-ils point eux-mêmes au-devant de leur propre perte, sans pouvoir conjurer celle du Buffle-Gris et de sa compagne? Les Peaux-Rouges n'étaient-ils point dix fois plus nombreux que leurs adversaires, et quelle que fût la bravoure de Rochetonnerre, ne devait-elle point succomber dans une lutte si inégale?

La perplexité de Toby n'était pas moins cruelle.

Le nain ne considérait pas seulement l'événement présent. Il ne se bornait pas à craindre pour le comte et la jeune fille. Ce qu'il redoutait surtout, c'était l'échec de la conspiration, l'avortement de cette hardie et généreuse conception.

La nuit s'était épaissie. Le sifflement du vent se mariait au bruit du tonnerre et au craquement des arbres. Les éclairs, devenus plus fréquents, pratiquaient dans les ténèbres, à des intervalles rapprochés, de larges et profondes déchirures.

A un quart de mille environ de l'endroit où le Huron et Toby se trouvaient arrêtés, s'élevait un tertre d'où l'on pouvait dominer l'espace environnant. Ils décidèrent de s'y rendre.

Parvenus sur la hauteur, ils se couchèrent à plat ventre, les yeux à fleur de terre, de manière à échapper à tout regard, tandis qu'ils exploraient les alentours.

Ce n'était point chose facile.

Un observateur inexercé eût vainement cherché plusieurs heures la moindre trace d'un être humain dans cette immense solitude. Il n'eût vu que le splendide tableau de la forêt déroulant sous le feu du ciel ses beautés mystérieuses, et sur le fond d'émeraude de l'incommensurable tapis de mousse et de verdure, les cours d'eau brodant çà et là leurs capricieuses arabesques. Il n'eût aperçu que les arbres gigantesques balançant leurs cimes, ceux-ci séculaires et défiant la violence de la tempête, ceux-là moins puissants et se tordant avec frénésie. Il eût pu remarquer encore les animaux sauvages sortant effarés de leur abri et se jetant dans les fourrés ou dans les creux du terrain pour échapper à l'effort de la tourmente. Mais quelque longue qu'eût été sa contemplation, il aurait inutilement essayé de distinguer au milieu de ces rugissements lointains la voix d'un homme, et parmi ces formes mouvantes, celles des deux fugitifs ou des Peaux-Rouges qui les poursuivaient.

Seul, le Huron avait ce don prodigieux de saisir d'un coup d'œil chaque objet distinct dans cet ensemble rendu plus confus encore par l'obscurité. Aussi ne lui fallut-il pas longtemps pour découvrir un témoignage évident de la présence de Rochetonnerre dans le voisinage.

Au bord d'une clairière, à quelques centaines de pas, se profilait un petit ouvrage de défense en planches, entouré d'une palissade de bois. C'était une de ces constructions faites à la hâte par les pionniers, destinées à leur servir de retranchement provisoire, de lieu de rendez-vous dans leurs chasses, et délaissées, tombées en ruines depuis la conquête du Canada par les Anglais.

A la lueur des éclairs, l'Aigle-Chauve désigna cet endroit à son compagnon. Toby n'y découvrit rien d'insolite.

— Le Buffle-Gris est là, fit le Huron en tenant la main étendue vers la palissade, il est là avec la jeune squaw.

Le nain, blessé dans sa vanité, haussa les épaules.

— Vous les avez donc vus ? demanda-t-il en ricanant.

— L'Aigle-Chauve n'a pas besoin de les voir pour reconnaître leur ouvrage.

— Quel ouvrage ?

— Que mon frère le Castor regarde avec plus d'attention.

— Je vois cette palissade, répliqua Toby courroucé, mais je n'y aperçois pas le Buffle-Gris et sa compagne.

— Mon frère le Castor avait-il déjà remarqué cette palissade auparavant ?

— Oui, plus d'une fois dans mes courses à travers la forêt, je me suis arrêté là, j'y ai passé la nuit.

— Mon frère le Castor ne la trouve-t-il point changée depuis la dernière fois qu'il l'a vue ?

— Changée, non. Pourquoi ?

— Mon frère le Castor n'a sans doute pas bien observé ?

Le nain allait éclater, mais le regard sérieux du Huron le retint.

Il comprit que l'Indien n'insistait avec tant d'opiniâtreté que dans leur intérêt commun.

L'automne précédent, il avait exploré cette partie de la forêt. Il avait constaté alors que l'enceinte formée par la palissade était complètement dévastée. Des orages successifs avaient bouleversé le retranchement. La terre s'était éboulée, les pieux arrachés gisaient çà et là. Maintenant, au contraire, ces pieux se retrouvaient en place, l'enceinte était protégée par la palissade et la terre elle-même avait été nivelée. Tout cela ne pouvait avoir été fait que de main d'homme. Or, le Huron avait passé par là moins d'une semaine auparavant, et il savait que tous ces changements avaient été effectués depuis. Quel autre que le Buffle-Gris pouvait avoir eu intérêt à réparer hâtivement les brèches de cette petite fortification ?

Tandis que le Huron et le nain tenaient leurs yeux attachés sur le retranchement, tout à coup Toby aperçut un scintillement disparaissant presque aussitôt derrière la palissade.

Le nain eut un cri de joie.

— C'est le rifle du Buffle-Gris, s'écria-t-il, je ne puis m'y tromper. Le canon de son fusil est toujours poli et éblouit, même à distance...

Toby allait continuer, mais au même moment, un jet de flamme partit du retranchement, un nuage de fumée bleue s'éleva et une détonation retentit.

— Un Peau-Rouge de moins, compta le nain. Quand le Buffle-Gris fait jouer son rifle, la balle connaît son chemin et le suit.

Le Huron s'était levé.

— Le Buffle-Gris, dit-il, ne peut rester seul.

Et sans attendre l'opinion de Toby, il descendit le tertre en courant et se dirigea vers le retranchement. Le nain ne pouvait rester en arrière. Ils avancèrent avec précaution. Ils savaient que le comte était assiégé par les Onontagues, et ils avaient à éviter eux-mêmes de tomber au pouvoir des Peaux-Rouges. Ils s'assurèrent peu à peu que les assaillants étaient au nombre de vingt. Le cadavre étendu à quelque distance indiquait la justesse de coup d'œil du comte. Les sauvages étaient blottis derrière

les arbres, attendant patiemment l'occasion
de surprendre leur ennemi, et persuadés
qu'ils l'avaient enfin bloqué.

Toby saisit brusquement le Huron par
la main.

— L'Aigle-Chauve, dit-il, est prudent et
agile. Combien de temps lui faut-il pour
arriver jusqu'au camp ?

Le Huron se consulta.

— Trois heures, dit-il.

— Mon frère rouge pourrait avertir les
guerriers de notre tribu et les ramener ici.

L'Indien réfléchit.

— Les Onontagues, dit-il, n'attendront
point trois heures pour commencer l'attaque. Le Buffle-Gris résistera, mais il finira
par succomber. L'Aigle-Chauve restera ici.

— Dans ce cas, répliqua Toby, nous
avons à nous cacher soigneusement....

Le Huron fit un signe affirmatif.

— A attendre, continua le nain, que les
Onontagues aient entrepris l'assaut, puis à
nous jeter dans la mêlée.

Le Huron désapprouva ce plan en secouant
la tête. Nul n'était plus brave que l'Aigle-

Chauve, nul n'eût sacrifié plus volontiers sa vie pour sauver celle de Rochetonnerre et pour servir la cause des Français. Mais l'Indien avait coutume de ne point céder à la fougue inconsidérée.

— Mon frère le Castor, dit-il, ne réfléchit pas. Il devrait s'appeler la Foudre. Il veut agir sans penser. Il ne voit pas que deux hommes ne peuvent vaincre et mettre en déroute tant d'ennemis, aussi courageux, aussi habiles qu'eux.

— Allons-nous rester ici les bras croisés ?

— Que mon frère le Castor soit ce qu'il doit être, prudent et rusé !

Le calme du Huron attisait l'impatience du nain.

— Où voulez-vous en venir ? dit-il en piétinant la terre.

— L'Aigle-Chauve veut avertir d'abord le Buffle-Gris.

— Pourquoi ?

— Parce que la balle sortie du rifle n'a point de pensée par elle-même. Elle va où l'homme blanc lui dit d'aller. L'homme blanc est brave. Son œil est perçant, mais son oreille le sert mieux maintenant. L'Aigle-Chauve veut lui parler, pour lui éviter une méprise. Il ne faut pas que le Castor soit confondu avec les Onontagues.

Toby fit un signe d'approbation.

— Mon frère a raison, dit-il. Le Buffle-Gris ne sait point que nous sommes ici. Tous ceux qui l'entourent sont pour lui des ennemis. S'il n'est point informé de notre présence, il tirera sur nous.

L'Indien inclina la tête.

— Il ne faut pas, dit-il, que les Onontagues voient l'homme rouge. Il ne faut pas qu'ils entendent le Castor.

Toby avait déjà placé deux doigts dans sa bouche. Un sifflement prolongé, modulé comme celui d'un oiseau, rompit tout à coup le silence.

— Le Castor est le frère de l'oiseau-moqueur, dit le Huron. Les Onontagues n'ont pas fait un mouvement. Ils n'ont pas reconnu la voix de l'homme blanc.

Un nouveau sifflement, plus lent, plus parfaitement imité encore, succéda au premier.

Le nain attendait l'issue de ce stratagème.

Il espérait avoir été compris par le comte.

Il se trompait. Aucun signe qui répon-
dît à son appel ne partit du retranchement.

— Le Buffle-Gris ne voit et n'entend que
ses ennemis, dit l'Indien. L'Aigle-Chauve
veut tenter une ruse plus hardie.

Tandis qu'il parlait ainsi, il s'était éloigné de Toby, et rampant avec une extrême
précaution, il s'était glissé comme un serpent sous les broussailles et les feuilles mortes, de manière à disparaître complètement à
la vue la plus exercée.

Avançant ensuite assez lentement pour
ne produire aucun bruit, il s'était rapproché de la palissade.

Ce mouvement avait été opéré si rapidement que le nain lui-même n'avait point
remarqué le départ de son compagnon.

Cependant, à l'intérieur du retranchement, Rochetonnerre, l'œil aux aguets, le
rifle collé contre la joue, épiait scrupuleusement les alentours. Près de lui, M<sup>lle</sup> de

Drucourt, tenant à la main la poire à poudre et le sac à balles, attendait avec anxiété
le dénouement du drame à peine commencé. Par moments, les éclairs, mettant en
lumière son visage, laissaient voir la profonde altération de ses traits. Le comte, lui,
était transfiguré. Debout, la tête légèrement inclinée sur l'épaule, prêt à faire feu
au moindre mouvement d'agression du
dehors, il avait l'attitude d'Hercule luttant
contre les monstres.

Tout à coup la jeune fille eut un soubresaut.

Elle lui prit vivement la main et la serra
avec force. En même temps elle lui désigna,
dans une autre direction que celle où se
trouvaient les Onontagues, une forme vague
qui semblait avancer vers eux.

Rochetonnerre fit brusquement volte-
face, visa l'endroit indiqué et fit feu. La
forme vague continua d'approcher. Le
comte avait déjà rechargé son fusil; il allait
presser la détente, quand une nouvelle apparition l'arrêta. Une ombre avait passé d'un
arbre à l'autre, à cent mètres du retran-

chement, et assez loin des Onontagues pour empêcher de la confondre avec eux.

Rochetonnerre avait détourné la tête de ce côté.

Presque au même moment, M<sup>lle</sup> de Drucourt poussa un cri de terreur.

Un corps lancé par-dessus la palissade venait de tomber à ses pieds.

Un éclair lui montra devant elle un Peau-Rouge, le tomahawk à la main.

Le comte avait fait un bond en arrière.

Le sauvage avait jeté son arme. Il s'était précipité sur Rochetonnerre et l'avait enlacé vigoureusement des deux bras.

M<sup>lle</sup> de Drucourt restait anéantie.

Le comte s'était dégagé de l'étreinte de l'Indien.

Quelle ne fut point la stupéfaction de la jeune fille en voyant les deux hommes se serrer affectueusement la main !

— L'Aigle-Chauve a risqué sa vie pour le Buffle-Gris, dit l'Indien ; l'Aigle-Chauve est content, la joie chante dans son cœur. Le Castor-Blanc n'est pas loin d'ici.

— Toby ? s'écria le comte, qui n'ignorait

point le nom donné au nain dans la Prairie.

Le Huron montra l'arbre où l'ombre
était apparue.

— Etes-vous seuls? demanda M^lle de
Drucourt, qui espérait déjà un renfort plus
nombreux.

— L'Aigle-Chauve et le Castor sont deux
frères, dit l'Indien. Ils ont compté les Onontagues sur tous les doigts de leurs mains.
Ils n'avaient pour les combattre que deux
rifles. Ils ont attendu la volonté du grand
Manitou.

Le comte s'aperçut que M^lle de Drucourt
ne saisissait pas le sens exact de ce langage
imagé.

— Toby, dit-il, est maintenant seul à tenir
tête aux Peaux-Rouges, au dehors du
retranchement.

Puis s'adressant au Huron :

— Pourquoi le Castor n'a-t-il pas suivi
ici l'Aigle-Chauve ? demanda-t-il en se servant à dessein du tour figuré employé par
le sauvage lui-même.

— Le Castor est rusé, dit l'Indien d'un ton
mystérieux. Il ne laisse point parler son esprit.

— Vous voulez dire, interrompit M<sup>lle</sup> de Drucourt, que Toby médite quelque projet dont il ne vous a pas fait part.

Le Huron leva ses grands yeux pleins d'éclat sur la jeune fille, qui demeurait adossée à une pièce de bois servant d'étai au retranchement.

— Ogh! dit-il en montrant toutes les dents, la jeune squaw a compris.

— Le Castor n'aurait pas dû se séparer de l'Aigle-Chauve, reprit le comte. Les Onontagues ne tarderont point à s'apercevoir de sa présence, et quand ils le verront seul, ils se jetteront sur lui, sans qu'il puisse leur échapper.

— Le Castor ne se laisse point surprendre aisément, objecta l'Indien.

— Il a les jambes courtes, dit le comte en riant.

— Mais il a les yeux longs, répliqua le Huron sans rien perdre de son sérieux. Il les a plus longs que le Buffle-Gris. Il ne se serait point laissé enfermer comme une taupe dans son trou par une meute de chiens.

Rochetonnerre sentit la justesse de l'ironie.

— Je n'aurais pas été bloqué, dit-il, si j'avais été seul.

Le Huron comprit l'allusion faite à M<sup>lle</sup> de Drucourt, et reportant sur elle son regard dont la flamme avait une ardeur étrange :

— Le chasseur risque sa vie pour écouter le chant du rossignol, dit-il en donnant à sa voix une inflexion à la fois douce et mélodieuse.

La jeune fille rougit. Elle ne s'attendait point à ce compliment exprimé avec autant de charme que de poésie.

— L'Aigle-Chauve, dit le comte, a lui-même la voix du rossignol ; mais il a aussi le cœur du lion.

L'Indien sourit.

— L'Aigle-Chauve, dit-il, est l'ami des visages pâles ; il aime les pères de la prière qui lui montrent là-haut la terre heureuse.

Et levant la main vers le ciel, il demeura en extase.

M<sup>lle</sup> de Drucourt allait parler, quand le comte, qui n'avait cessé de surveiller ce qui se passait au dehors, s'écria tout à coup :

— Ils vont mettre le feu au retranchement.

En même temps une flèche enflammée
vint s'abattre près de lui en sifflant et s'enfonça dans la palissade qui prit feu.

— Nous allons être brûlés vifs, s'exclama
M<sup>lle</sup> de Drucourt avec terreur.

Le Huron n'avait point fait un mouvement. Il se contenta de porter la main dans
la direction où le feu avait commencé et
s'était presque aussitôt éteint.

— L'eau dévore le feu, dit-il.

— L'Aigle-Chauve ne laisse point parler
sa pensée comme fait une vieille squaw,
repartit le comte. Mon frère rouge a raison.
La pluie a pénétré la palissade, et l'humi-
dité du bois empêche l'incendie de se propager.

Tandis qu'il parlait ainsi, deux autres flèches enflammées tombèrent sur le toit du retranchement, en n'y produisant qu'une traînée de fumée. Presque aussitôt après, une
pluie de traits ouvrit dans les ténèbres un
sillon lumineux.

Le Huron en ramassa quelques-uns et fit
voir à M^{lle} de Drucourt le moyen employé
par les sauvages pour les confectionner. Une
cordelette d'étoupe était enroulée autour de
la flèche et fixée au bois par un enduit
d'huile. Les Peaux-Rouges, au moment de
placer la flèche sur l'arc, y mettaient le feu
par le petit bout et la lançaient aussitôt. La
flamme léchait successivement l'étoupe,
l'huile et le bois. Quand la flèche arrivait
au but, le feu qu'elle portait était assez in-
tense pour se communiquer instantanément
aux objets environnants.

Les Onontagues ne s'obstinèrent pas
longtemps à poursuivre cette manœuvre
inutile. Après deux ou trois tentatives
infructueuses, les flèches cessèrent de
tomber.

Il y eut un moment d'arrêt des hostilités.

Evidemment les Peaux-Rouges songeaient à un nouvel artifice pour réduire
les assiégés. Ceux-ci, forcés d'attendre les
événements, épiaient avec une vigilance
inquiète tous les mouvements des assaillants.

Comme ils regardaient devant eux, une balle effleura tout à coup le front de l'Aigle-Chauve. L'Indien eût été atteint si le sifflement du projectile ne l'eût averti. A peine se fut-il brusquement jeté en arrière qu'il leva les yeux pour voir d'où partait le coup. Il comprit qu'un des Onontagues avait grimpé jusqu'au sommet de l'arbre qui lui servait d'abri. Le Peau-Rouge voulait se rendre compte de ce qui se passait à l'intérieur du retranchement. Il n'avait pu résister à la tentation de se servir de son rifle. La détonation partie, il s'était laissé glisser si lestement à terre que l'Aigle-Chauve, malgré la promptitude accoutumée de son coup d'œil, ne fit qu'entrevoir son ombre fugitive.

Cette inspection à distance de l'état des lieux fut pour les Onontagues le point de départ d'une longue délibération. Pendant plus d'une heure ils suspendirent toute attaque. Cachés derrière les arbres, de manière à échapper complètement au feu des assiégés, ils parlaient à voix basse, échangeant rapidement leurs impressions et leurs plans, mais avec tant de prudence que le Huron ne put rien saisir de leur entretien.

Pendant ce temps, les assiégés demeuraient sur le qui-vive, n'ayant d'espoir que dans leur courage et dans l'aide de la Providence.

Les Peaux-Rouges avaient plusieurs moyens de forcer le comte et ses compagnons à capituler. Le premier et le plus sûr, c'était de les tenir étroitement bloqués jusqu'à ce que la faim les obligeât à se rendre. Ni Rochetonnerre ni l'Aigle-Chauve n'avait aucune provision d'eau ni de vivres. Les Onontagues ignoraient, il est vrai, cette circonstance, mais ils pouvaient la présumer et agir en conséquence. Ce plan était donc immanquable ; il s'agissait simplement d'une question de temps.

Les assiégeants pouvaient recourir à une autre tactique. Dix ou quinze d'entre eux, tous au besoin, pouvaient se jeter en masse sur le retranchement, et tandis qu'on occuperait le comte et son auxiliaire sur un point, un certain nombre d'Onontagues pouvaient escalader la palissade, pénétrer dans l'enceinte et prendre l'ennemi de flanc ou par derrière. Ce second mode d'opérer réclamait plus d'habileté et de vigueur que le premier. Il exposait les assaillants à tomber en partie sous les coups des assiégés. En outre, le souvenir de la scène du Démon des Tempêtes, demeurée légendaire dans les tribus indiennes, faisait redouter un combat corps à corps avec l'homme dont le nom et les exploits frappaient de terreur les Peaux-Rouges les plus aguerris.

Le silence qui s'était établi et qui se prolongeait au delà de toute attente causait une assez vive inquiétude aux assiégés.

— Ils vont nous cerner jusqu'à ce que nous nous rendions à merci, dit M$^{lle}$ de Drucourt.

Le Huron fit un geste négatif.

— Ogh ! dit-il sans s'émouvoir, le camp des visages pâles n'est pas loin. Les hommes rouges le savent. Ils n'attendront point que la foudre tombe sur eux.

— Mais, répliqua le comte, s'ils craignent qu'on ne nous envoie des renforts, ce qui est douteux, pourquoi ne nous attaquentils point? Ils nous accableraient facilement sous leur nombre.

— Les hommes rouges se souviennent de la mort de leurs frères tombés dans les pièges du Buffle-Gris. Ils redoutent, eux aussi, des embûches inconnues.

— Ils savent bien que ce retranchement ne cache point de détours et de précipices, comme la caverne où leurs frères ont péri.

— Ogh! répliqua le Huron avec un geste qui traduisait toute sa pensée, le rifle du Buffle-Gris ne parle que pour donner la mort. Les hommes rouges ne sont point las de la vie.

— Quel est donc leur plan?

— Le loup est rusé, il guette sa proie, il se jette sur elle au moment inattendu, il veut triompher sans courir lui-même aucun péril...

Une exclamation partie de la forêt l'interrompit.

Rochetonnerre et l'Aigle-Chauve se rapprochèrent de la palissade pour mieux voir au dehors.

L'orage avait cessé, mais le temps restait

couvert. De gros nuages amoncelés pesaient comme une voûte de plomb sur la forêt et enveloppaient le retranchement et ses environs dans une profonde obscurité.

Tout à coup une mélopée, d'abord traînante, puis graduellement plus rapide, enfin désordonnée et sauvage, s'éleva de l'endroit où étaient postés les Peaux-Rouges. C'était le chant du scalp. Les Onontagues célébraient leur victoire avant l'action. Ils avaient pris une résolution suprême. La lutte décisive allait s'engager.

Pareils à une bande de bisons, renversant tout sur leur passage, et faisant trembler le sol sous leur piétinement, les Peaux-Rouges se précipitèrent en avant.

Le comte et le Huron, avertis de leur approche, déchargèrent en même temps leurs fusils. Deux Onontagues, marchant en tête de la colonne, tombèrent en proférant des cris de rage. Mais les autres ne se laissèrent point arrêter par cette première perte. Ils passèrent par-dessus les corps des blessés qu'ils écrasèrent et arrivèrent auprès de la palissade, dont ils secouèrent les pieux avec tout le déchaînement de la fureur.

Rochetonnerre avait eu le temps de mettre deux autres Peaux-Rouges hors de combat. Puis il avait jeté son rifle et saisi son couteau.

La palissade ne résista pas longtemps à l'effort des assaillants. Plusieurs pieux arrachés tombèrent au dedans de l'enceinte. La brèche, élargie en un clin d'œil, livra passage au torrent.

Mlle de Drucourt, sous l'empire de la surexcitation, avait ramassé instinctivement le fusil de Rochetonnerre. Sans se rendre compte de ce qu'elle faisait, sans voir qui se trouvait devant elle, d'un coup de crosse asséné avec une force rendue surhumaine par le danger, elle avait étendu l'un des Onontagues à ses pieds.

Au même instant, elle sentit deux bras vigoureux lui enlacer la taille et l'emporter.

Rochetonnerre, après avoir plongé son couteau à deux reprises dans le corps des

Onontagues qu'il avait à sa portée, s'était vu acculé.

Profitant de l'obscurité et du désarroi, il avait fait un brusque mouvement de côté, s'était dégagé de la mêlée, n'avait fait qu'un bond jusqu'à M<sup>lle</sup> de Drucourt, l'avait saisie dans ses bras, et avait pris la fuite avec elle.

Le Huron soutint quelques minutes à lui seul le choc de l'ennemi, tandis que le comte et la jeune fille s'enfonçaient dans la forêt.

Mais les prodiges de valeur de l'Aigle-Chauve ne firent que couvrir la retraite de ses compagnons. Il fut bientôt terrassé.

Les Onontagues, sans prendre garde à lui, se jetèrent à la poursuite du Buffle-Gris.

Ils n'avaient pas fait cent pas, que la forêt s'illumina subitement. Cinquante hommes, les uns portant des torches enflammées, les autres armés de rifles ou de couteaux, leur barrèrent le passage.

Il y eut un engagement de courte durée. Six Peaux-Rouges jonchèrent le sol de leurs cadavres. Le reste avait disparu.

— Par ici ! par ici ! cria d'une voix ton-

nante celui qui commandait la troupe victorieuse.

Un hourrah formidable répondit à cet
appel.

— Vive Toby !

Le nain — car c'était bien lui qui venait
d'arriver avec ce renfort — ne répondit point
à l'ovation dont il était l'objet.

Il avait hâte de rejoindre ceux qu'il avait
laissés dans le retranchement et qu'il espérait y trouver.

Quels ne furent point son découragement
et sa sincère douleur lorsqu'après avoir
promené rapidement une torche au-dessus
des cadavres amoncelés sur le champ du
combat, il reconnut tout d'abord l'Aigle-
Chauve baigné dans son sang, immobile,
couché la face contre terre !

Il se jeta sur lui, le saisit dans ses bras,
lui prit les mains, lui palpa les membres.

L'Aigle-Chauve était inerte et froid.

Une large plaie à la tempe inondait son
visage de sang.

Toby eut un profond soupir. Une larme
roula sur sa joue.

— C'était un grand cœur, dit-il, et la France n'a point eu de plus vaillant défenseur !

Tout à coup le corps du Huron s'ébranla.

Le nain recula stupéfait.

L'Aigle-Chauve s'était redressé sur son séant et riait aux éclats :

— Mon frère le Castor n'est décidément qu'une taupe, dit-il. L'Aigle-Chauve n'est point mort. Il a fait l'opossum.

— Mais vous êtes blessé ? interrompit le nain avec anxiété.

Le Huron prit la main de Toby et lui fit sentir que sa blessure à la tempe était feinte.

— Pourquoi l'homme rouge a-t-il imité l'opossum qui joue la mort ?

— L'Aigle-Chauve savait que les Onontagues reviendraient ici après avoir cherché vainement la piste du Buffle-Gris. Si les Onontagues avaient trouvé l'Aigle-Chauve vivant, ils l'auraient tué. Le supposant mort, et ne pouvant le scalper, ils auraient abandonné son cadavre aux loups et aux oiseaux de proie. Les Onontagues partis, l'opossum se serait éveillé.

Toute cette scène s'était passée en moins de temps qu'il ne faut pour la décrire.

Le nain avait compris, aux dernières paroles de l'Indien, que Rochetonnerre s'était dérobé aux assaillants. Il ignorait seulement ce qu'était devenue M<sup>lle</sup> de Drucourt.

— La jeune squaw? dit-il.

Le Huron ne le laissa pas achever.

— Le Buffle-Gris l'a emportée, fit-il vivement. Ils sont là-bas. L'opossum les a entendus marcher. Il sait où les rejoindre.

En même temps il montrait du doigt la direction qu'avaient prise les fugitifs.

— Que l'on n'éteigne point les torches, commanda Toby. Faites diligence, mes amis, séparez-vous en plusieurs groupes. Battez la forêt en tous sens. Allez, le temps presse.

Puis se tournant vers l'Indien:

— Dans une heure, dit-il, le jour aura pris la place de la nuit. Si le Buffle-Gris n'arrive au camp qu'à l'aurore, tout sera perdu.

— Mon frère le Castor, observa l'Indien,

ne m'a point dit exactement ce qui se pré-
parait.

— Ce qui se prépare, s'écria le nain avec
feu, ce qui se prépare, c'est l'affranchissement du Canada, c'est le salut de la
France, c'est notre liberté vengée, notre
gloire reconquise, notre bonheur assuré!

— Mon frère est-il sûr d'avoir pris toutes
ses précautions? insista le Huron en laissant
percer sa défiance naturelle.

— Les Français qui ont juré de chasser
les Anglais, et qui s'appellent légion, n'attendent que le signal convenu pour se lever
et agir.

— Ce signal, qui doit le donner?

— Le comte de Rochetonnerre, je veux
dire le Buffle-Gris.

— Quand?

— Avant le jour.

— Où ?

— Au camp d'où je viens et où tout est
prêt pour mettre le feu aux poudres.

Le Huron réfléchit.

Au bout d'un long silence, il reprit lentement :

— L'Aigle-Chauve quittera ici le Castor.

Toby eut un mouvement d'étonnement.

— Nous abandonner, et pourquoi ? L'Aigle-Chauve n'est-il point l'ami des Français ? Ne veut-il point partager notre succès, comme il a partagé nos périls ? Il a été à la peine. Pourquoi refuse-t-il d'être à l'honneur ?

— L'Aigle-Chauve reviendra plus tard, dit l'Indien, à moins que le Grand Manitou ne l'ait appelé dans les prairies heureuses.

Et serrant avec effusion la main de Toby, il partit comme une flèche, en criant :

— Ogh ! l'Aigle-Chauve suit la piste du Buffle-Gris.

Les cinquante hommes amenés par le nain s'étaient divisés en plusieurs corps.

— Ne perdons point un instant, dit-il. Voici l'aube qui point. Il faut que la battue se fasse en moins d'une demi-heure, sinon tout est perdu.


Les monts Apalaches s'étendent entre le pays des Iroquois et la Haute-Louisiane. Ils

forment la barrière qui sépare les Pays d'en
haut de la région actuellement désignée
sous le nom de Pensylvanie, de Maryland,
de Virginie et de Caroline. Ils serpentent de
l'est à l'ouest et donnent naissance à plusieurs cours d'eau.importants, dont les prin-
cipaux sont le Cumberland et la Monon-
gahela. Celle-ci est continuée par la rivière
Alleghany et se confond, à l'endroit occupé
alors par le fort Duquesne , avec l'Ohio
ou la Belle-Rivière découverte en 1670
par Cavelier de la Salle. L'Ohio se jette
dans le Mississipi, à peu de distance d'une
position connue, à l'époque dont nous par-
lons, sous le nom de Fort de Chartres, et
formant le premier ouvrage de défense assis
par les Français sur la ligne limitrophe du
Canada et de la Louisiane.

C'était au fort de Chartres que devait se
rendre le comte de Rochetonnerre. C'était
de là que Toby avait amené les cinquante
hommes qui venaient de battre les Onontagues. C'était là que, sur les indications du
comte, avait dû se réfugier M^{me} de Drucourt.
C'était enfin de là que devait se donner

le signal du soulèvement des Français.

Il n'y avait guère plus de dix milles à franchir pour aller du retranchement où s'était livré ce combat jusqu'au fort de Chartres.

Dix milles ou trois lieues pouvaient se faire avant le jour, à moins qu'un nouvel incident ne vînt traverser les plans du comte.

Rochetonnerre qui, au milieu des plus grands dangers, ne perdait jamais son sang-froid, avait dû se dire que tenir tête plus longtemps aux Onontagues n'aurait servi qu'à compromettre la cause glorieuse à laquelle il s'était dévoué.

Aussi avait-il gagné avec M<sup>lle</sup> de Drucourt le sentier de la forêt qui devait le mener le plus rapidement au fort de Chartres.

Ils étaient arrivés ainsi à peu de distance de l'Ohio, lorsque la jeune fille se pencha tout à coup sur l'épaule de son compagnon.

— J'ai soif, dit-elle d'une voix si basse qu'à peine le comte put distinguer ces paroles.

Il la déposa doucement à terre.

— L'Ohio ne doit pas être loin d'ici, repartit-il. Essayez de marcher jusque-là.

Elle voulut faire un pas et s'affaissa.

Aux clartés douteuses de l'aube, le comte distingua vaguement la pâleur de ses traits.

Elle demeurait presque sans mouvement, et quelques mots entrecoupés s'échappaient de ses lèvres.

— Ah! dit-elle avec un soupir étouffé, le feu me dévore!

Rochetonnerre resta quelques moments interdit.

La jeune fille s'était évanouie. La contraction de son visage trahissait sa souffrance. Le comte se pencha sur elle et plaça la main sur son front. Une sueur froide mouillait ses tempes. Elle avait fermé à demi les yeux. Sa bouche était entr'ouverte. Ses mains crispées s'étaient rejointes sur sa poitrine.

La situation était cruelle.

Il n'y avait pour le comte que deux alternatives :

Ou transporter M<sup>lle</sup> de Drucourt jusqu'à l'Ohio;

Ou l'abandonner à l'endroit où elle gisait, courir lui-même à l'Ohio et rapporter de l'eau.

La transporter ne pouvait se faire qu'à pas lents ; l'abandonner momentanément, c'était l'exposer à tomber aux mains des Peaux-Rouges qui rôdaient aux alentours.

Cependant le comte ne pouvait hésiter.

Il souleva M<sup>lle</sup> de Drucourt, la coucha doucement dans un lit de feuilles mortes, la recouvrit prudemment d'autres feuilles, de manière à la dérober aux passants, et s'élança vers l'Ohio.

A peine venait-il de disparaître, qu'une forme humaine se montra derrière lui et marcha lentement vers la place où reposait la jeune fille.

Un quart d'heure s'écoula.

Rochetonnerre reparut portant à la main sa poire à poudre remplie d'eau.

Il eut un cri d'étonnement en apercevant un Indien debout auprès de M<sup>lle</sup> de Drucourt.

Le comte n'avait pour toute défense que son couteau.

Le Peau-Rouge se tenait appuyé sur un rifle. Au bruit qu'avait fait l'arrivant, il s'était redressé et avait épaulé son arme.

Tout à coup il s'élança vers Rochetonnerre.

— L'Aigle-Chauve n'a point oublié son frère, dit-il. Il a suivi la piste du Buffle-Gris. Il a veillé ici, pour défendre la jeune squaw.

Le comte avait écarté les feuilles qui masquaient le corps de la jeune fille. Il l'assit sur son séant et lui plaça la gourde improvisée sur les lèvres.

M<sup>lle</sup> de Drucourt ne fit aucun mouvement.

Ses traits étaient décolorés, ses mains froides, ses lèvres blêmes.

Le Huron s'était agenouillé. Il ouvrit doucement les yeux à demi-clos de la jeune fille, il lui plaça la main sur le cœur, puis approchant la joue de ses lèvres, de manière à sentir le contact de son souffle, il resta longtemps pensif.

A la fin, il se releva automatiquement, et d'une voix où passait toute la douleur de son âme :

— La jeune squaw, dit-il, a rejoint dans les prairies heureuses le sachem qui fut son père.

— Morte! s'écria Rochetonnerre. Morte! quand nous touchions à la fin de nos misères! Ah! le ciel m'éprouve cruellement!

Il tomba lui-même à genoux, et pendant longtemps de déchirants sanglots s'échappèrent de sa poitrine.

— Morte! répétait-il par intervalles, morte de fatigue, morte de soif!

Le Huron restait pétrifié. L'œil fixe, il assistait à cette scène navrante avec une émotion non moins poignante que celle du comte, mais qui ne se révélait par aucun signe.

Les deux hommes demeurèrent longtemps dans cette attitude.

Cependant le jour s'était levé et la forêt s'éclairait aux feux de l'aurore.

Des clameurs parties d'un fourré voisin les arrachèrent à leur rêverie.

La troupe conduite par Toby venait de les surprendre.

Les hourrah poussés par les arrivants furent aussitôt réprimés.

Tout le monde s'était découvert et rangé silencieusement autour du comte, toujours agenouillé auprès du corps de M<sup>lle</sup> de Drucourt.

Enfin Toby rompit le silence.

— Comte, dit-il, la patrie vous réclame. Vos frères attendent votre signal. Il faut partir.

Rochetonnerre se laissa entraîner.

Il jeta un dernier regard sur la pauvre jeune fille, victime de son héroïsme, et s'éloigna lentement, la tête penchée sur sa poitrine et en proie à un immense découragement.

Toby était resté un peu en arrière.

Il prit la main du Huron qui n'avait point bougé, et serrant cette main avec effusion :

— Le Castor, dit-il, n'a point le cœur d'un loup, comme le pensent ses frères blancs. Il ne hait que les Onontagues. Il a juré de les scalper jusqu'au dernier. Il le fera. Que mon frère l'Aigle-Chauve me rende un service. Le Castor respecte les morts de sa tribu. Il ne les laisse point exposés à la merci des bêtes fauves.

Le Huron n'avait point répondu, mais se jetant à terre, il avait des deux mains creusé le sol avec précipitation. En quel-

ques instants l'excavation fut assez profonde pour y déposer le corps de M<sup>lle</sup> de
Drucourt.

Le nain et l'Indien l'y portèrent avec
précaution et entassèrent sur elle les
feuilles mortes, les branches tombées et la
terre.

— Le Castor et l'Aigle-Chauve recon-
naîtront cet endroit, dit Toby. Ils viendront
rechercher ici la jeune squaw, quand le
Canada sera libre. Ils la conduiront alors
au lieu de repos où dort son père.

L'Indien s'était relevé. Il fit un signe
d'adieu à Toby.

— L'Aigle-Chauve, dit-il, ne vous suivra
pas plus loin. Il habite le voisinage des
villes. Il n'y entre pas.

— Où mon frère compte-t-il aller? demanda le nain étonné.

— L'Aigle-Chauve n'oublie point que là
où les Onontagues sont tombés sous le
rifle ou le couteau des visages pâles, il y a
des chevelures d'hommes rouges à scalper.
L'Aigle-Chauve va faire son devoir. Il a juré
de venger les Pères de la prière massacrés

par les Iroquois et leurs alliés. Il veut tenir son serment.

En achevant ces paroles, le Huron avait pressé fortement la main de Toby et s'était éloigné dans la direction du retranchement.

———

# IX

Au commencement du xvi<sup>e</sup> siècle, à peu près à la même époque où les Malouins remontaient le cours du Saint-Laurent, deux aventuriers espagnols, Lucas Vasquez et Pamphile Nesunez, abordaient successivement dans la région séparée du Canada par l'Ohio et traversée par le Mississipi. Ils espéraient trouver dans cette contrée des trésors comme ceux que Fernand Cortez avait découverts au Mexique. Après une exploration rapide du pays, ils avaient renoncé à leur entreprise et étaient revenus en Europe, rapportant de leur voyage des récits merveilleux calqués sur ceux des Polo et des Rubruquis.

Leurs descriptions de cette terre lointaine, presque toutes empruntées à leur imagination, avaient enflammé les esprits alors ardents à se porter vers le Nouveau-Monde. Cependant il s'écoula plus d'un siècle avant que personne osât se risquer dans ces parages que l'on disait occupés par des Indiens anthropophages.

En 1673, quelques missionnaires français du Canada, brûlant d'ajouter une nouvelle conquête à celles que l'Évangile avait déjà remportées parmi les Indiens, poussèrent plus avant dans les Pays d'en haut, parvinrent au Mississipi, le reconnurent et le suivirent jusqu'au confluent de l'Arkansas. Quelques-uns d'entre eux périrent victimes de leur dévouement, soit qu'ils eussent succombé à la maladie, soit qu'ils fussent tombés sous les coups des sauvages. Les autres, n'étant pas en nombre pour marcher plus loin, revinrent sur leurs pas. Leur expédition avait duré six ans.

Ils racontèrent ce qu'ils avaient vu ; ils parlèrent de ces solitudes sans bornes où la nature semblait encore plus féconde qu'au

Canada, de ce fleuve sorti du lac Itaska, comme les dieux marins de la fable sortaient de l'Océan, et roulant ses flots tumultueux dans un lit plus vaste que ceux des Typhon et des Briarée; ils affirmèrent qu'au dire des naturels, les montagnes de cette terre encore vierge recélaient dans leurs flancs des trésors inépuisables. A Québec, l'enthousiasme fut immense. M. de la Salle, qui gouvernait alors la colonie, voulut se réserver lui-même l'honneur d'ajouter ce nouveau fleuron à la couronne de France.

Suivi d'une escorte assez importante pour n'avoir rien à craindre des Peaux-Rouges, il longea le Mississipi jusqu'à son embouchure, planta le drapeau français sur les vastes territoires qui s'étendaient à droite et à gauche du fleuve, et les déclara pays du roi. Louis XIV régnait alors. M. de la Salle, pour faire hommage de cette conquête au grand monarque, décida qu'elle porterait désormais le nom de Louisiane.

La métropole accueillit ce don avec froideur. Tandis que l'Espagne, bien affaiblie pourtant depuis Charles-Quint, gardait encore avec orgueil l'intégrité de ses *États d'outre-monde*, la France, enrichie coup sur coup par Champlain et la Salle, tendait à peine la main pour recevoir des joyaux bien autrement précieux. La Louisiane fut traitée, comme le Canada, avec ingratitude et dédain. Louis XIV et ses ministres, même Colbert, ne se rendirent jamais exactement compte de ce que deviendrait un jour ce nouveau continent, abandonné par eux à des colons sans ressources et végétant misérablement. Il y avait bien alors quelques Voyants qui prédisaient l'avenir de la Baie Mobile où s'était assis, en 1699, un premier établissement français. Mais personne ne prenait pour un prophète le bonhomme narquois, hébergé par M^{me} de la Sablière, qui jetait au vent les maximes si vraies dictées par le *Laboureur* à ses enfants.

Les années se suivirent et se ressemblèrent. Louis XIV mourut. Une autre ère commença pour la France, ère de plaisirs, de folle ivresse, où la soif de l'or fit oublier jusqu'à l'amour de la patrie. On eût dit que la source de nos richesses était intarissable,

tant on y puisait à pleines mains. L'illusion fut plus monstrueuse encore quand le
visionnaire écossais Jean Law annonça à
qui voulait l'entendre, que la France possédait au delà des mers, dans ces régions
jusqu'alors demeurées presque fabuleuses,
un fleuve d'or, si large qu'il eût pu servir
de ceinture faisant deux fois le tour des Etats
du Roi, si long qu'il eût pu mesurer la plus
grande distance du vieux monde.

Ces exagérations, où il y avait un certain
fonds de vérité, donnèrent le délire à Paris,
délire sans exemple, qui gagna de province
en province tout le pays. Le Mississipi, la
Louisiane eurent tout à coup des fanatiques.
Les plus aveugles cédèrent à leur entraînement. Ils allèrent grossir le nombre des
victimes déjà fascinées par la spéculation.
La Compagnie des Indes s'assura la propriété de la colonie. Elle attendait de ses
recrues un concours zélé : elle n'éprouva
que des mécomptes. Les émigrants ne songeaient point à cultiver le sol; ils voulaient
de l'or, de l'or, et ils ne firent en réalité
qu'épuiser celui qu'on leur envoyait.

En 1731, les fondateurs de la Compagnie, éclairés par la banqueroute de Law, rendirent à Louis XV le privilège d'exploitation qui leur avait été accordé. Un vent de liberté commençait alors à souffler sur la France. Les économistes, les philosophes, les poètes lançaient dans les masses et dans les esprits des idées et des théories en contradiction flagrante avec le pouvoir absolu. La cour trop occupée à ses fêtes, la noblesse trop légère pour rien entendre aux affaires sérieuses, les gens graves trop peu écoutés pour ne point se décourager, laissaient faire et passer. Quelques-unes de ces paroles étranges où vibrait un écho des discours de Brutus et de Cassius arrivaient parfois jusqu'aux oreilles du Roi. Insoucieux de l'avenir, s'attendant du reste à voir le monde finir avec lui, Louis XV répondait par un sourire aux Jérémie qui jetaient leurs notes sombres dans ses concerts joyeux et qui étendaient leurs bras menaçants vers l'horizon déjà chargé de sombres nuages.

La fable du Mississipi, ingénieusement imaginée par Law, n'avait plus que la va-

leur d'un conte de Perrault. On riait déjà
de ceux qui en avaient été les dupes. Quant
aux malheureux transportés là-bas sur la
foi de la Compagnie, qui donc se souciait
encore d'eux ? Un jour, ils demandèrent que
le commerce de la Louisiane fût déclaré
libre. Pourquoi aurait-on refusé cette satisfaction inoffensive à de pauvres fous qui
parlaient de commerce dans un pays d'où
la France, depuis un siècle, n'avait pu rien
tirer ?

L'insouciance royale profita plus à la
Louisiane que ne l'avait fait la fièvre d'émigration. La liberté commerciale encouragea
l'initiative privée. De nouveaux établissements furent créés. Ceux qui existaient
déjà s'agrandirent et prospérèrent. Le nom
de la Nouvelle-Orléans fut prononcé en
quelque sorte pour la première fois à Paris
et à Londres.

A Paris, on n'y prit garde. Toute l'attention était aux guerres d'Allemagne. A Londres, on ouvrit plus sérieusement les yeux.
Les Anglais suivaient de près, depuis son
origine, notre mouvement colonial au Nou-

veau-Monde. Le laisser-faire et laisser-passer avait pour eux une toute autre signification que pour nous. Ils ne mettaient aucun obstacle à nos défrichements, ils nous voyaient sans y contredire tracer le sentier dans la contrée inconnue. Seulement ils nous attendaient au bout du chemin.

Quand nos pionniers eurent parcouru la Louisiane en tous sens, comme avaient fait ceux du Canada, les contestations s'élevèrent. En 1748, l'Angleterre revendiqua les rives de l'Ohio. C'était là, disait-elle, une enclave de la Virginie. Elle invoquait à l'appui de ses prétentions les traités d'Utrecht et d'Aix-la-Chapelle. Elle affirmait que, si l'Acadie lui avait été cédée avec ses anciennes limites, les conquêtes faites par nous en Amérique, pendant la guerre entre les deux nations, devaient lui être restituées au même titre.

La France ne se préoccupa que fort vaguement de ces réclamations. Le Canada, la Louisiane étaient aux yeux de la cour des charges inutiles, des causes d'embarras et de complications politiques. Les Anglais ne

se bornèrent point à des échanges de cor-
respondances diplomatiques sur cette question. Ils mirent immédiatement la main à
l'œuvre, et tandis que les pourparlers se
poursuivaient en Europe, ils traduisaient en
fait en Amérique ce qui leur était encore
contesté en droit.

Nos colons du Nouveau-Monde, de leur
côté, n'étaient point restés inactifs. Ils
avaient délimité leur territoire par une
route tracée à travers les terres indiennes,
et l'avaient jalonnée de distance en distance,
en y élevant des forts capables de résister
aux attaques des indigènes ou à un coup de
main des Anglais. Le drapeau français flot-
tant sur ces forts était la consécration de la
prise de possession du pays.

Mais cette démonstration était en même
temps un acte d'hostilité. Quand le fort
Duquesne fut construit, en 1754, les autorités britanniques crièrent à l'usurpation, et
pour nous faire pièce, établirent à leur tour
et presque en face un ouvrage de défense.
Le parlementaire français envoyé pour
demander des explications fut assassiné.

La lutte éclata. Elle dura près de dix ans et finit, comme nous l'avons dit, par la mort de Montcalm, la prise de Québec, de Montréal, et le désastre de la France.

Le Canada nous était enlevé. Mais nous gardions la Louisiane. Le Mississipi sépara les possessions anglaises des possessions françaises.

Le fort de Chartres commandait l'accès du fleuve. C'était un ouvrage construit d'après les principes alors en usage de Vauban. L'enceinte en était assez vaste pour donner abri à plusieurs milliers d'hommes. La sécurité qu'il offrait y avait amené une population relativement nombreuse. Les habitations, presque toutes en bois, s'y étaient multipliées. Les missionnaires y avaient fondé un couvent et érigé une église.

La citadelle proprement dite affectait la forme d'un polygone régulier à angles rentrants. Une tour de dix toises de haut s'élevait à l'intérieur à quelque distance des murailles. Cet observatoire, d'où la vue plongeait à la fois sur le territoire du

Canada et sur celui de la Louisiane, rendait
de grands services. La vigie qui en avait la
garde était chargée d'informer l'autorité
militaire de tout événement extraordinaire
qui se passait au dehors.

Celui à qui était confié ce poste, à l'époque
dont il s'agit ici, était un vieil officier connu
par sa sévérité et son obéissance passive à
la discipline.

Il avait soixante ans et avait fait les prin-
cipales campagnes du siècle. Esclave du
devoir, tous les soirs il se rendait au haut
de la tour et y passait la nuit, observant d'un
œil vigilant l'immense espace qui s'étendait
aux alentours. Le jour, il se livrait au repos,
les sentinelles postées sur les remparts
suffisant pour donner l'éveil en cas de besoin.
Le reste du temps, il le passait à préparer
lui-même ses repas.

C'était un homme d'humeur sauvage,
fuyant toute société, naturellement défiant
et porté par son caractère même à ne voir
que des ennemis dans tout autre que ses
supérieurs directs. Il avait les clefs de la
porte qui fermait l'entrée de la tour, et il

attachait une si grave importance à ses
fonctions, que ces clefs, il les avait constamment sur lui.

Personne ne se fût avisé de les lui demander, car on savait d'avance qu'on ne rencon-
trerait qu'un refus accompagné d'invec-
tives.

Un seul homme avait su gagner l'amitié
de cet être soupçonneux et inquiet. Par
une tactique savamment combinée et longuement conduite, Rochetonnerre était
entré si avant dans l'affection du gardien
de la tour, qu'il pouvait maintenant l'abor-
der presque familièrement, ou du moins
sans crainte d'être repoussé.

Le comte avait fait plus. Il avait inté-
ressé le misanthrope à la cause du Canada.
Il avait trouvé le chemin de ce cœur qui
semblait ne plus battre, il l'avait ému, il
l'avait enthousiasmé. Il lui avait fait part
de toutes ses espérances, de tous ses projets. C'était avec son concours qu'il devait
les réaliser cette même nuit.

Des feux allumés au haut de la tour et
projetant au loin leurs lueurs devaient

donner le signal aux conjurés. A cet appel,
d'autres feux devaient, comme eussent fait
les échos d'une voix, se succéder de loin
en loin sur la montagne, et porter ainsi du
fort de Chartres jusqu'à Québec le mot
d'ordre et de ralliement.

Depuis la tombée de la nuit, le gardien
demeurait en observation. Il attendait
l'arrivée du comte, et les heures se suivaient, sans que rien vînt troubler le
silence. L'anxiété du vieux soldat croissait
à mesure que les ténèbres devenaient
moins épaisses. Il connaissait le patriotisme de Rochetonnerre, il savait combien
son dévouement était ardent, combien ses
promesses étaient sûres. Il ne comprenait
point ce qui pouvait apporter à l'exécution
des plans concertés en commun un retard
qui bientôt serait irréparable.

Peu à peu l'aube blanchit la cime des
montagnes et rendit plus distincts les
objets qui se mouvaient à plusieurs milles
à la ronde.

Le gardien de la tour aperçut alors une
troupe d'hommes armés qui marchaient

avec précipitation au bord de l'Ohio et se dirigeaient vers le fort de Chartres.

Sur un autre point il remarqua deux cavaliers qui arrivaient à bride abattue.

Il était encore plongé dans ses réflexions, cherchant à s'expliquer qui pouvaient être ces voyageurs, quand il crut entendre un bruit de pas résonner dans l'escalier.

Il alluma vivement sa lanterne et descendit les premières marches, puis il s'arrêta pour écouter.

Le bruit avait cessé.

Il descendit plus bas encore et arriva au pied de la tour sans avoir rien aperçu.

Il se dit qu'il avait été le jouet d'une illusion, et remonta jusqu'au haut.

La pièce unique qui lui servait d'observatoire n'avait pour meubles que deux escabeaux et une table sur laquelle reposait un broc de grande dimension. Tout autour de cette pièce étaient pratiquées des baies où s'encastraient des châssis de bois pourvus de vitraux. Une d'elles, plus large que les autres, avait été transformée en une espèce de bahut. Le fond était formé de briques superposées et grossièrement cimentées. Une planche de chêne faisait office de porte. Elle reposait sur le dallage de pierre et, n'arrivant point jusqu'au haut de la baie, laissait à vide une ouverture assez large pour laisser passer la tête d'un homme.

Le gardien s'était assis, fatigué par la descente et la montée qu'il venait d'effectuer avec une rapidité inaccoutumée.

Quelques instants après, une voix partie d'en bas l'appela.

— Le comte! fit-il en se levant en sursaut.

Et oubliant sa lassitude, il se précipita vers l'escalier.

Comme il tournait le dos au bahut, une tête grimaçante se montra furtivement à l'ouverture, puis disparut aussitôt.

Rochetonnerre, précédé du gardien, venait d'entrer et s'était jeté sur un des escabeaux.

— L'heure est venue, dit le comte, et nos instants ne nous appartiennent point. Je vous raconterai bientôt les faits qui ont causé mon retard. A l'œuvre, maintenant!

— Etes-vous sûr, demanda le vieux soldat, que rien n'ait été oublié, que tous ceux qui doivent répéter nos signaux se trouvent à leur poste?

— Tous ont juré sur l'Evangile de mourir pour la France.

Le comte exposa en peu de mots ce qu'il y avait à faire.

Il s'agissait d'allumer le feu convenu et de l'attiser de manière à lui donner l'éclat de l'incendie.

Ce signal devait se reproduire successivement à trois baies.

Quand tous ces détails eurent été précisés, Rochetonnerre se leva.

— Avez-vous, interrogea-t-il, préparé les fagots?

— Ils sont là.

Et le gardien désigna sous la table plusieurs faisceaux de grosses branches qu'il avait l'une après l'autre montées jusqu'à cette hauteur.

Rochetonnerre ouvrit l'une des fenêtres.

Le vent s'était apaisé.

Les deux hommes poussèrent un des fagots dans la baie.

Le comte se mit en devoir de l'allumer.

Vains efforts ! Le bois était humide.

Un second fagot mis à la place du premier flamba un moment, puis répandit une épaisse traînée de fumée.

Le gardien n'en pouvait croire ses yeux.

— Ce bois était sec, dit-il, quand je l'ai apporté ici hier. J'ai choisi les branches une à une.

— Essayons encore, fit le comte avec impatience.

Ils recommencèrent. L'insuccès fut le même.

La lanterne du gardien était restée allumée sur la table.

Il jeta machinalement les yeux sur le broc.

— Ce broc était plein, dit-il ; il est vide maintenant. Quelqu'un serait-il venu ici à mon insu ?

Tout à coup Rochetonnerre poussa une exclamation de joie.

Il avait saisi l'un des escabeaux, l'avait

brisé en morceaux, les avait jetés dans la
baie, après y avoir fait un lit de brandilles
triées parmi les plus sèches, et était parvenu
à les allumer. La flamme s'était élevée lentement. Le comte l'avait modérée un moment après en remuant les tisons, puis
activée en les rapprochant symétriquement
et en soufflant dessus à pleins poumons. .

Le gardien avait suivi son exemple. Le
second escabeau avait servi à allumer un
nouveau feu dans une autre baie.

Pendant qu'ils travaillaient ainsi, la tête
grimaçante était apparue à plusieurs reprises
au-dessus du bahut, surveillant tous leurs
mouvements.

Après les escabeaux, ce fut le tour de la
table.

Le signal se trouvait ainsi donné dans les
conditions voulues sur deux points.

Il fallait le répéter sur le troisième.

Le comte jeta les yeux autour de lui.

Il ne restait plus que les fagots humides.

Rochetonnerre eut un cri de rage.

Machinalement son regard tomba sur le
bahut.

— Cette porte est de chêne, s'écria-t-il, nous sommes sauvés !

Il avait fait un bond, et mettant la main sur la porte, il allait l'arracher, quand il sentit une brusque pression le refouler en arrière.

Au même moment un homme s'élança du bahut et voulut se précipiter vers l'escalier.

Le comte, par un mouvement rapide, s'était jeté au-devant de lui, l'avait saisi à la gorge et terrassé.

— Approchez la lanterne, cria-t-il au gardien, que nous reconnaissions l'espion !

Celui-ci cherchait à dissimuler ses traits en se couvrant de ses mains.

Mais tandis que le comte lui tenait le pied sur la poitrine et lui écrasait les jambes sous son genou de fer, le gardien, qui avait déposé la lanterne à terre, lui étendit les bras en croix.

Quelle ne fut point la surprise de Rochetonnerre quand le visage de l'espion se trouva complètement à découvert !

— Dick le Rouge ! s'exclama-t-il.

— Vous tenez ma vie entre vos mains, fit Richard Péan d'une voix étouffée.

— Et aucune puissance humaine ne saurait vous soustraire au châtiment, hurla le comte.

Rochetonnerre avait saisi son couteau. Il allait l'enfoncer dans la poitrine du traître.

— Ce n'est point ici, dit le gardien, qu'il faut punir ce scélérat.

— Où donc?

— En présence de toute la population du fort. Cet acte de justice consacrera le triomphe de la liberté. Il prouvera que les lâches sont indignes de vivre parmi nous.

Rochetonnerre parut accéder à cette proposition.

Le gardien continua :

— Le crime est flagrant, le supplice doit être exemplaire.

Et s'adressant à Péan :

— Vous connaissiez nos secrets. Comment? Je l'ignore. Peut-être les avez-vous vendus? Dans tous les cas, vous aviez espéré que nos projets avorteraient. C'est vous qui, pénétrant ici à mon insu et malgré ma vigilance, avez mouillé ces fagots ; surpris par notre arrivée, vous n'avez pas eu le temps de vous dérober.

Dick le Rouge essaya de se redresser.

— Je ne nie rien, dit-il. Vous ferez de moi ce que vous voudrez. Mais, sachez-le bien, votre plan échoue. Les Anglais sont avertis. Les Français que vous avez entraînés dans votre entreprise, ne recevant point votre signal, resteront inactifs.

Rochetonnerre, incapable de maîtriser sa colère, leva son couteau.

— Traître infâme ! rugit-il.

Dick le Rouge eut un sourire.

— Pour la patrie, dit-il, l'infâme aux yeux de tous, comte de Rochetonnerre, ce sera vous.

A ce moment, deux jets de flamme rougeâtre illuminèrent l'intérieur de la tour.

Rochetonnerre et le gardien s'élancèrent vers la porte d'entrée.

— Malédiction ! s'écria le comte ; le feu est à la tour !

Tandis qu'ils maintenaient Richard Péan, ils ne s'étaient point aperçus que la flamme s'était communiquée aux fenêtres, et qu'elle avait gagné la construction même.

En quelques instants, la tour se trouva embrasée.

Dick le Rouge s'était relevé.

D'un bond il s'était précipité vers la sortie.

Mais le comte et le gardien l'avaient prévenu. Ils lui barrèrent le passage.

Il y eut une lutte suprême.

Elle ne dura pas longtemps.

Le gardien, laissant Rochetonnerre aux prises avec Péan, avait descendu les premières marches de l'escalier.

Le comte, enlacé d'abord par son adversaire, avait dégagé la main qui tenait le couteau.

D'un mouvement rapide, il en frappa l'espion.

Dick le Rouge alla rouler à quelques pas des fagots, en poussant une terrible imprécation.

En même temps, Rochetonnerre avait

15*

saisi la porte de fer, et la tirant sur lui,
il s'était jeté dans l'escalier.

Le gardien n'avait point bougé.

— Mes forces sont épuisées, dit-il. Je ne
puis descendre. Je mourrai ici.

Rochetonnerre, sans attendre qu'il ache-
vât ces paroles, l'avait soulevé et assis sur
ses épaules.

La descente fut lente et pénible. Le comte,
brisé lui-même par l'émotion et par la lutte
avec Dick le Rouge, pliait sous le poids.

Il sentait derrière lui la flamme qui gran-
dissait de moment en moment et menaçait
de les envelopper.

Au pied de la tour, un tumulte effroyable,
où se mêlaient les cris d'alarme, les appels
des soldats, les commandements des chefs,
ajoutait à la terreur.

Cependant les deux hommes arrivèrent
au bas.

A peine étaient-ils à l'abri que la tour s'é-
croula, ensevelissant sous ses ruines plusieurs de ceux qui étaient accourus pour
éteindre l'incendie.

Toute la population du fort était sur pied.
La garnison contenait difficilement la foule,
qui augmentait encore le désordre par son
initiative incalculée.

De part et d'autre la surexcitation était si
vive qu'on fut sur le point d'en venir aux
mains. Quelques-uns des habitants, affiliés
aux Compagnons du Devoir, n'hésitaient
point à attribuer la cause de l'incendie à
une imprudence de leur chef. Ceux qui
étaient étrangers à la conspiration expli-
quaient le sinistre par vingt versions contra-
dictoires. Beaucoup de femmes, obéissant à
la superstition, voyaient dans cet événement
un présage de malheurs.

Tout à coup, au milieu des allées et
venues, des rumeurs sourdes, des explosions de mécontentement, des clameurs et
des vociférations, deux hommes à cheval,
engagés dans la mêlée, attirèrent l'attention.
Ils portaient le costume des officiers espagnols de l'époque, et leur physionomie
fière, leur air dédaigneux annonçaient clai-

rement qu'ils étaient de haute naissance.

Ils poussaient leurs chevaux devant eux, ne s'inquiétant point d'écraser ceux qui les entouraient, et décidés à se frayer un passage dans cette mer humaine.

Peu à peu la foule s'était écartée.

Ils arrivèrent ainsi jusqu'à l'endroit où se trouvaient rassemblés le commandant du fort, ses officiers, Rochetonnerre, le gardien, Toby et une centaine d'autres habitants, soldats et bourgeois.

Les deux cavaliers, reconnaissant le commandant à son uniforme, avaient fait halte.

L'un d'eux avait mis pied à terre, et faisant quelques pas en avant, tandis qu'il tirait de son pourpoint un message scellé aux armes de France et le remettait au commandant :

— Sa gracieuse Majesté le roi Louis le bien-aimé, dit-il en s'inclinant, et Son Excellence le premier ministre de France, M. le marquis de Choiseul, m'ont donné commission pour vous faire parvenir ces ordres dont ils attendent l'exécution expresse et immédiate.

Le commandant avait pris le pli scellé et l'avait ouvert.

Il en donna lecture à haute voix.

C'était la copie d'un traité secret.

La France cédait la Louisiane à l'Espagne !

Rochetonnerre poussa un cri déchirant et s'affaissa dans les bras de Toby qui s'était précipité vers lui.

Quelques paroles sans suite s'échappaient des lèvres livides du comte :

— Dieu me punit, dit-il, je ne devais point me venger !

La consternation fut grande parmi la population du fort de Chartres. On ne s'attendait point à un coup si cruel. Tout ce qu'il y avait d'ardent parmi la colonie française s'était concentré là. Tout le monde se sentait frappé au cœur. Mais tout le monde aussi comprenait que la résistance eût été désormais inutile. La France, que l'on avait considérée comme une mère, n'était plus qu'une marâtre. Elle reniait ses enfants. Personne ne se disait que M. de Choiseul avait cédé à la nécessité; personne ne songeait au ministre, au roi. On ne connaissait que la patrie, on n'avait aimé qu'elle. C'était elle qui disparaissait. Au moment même où ceux qui avaient rêvé l'apparition d'une nouvelle aurore se tenaient prêts à replanter le drapeau français sur la terre française du Canada, tout à coup la nuit s'épaississait, on se sentait entraîné dans les profondeurs d'un abîme insondable, on avait le vertige, et les plus vaillants se laissaient aller au découragement.

Le comte de Rochetonnerre demeura pendant longtemps dans une morne atonie. Quand il se réveilla, il vit près de lui M^me de Drucourt qui était accourue au bruit répandu dans la ville.

Incertaine sur le sort de sa fille, elle avait arrêté au passage tous ceux qu'elle supposait en mesure de lever ses doutes, elle avait interrogé, et personne ne lui avait répondu.

Quand elle arriva auprès du comte de Rochetonnerre, elle le trouva pâle, défait, ne sachant exactement s'il avait à croire à la vie ou à la mort.

— Ma fille! ma fille! s'écria-t-elle.

Rochetonnerre leva sur elle un regard triste où se lisait tout le désespoir auquel il était en proie.

Toby ne connaissait point M<sup>me</sup> de Drucourt; mais les quelques mots qu'elle avait prononcés lui dictèrent ce qu'il y avait à répondre.

—M. de Drucourt est mort pour la France, dit-il gravement. M<sup>lle</sup> de Drucourt n'a point démérité de son père.

M<sup>me</sup> de Drucourt ne proféra pas une parole.

Un éclair jaillit de ses yeux.

Un cri déchirant s'échappa de sa poitrine.

Elle regarda le comte et Toby avec une expression indéfinissable.

Elle était folle.

A ce moment, celui des deux cavaliers qui était demeuré à cheval remarqua qu'on avait fait le vide autour de lui pour livrer passage au commandant du fort qui se rendait à sa rencontre, la tête baissée, avec une visible contrainte.

La foule anxieuse regardait l'étranger avec le sentiment d'effroi que crée l'inconnu.

Le cavalier avait pris une attitude arrogante.

Quand le commandant fut assez près de lui pour pouvoir l'entendre, il lui fit signe de s'arrêter, et d'une voix ferme il cria :

— Au nom de Sa Majesté très catholique le roi d'Espagne, moi, don José Fernando Cristobal Ramirez de Villegas y Vega, capitaine des armées de mer, je déclare prendre possession de ce territoire et de ses habitants, et les tenir, à partir de cejourd'hui, pour sujets de mon souverain Charles III.

Pas un cri ne répondit à cette injonction solennelle.

La foule avait écouté, frappée de stupeur. On eût dit qu'elle n'avait pas compris.

Mais, tandis qu'il parlait, tous les regards s'étaient dirigés vers le drapeau français qui flottait sur le rempart de la citadelle.

Don José suivit instinctivement ce mouvement général ; puis, se ravisant, il ajouta : d'un ton impérieux :

— En foi de quoi, j'invite le commandant de cette place à me livrer ce drapeau qui désormais est mien.

Depuis quelques instants, Rochetonnerre était sorti de sa torpeur.

Les dernières paroles de l'Espagnol produisirent sur lui l'effet d'une secousse électrique.

Il se redressa de toute sa hauteur et promena autour de lui un regard effaré.

Quand ses yeux tombèrent sur le rempart, il eut un tressaillement. Tout à coup, fendant la foule qui n'opposa aucune résistance, il s'élança vers la place où était planté le drapeau, le saisit, brisa la hampe sur son genou, en jeta les morceaux au vent, arracha l'étoffe blanche fleurdelisée, la cacha dans sa poitrine, et la couvrant de ses deux mains, tandis qu'il bravait l'envoyé de Charles III, d'une voix tonnante il s'écria :

—- Viens le prendre !

# X

## L'AME DU GRAND VAINCU.

Sept ans s'étaient écoulés. Le Canada demeurait à l'Angleterre, la Louisiane à l'Espagne. Le temps avait consacré le double abandon fait par la France.

Brisé par l'âge et le désespoir, Horace de Rochetonnerre, à la faveur de l'amnistie accordée à tous les Français par le gouvernement britannique, s'était retiré au bord de l'Alleghany, dans sa propriété qui lui avait été rendue.

Il y avait emmené M^me de Drucourt, dont la folie avait lentement dégénéré en enfance. Il n'avait pu se résoudre à délaisser celle qui était pour lui une martyre de la liberté.

Le comte avait rapidement décliné lui-même. Sa taille s'était courbée, ses cheveux avaient blanchi, sa blessure devenait d'année en année plus douloureuse et épuisait le peu de forces qu'il eût conservées.

Plus malheureux que Montcalm, puisqu'il survivait à la honte et à l'asservissement de la patrie, le vaillant défenseur du Canada cherchait à effacer dans son esprit le souvenir du passé en consacrant tous ses soins à la pauvre veuve privée de raison.

M<sup>me</sup> de Drucourt avait pour lui, dans son égarement, un profond respect mêlé de crainte.

On eût dit qu'il était pour elle un être surnaturel. Elle tremblait à son approche, et ne se rassurait qu'après l'avoir vu sourire.

Elle se jetait alors à son cou, l'embrassait, l'appelait son père, lui prenait les deux mains et les inondait de ses larmes.

Quelquefois elle l'entraînait dans une des pièces de la maison où elle avait coutume de se retirer.

C'était une assez vaste chambre dont elle défendait l'accès à tout le monde avec une obstination qui, contrariée, la poussait à la fureur.

Cette pièce dont elle avait la clef suspendue à son cou par une chaînette, elle-même en avait composé l'ameublement.

Au milieu, sur une table, se dressait une espèce de catafalque, entouré de chaises hautes figurant des prie-dieu, où reposaient des livres d'heures.

C'était là qu'elle passait la plus grande partie de ses journées, à genoux et priant.

Horace de Rochetonnerre y venait souvent et, assis à quelque distance, la contemplait avec une profonde pitié.

Parfois, tandis qu'il était absorbé dans ses rêveries, où se déroulaient ses aventures passées, doucement elle se levait, soulevait le drap noir qui recouvrait le catafalque, en retirait un coffret, et l'ouvrant avec précaution, lui montrait soigneusement étendu au fond le drapeau blanc fleurdelisé du fort de Chartres.

En même temps elle murmurait tout

bas, jetant autour d'elle des regards inquiets, comme si elle eût eu peur d'être
surprise :

— Vois, père, c'est l'âme du Grand
Vaincu !

FIN.

# TABLE DES MATIÈRES

---

## PROLOGUE.

### LA TERRE DES TITANS. . .

---

## PREMIÈRE PARTIE.

### LA PEINE DU TALION.

## DEUXIÈME PARTIE.

### LES COMPAGNONS DU DEVOIR.

FIN DE LA TABLE DES MATIÈRES.

POITIERS — IMPRIMERIE OUDIN.